NF文庫
ノンフィクション

提督斎藤實「二・二六」に死す

昭和天皇が愛した軍人政治家の生涯

松田十刻

潮書房光人新社

❶

❶——二・二六事件で凶弾に斃れた斎藤實（まこと）。穏健かつ国際感覚に優れた人物として信頼を集めた彼は、海軍大臣、朝鮮総督、軍縮会議全権、総理大臣を歴任、事件当時は岡田啓介内閣の内大臣を務めていた。写真は事件の２日前、昭和１１年２月24日、斎藤が名付け親となった孫娘の百子（ももこ）と。

❷

❸

❹

❺

❷――現在の岩手県奥州市水沢に生まれた斎藤（幼名・富五郎）は、明治五年、満十四歳で上京、水沢県出張所に勤めて官立学校をめざした。写真は上京時で、中央が斎藤、左は出張所で同居、数学を教えた福島常足。

❸――明治五年、海軍兵学寮に入校当時の斎藤（右）。兵学寮では英国海軍省派遣の教師たちにより、英語のテキストを用いたレベルの高い講義が行なわれており、英国流のマナーも叩き込まれた。

❹――明治九年二月撮影の海軍兵学寮運用砲術科の同級生（中列右から三人目が斎藤）。兵学寮時代の斎藤は熱心に講義を受け、教室外での教師の説話も記録したので、彼のノートはクラスで重宝されていた。この写真の前年、練習艦で同姓同名の水夫と混同されたことから、名を富五郎から實に改めた。

❺――明治十一年、動かぬ軍艦「乾行」での実習を終え、練習航海で新鋭艦「金剛」に乗り組んでいたころ。同年八月、「金剛」でウラジオストクへの遠洋航海を経験、初めて海外の地を踏んだ。

❻

❼

❽

❻—明治十七年、ワシントンに赴任した斎藤（海軍中尉）。当初は留学生として派遣されたが、九月に最初の米国公使館付武官に任命された。彼は米国各地を視察するとともに、語学力を生かして大山巌陸軍卿をはじめ、訪米要人の世話に当たった。

❼—ワシントン在勤中に斎藤が下宿していたアパート。痩せていた若き斎藤は、「ビールを飲めば太る」と聞いて配達を依頼、ビール会社の馬車がこのアパートの前に横づけするようになった。このころ彼は自転車にも挑戦している。

❽—渡米直後の明治十七年五月二十二日、ナイアガラ瀑布で撮られた斎藤ら欧米派遣留学生一行（後列中央が斎藤、中列中央が山階宮定麿王殿下）。サンフランシスコに上陸、大陸横断鉄道で各地を視察しつつ東海岸に向かっていたが、この日の深夜、一行を乗せたニューヨーク行きの寝台特急が貨物列車と衝突して脱線・転覆、斎藤は無傷だったものの、山階宮はじめ留学生数名が重軽傷を負った。

❿

❾

⓫

❾—海軍大尉の通常礼装姿の斎藤。明治十九年、大尉に任官した彼は、訪米中の初代海軍大臣・西郷従道に請われて欧州視察に随行、イギリスを皮切りに、フランス、イタリア、オーストリア、ドイツを歴訪する。写真はパリ滞在中。

❿—❾と同じくパリでの記念写真（左が斎藤）。パリ滞在中、予算を使い果たしてしまった彼は、臨時代理公使を務めていた同郷の原敬（のち首相）に公使館予備費から旅費を用立ててもらったりもした。なお、斎藤が作成した欧州視察の報告書は、海軍始まって以来の優れた海外報告書との評価をうけている。

⓫—明治二十五年、斎藤と結婚した春子。薩摩の名門・仁礼家の令嬢で、父親はのち海軍大臣を務める仁礼景範中将。厳格な躾とともに、東洋英和女学校で進歩的教育を受け、英語が得意だった。結婚時、斎藤三十四歳、春子十八歳。写真は二十一歳ごろ。

⓬—明治二十六年、巡洋艦「高雄」副長心得時代の斎藤。十二月には少佐に進級して海軍省に転任となる。

⑫

⑬

⑭

⑮

⑬——明治二十九年、イギリスで建造中の戦艦「富士」副長となった斎藤は、回航要員を率いて渡英した。写真は滞英中の明治三十年「富士」艦上での撮影で、右手前が斎藤。

⑭——海軍次官時代の斎藤。明治三十一年、山本権兵衛海相のもと大佐で次官となった（歴代次官は少将）。山本・斎藤のコンビで日露戦争を乗り切り、明治三十九年、斎藤は海軍大臣に就任。

⑮——シーメンス事件で海相を辞任した斎藤は五年後の大正八年、総督として朝鮮に赴任した。写真は京城南大門駅で馬車に乗り込んだ斎藤総督夫妻。この時、投じられた手榴弾が爆発、近くにいた二十人ほどが負傷したが、斎藤夫妻は奇跡的に無事であった。

⑯

⑰

⑱

⑯――昭和二年、ジュネーブ軍縮会議に全権委員として赴く斎藤と春子夫人。阿波丸甲板での撮影で、春子は船上では和服で通した。ジュネーブでは語学に堪能な夫妻は各国全権の交流の要となった。

⑰――昭和七年五月二十六日、東京・四谷の私邸から総理大臣の親任式に向かう斎藤と見送る春子夫人。五・一五事件で殺害された犬養毅首相のあとを受け、同月二十二日に大命が降下していた。

⑱――三十一代目の内閣となった斎藤内閣の閣僚たち（前列中央が斎藤）。「挙国一致内閣」と呼ばれたが、温厚な斎藤の姿勢のためか「スローモー内閣」の異称もあった。ファシズムの最後の防波堤と期待されながら、満州国承認、国際連盟脱退という損な役回りを演じ、昭和九年、「帝人事件」で、ついに総辞職に追い込まれる。

⑲

⑳

㉑

㉒

⑲―四谷の私邸でくつろぐ斎藤一家。斎藤夫妻と孫の百子、百子の母・静子(實の養子・斉の妻)。

⑳―重臣たちを襲撃後、赤坂の山王ホテルに集結した二・二六事件の蹶起部隊将兵。昭和十一年二月二十六日未明、昭和維新を旗印にかかげた歩兵第一連隊、第三連隊、近衛歩兵第三連隊などの陸軍将兵約千四百人が、要人を襲い、警視庁ほか帝都要所を占拠した。

㉑―二・二六事件発生の翌日、東京市に戒厳令が施行された。九段の軍人会館(のちの九段会館)に戒厳司令部が置かれ(写真)、司令官には香椎浩平中将が任命された。軍首脳は当初、懐柔策を試みるが、重臣を惨殺されて激怒する天皇の意向から、武力鎮圧が決定された。

㉒―警視庁を占拠した叛乱部隊。東京の中枢部を占拠した叛乱部隊は、投降を呼びかけるラジオやビラの勧告に応じる部隊が相次ぎ、攻撃予定日の二月二十九日午後二時には叛乱部隊はすべて原隊に復帰、皇軍相撃つという最悪の事態は回避された。

㉓

㉔

㉕

㉖

㉓——昭和十年十二月、岡田啓介内閣の内大臣に就任、正装した斎藤。当時、急進的な皇道派青年将校たちは、斎藤ら重臣を国体破壊の元凶と見なしていた。

㉔——二・二六事件で襲撃された四谷の斎藤の私邸。斎藤邸を襲ったのは、歩兵第三連隊の坂井直中尉が指揮する約百五十名で、軽機関銃で雨戸を破って室内に突入した。

㉕——斎藤實夫妻の寝室に置かれていた、弾痕をとどめる鏡。二階奥の寝室に押し入った坂井中尉以下四人は、拳銃と機関銃を乱射、斎藤は四十七発もの銃弾を浴び、数十ヵ所をサーベルで斬りつけられていた。銃口の前に立ちふさがった春子は、三発弾をうけ負傷している。

㉖——晩年の斎藤春子。昭和十六年八月、日本赤十字社篤志看護婦婦人会員となり、救急事業に尽くした。斎藤の死から三十五年後の、昭和四十六年九月十四日、九十八歳で逝去、斎藤家墓所の夫の隣りに眠る。

写真協力／斎藤實記念館・雑誌「丸」編集部

提督斎藤實「二・二六」に死す——目次

第二部

提督斎藤實「二・二六」に死す

——昭和天皇が愛した軍人政治家の生涯

プロローグ

斎藤實《まこと》内閣が帝人事件で総辞職し、岡田啓介内閣が成立した昭和九年（一九三四）の夏、不況に追い打ちをかけるように東北は冷害による飢饉に見舞われ、社会不安を強めた。

ドイツでは八月にヒトラーが総統に就任し、独裁を加速化させた。これに呼応するように、日本国内も軍部の動きが活発になってきた。十月一日、「国防の本義と其強化の提唱」というパンフレットが陸軍省新聞班の名で出された。「たたかひは創造の父、文化の母である」との書き出しで始まる「陸パン」は、国防は国家生成の発展や文化創造の動機であるといった過激な論調に染まっていた。

十一月二十日には、「士官学校事件」（十一月事件）と呼ばれるクーデター未遂事件が発覚した。企てたのは国家改造を唱える急進的な皇道派青年将校であり、未然に防いだのは幕僚を中心にした統制派だといわれている。

軍法会議の結果、検挙された皇道派の青年将校、村中孝次《むらなかたかじ》と磯部《いそべ》浅一《あさいち》は、証拠不十分で釈放されたが、停職処分となった。二人は「粛軍に関する意見書」を配布して統制派を攻撃したが、逆にこの怪文書が致命傷となって軍籍から追放される。やがて二人は、「二・二六事件」に加担、民間人として処刑されることになる。

昭和十年になると、士官学校事件をきっかけに険悪になった皇道派と統制派の対立は、ついに流血の惨事を招いた。

七月十五日、林銑十郎《はやしせんじゅうろう》陸相は閑院宮載仁《かんいんのみやことひと》参謀総長の意向を受けて、教育総監の真《ま》崎甚三郎《さきじんざぶろう》大将を罷免《ひめん》した。後任には陸軍大将の渡辺錠太郎《わたなべじょうたろう》が就《つ》いた。皇道派のリーダー格だった真崎は、この人事の不当性を青年将校に吹聴し、士官学校事件で追放された村中や磯部が怪文書をバラまき、統制派の陰謀であると喧伝《けんでん》した。

この更迭《こうてつ》人事で恨みを買ったのは、統制派幕僚の中心人物ともくされていた永田《ながた》鉄山《てつざん》軍務局長だった。永田は知性型の軍人で、陸軍の将来を背負って立つ逸材として期待されていた。

八月十二日、その日は朝から強い日差しが降り注ぎ、気温はみるみるあがった。

午前九時半過ぎ、陸軍省軍務局長室にいた永田は、東京憲兵隊長の新見英夫大佐から「粛軍に関する意見書」に関した報告を受けていた。同席していた山田長三郎兵務課長が隣室の橋本群《ぐん》軍事課長を呼びにいったほんのすきに、抜身の軍刀をもった男がつかつかと入ってきた。

「天誅《てんちゅう》！」男は叫ぶなり、永田局長に襲いかかった。逃げ惑う永田がドアに張りつくと、男は背後から永田を突き刺した。永田は血だるまとなり、その場に倒れた。永田はほどなく絶命した。男を制止しようとした新見もまた、軍刀で斬りつけられ重傷を負った。

犯人は、福山連隊から台湾に転勤発令となっていた皇道派の相沢三郎中佐だった。相沢は、崇拝していた真崎が教育総監の座を追われるなり、上京して永田に辞職を迫ったが受け入れられず、この日の凶行に及んだ。「相沢事件（ないしは永田事件）」である。

結果的に同事件は、士官学校事件や真崎の更迭に対する皇道派の報復となった。

林陸相は責任をとって九月五日に辞任し、後任には川島義之《よしゆき》が就いた。新見大佐は京都憲兵隊長として左遷され、やがて軍籍を去る。悲惨だったのは、事件発生時の行動に疑惑をもたれた山田大佐だった。山田は永田の百ヵ日に世田谷の自宅で自刃《じじん》する。

相沢事件は、一人の中佐による狂信的な犯行だったが、皇道派の青年将校は相沢を英雄視し、愛国者として礼讃する。このような雰囲気のなか、「昭和維新」を唱える大規模なクーデター計画が立案されるようになった。

その年も押し迫ると、内大臣の牧野伸顕《のぶあき》が辞意を決め、後任に斎藤實を推した。斎藤はのんびりと余生を送ろうと思っていたが、まわりがそれを許さなかった。

内大臣は、明治十八年の内閣制度とともに創設されたもので、天皇の側近として奉仕し、皇室や国家の事務について常侍輔弼《ほひつ》する任があった。世間は斎藤の内大臣就任を歓迎したが、陸軍や右翼は大陸侵略政策に消極的な斎藤に反感を抱いていた。

斎藤が内大臣に就いた十二月は、陸軍から第一師団の満州派遣が発表された月でもあった。第一師団には皇道派の青年将校が多く含まれている。国内から追い出されると思った将校たちは、危機感を強め、満州に移駐される前に昭和維新を断行しようと準備を早めた。

昭和十一年（一九三六）が明けた。

一月中旬までは、ときおり雨が降ったものの、例年と変わらない冬模様が続いた。だが、二十日ごろから一転して、寒気が厳しくなってきた。二十一日、第六十八議会で、政友会が内閣不信任案を提出したことから、岡田内閣は即日解散に踏みきった。

政局の行方を暗示するように、東京はいちだんと冷え込み、二十五日には雪となった。二月四日には大雪となり、帝都の交通はマヒ状態に陥った。その後も氷雨やみぞれの寒い日が続いた。総選挙は二十日に行なわれ、その結果、岡田内閣を支えていた民政党が多数を占めた。

「これで、内閣の立て直しができる」

岡田首相だけでなく、岡田内閣の産婆役となった斎藤も、そのように期待した。今回の総選挙でも、国民は穏健な岡田内閣の続投を願っていたことになる。

にもかかわらず、ちまたには不安が広がった。五・一五事件の前例があったからである。同事件が起こったのは、犬養内閣が総選挙で圧勝してからほぼ三ヵ月後のことだった。今回もまた、総選挙のあとに軍人が決起するのではないかとの疑念が渦巻いた。

事実、陸軍の一部が何か企《くわだ》てているという情報は、かなり早い時期から政府部内にも聞こえていた。首相官邸では万一の場合に備えて警備を固めたほか、扉や窓を補強したり、非常ベルを充実させた。

総選挙の翌日は金曜日だった。年が明けてからも、斎藤は週末の葉山行きを楽しみにしていた。夫妻は例によって葉山の別荘に出向いた。二十三日の日曜日、関東地方はまたもや大雪に見舞われた。三浦半島にある葉山にも三十センチもの積雪があった。

「本当に、雪が多い年ですこと」

春子もさすがにあきれ顔だった。

「何だか、水沢にいるようだな」

雪景色を眺めていた斎藤は、懐かしい故郷の冬を思い浮かべていた。

月曜日、夫妻は午前九時半に葉山を出発し、昼前に四谷の私邸に戻ってきた。

二月二十五日を迎えた。

斎藤は春子とともに、宮中に参内した。当日は、メキシコ大使の信任状捧呈式が行なわれ、夫妻はその後に開かれた午餐会に召されたのだった。夫妻は天皇陛下の隣の席を賜わった。食後のお茶の席では、皇后が春子に向かって、夫の内大臣就任を祝う言葉をかけた。

私邸に戻った春子は、「皇后さまから、大変ありがたいお言葉をちょうだいいたしました」と感激した口調で伝えた。斎藤も満面に笑みを浮かべた。

「本当に恐れ多いことだ。このように夫妻そろって陛下のそばに仕え、親しくお言葉をかけてもらっている。あるいは、わしらは日本一幸せな夫婦かもしれんな」

「そう思いますわ。陛下のためにも長生きしないといけませんことよ」

「わかった。わかった」

夫妻はそんな会話を交わしていた。

このとき、斎藤は満年齢で七十七歳、春子は誕生日（三月三十日）間近の六十二歳だった。天皇裕仁《ひろひと》は三十四歳（四月二十九日の誕生日で三十五歳）になっていた。明治天皇の代から親しく接してきた斎藤を信頼し、高齢になった今はその労苦に感謝し、健康を案じていた。斎藤もまた、天皇を衷心より崇拝していた。私邸の居間には、陛下の載った新聞記事を切り抜いて入れる紙袋を保管しておくほどだった。袋の上には「尊」と自書して、一目でそれとわかるようにしていた。

このような深い絆《きずな》を理解せず、斎藤ら老臣たちの生命を奪った青年将校らは、たちまち天皇の逆鱗《げきりん》に触れ、叛乱軍の烙印《らくいん》を押されるのである。

この日の朝、柴田善三郎は四谷の斎藤邸に向かって自動車を走らせていた。

柴田は、斎藤が朝鮮総督をしていたとき学務局長を務めた人物である。これより前の二月初旬、柴田は岡田内閣の小栗一雄《かずお》警視総監の来訪をうけた。

「斎藤さんは、気をつけんと危ないですよ。下手をすると、また青年将校が何かしでかすかもしれません。もしあれば、今度の方が組織的ですよ」

そのような情報を耳にして、柴田は当惑した。

「しかし、もしあっても、今あなたがわかっていればだいじょうぶでしょう」

そうは答えたが、不安は残った。二月十日、たまたま軍人会館で開かれた満州移住協会の発会式の席上で斎藤と会った。柴田はすきをみて斎藤を別室に招くと、警視総監から入手した情報を伝えた。

「あなたの私邸は路地みたいなところですし、官邸にお移りになってはどうですか」

柴田に忠告されて、斎藤は苦笑した。

「なあに、殺されるときは、どこにいたって殺されるよ」

「それにしても、大事をおとりにならなければいけませんね」

「殺されたっていいじゃないか」

意味深長な発言だったが、その表情はいつものように温厚そのものだった。

このような経緯があって、柴田はこの日、再度斎藤を説得しようと四谷をめざしていたのだった。もっとも初めから斎藤邸を訪れる予定ではなかった。たまたま郷里の静岡に赴くことになったため、わざわざ三十分早く自宅を出て立ち寄ろうと思ったのだった。

ところが残雪が凍っていて、自動車はなかなか進まない。そのうちに四谷に寄っていては汽車に間にあわない時間となった。柴田は何ごとも起こらないことを祈りながら、運転手に東京駅へ直行するよう命じた。

夜半から吹雪になった。

死んだような夜が街を支配したが、それはほんのつかの間だった。

二月二十六日午前三時ごろ、六本木と青山御所の間に散在する歩兵第一連隊と歩兵第三連隊、近衛歩兵第三連隊では、非常呼集によって起こされた下士官や歩兵が完全軍装で整列し、白い闇のなかで襲撃の準備を進めていた。

くしくも前日は、相沢事件を裁く軍法会議に、皇道派の真崎甚三郎が証人として喚問されていた。法廷で相沢を擁護していた青年将校らは、法廷の外においては、国体破壊の元凶と考えていた重臣らを、力によって断罪しようとしていた。

兵の数は約千四百人。合言葉は「尊皇《そんのう》」「討奸《とうかん》」だった。雪、夜明け前、合言葉と、昭和の忠臣蔵を決行するお膳立てはそろった。将校らは「蹶起《けっき》趣意書」と具体的な要求を列挙した「陸軍大臣要望事項」を用意していた。

蹶起趣意書は、陸軍歩兵大尉の野中四郎が二十二日に原文をしたため、二日後、北一輝《きたいっき》（「日本改造法案大綱」で知られる国家社会主義者）宅で、北に心酔していた元陸軍少尉の西《にし》田税《だみつぐ》同席のうえで、士官学校事件で軍から追放された村中孝次が筆を入れたとされている。北や西田の唱える国家改造は、早くから皇道派青年将校らの思想形成に大きな影響を及ぼし、クーデターを正当化する精神的支柱となっていた。

蹶起趣意書は、日本書紀から採った「八紘一宇《はっこういちう》」、つまり世界をひとつの家にする、との考えに集約されるように、日本の独自性は万世一神である天皇陛下のもとに八紘一宇を実現するためにあり、それは建国の祖である神武天皇から明治維新を経て、今まさに進展しようとしている、との考えを明らかにしている。いわば、世界征服を正当化するような論調であった。実際、日本は八紘一宇の美名のもとに戦争に突入していくことになる。

大雪の中を、蹶起部隊はそれぞれの襲撃場所へと急いでいた。

主な攻撃目標は、総理大臣官邸（麹町区永田町）、斎藤内大臣私邸（四谷区仲町）、高橋是《これ》清《きよ》大蔵大臣私邸（赤坂区表町）、鈴木貫太郎侍従長官邸（麹町区三番町）、渡辺錠太郎教育総監私邸（杉並区上荻窪）、後藤文夫内務大臣官邸（麹町区外桜田町）、牧野伸顕元内大臣別荘（神奈川県湯河原町・伊藤屋旅館貸別荘）だった。

このほかにも陸軍大臣官邸（永田町）、警視庁、陸軍省および参謀本部、東京朝日新聞社、日本電報通信社、国民新聞社、報知新聞社、東京日日新聞社、時事新報社も対象になっていたが、川島義之陸相に関しては、初めから善処を要望するためであって、殺害を目的としたものではなかった。新聞社については、蹶起趣意書を新聞に掲載してもらうための行動であり、実際、被害といえば、朝日新聞社の活字ケースがひっくりかえされたぐらいだった。

襲撃は、午前五時を期していっせいに行なわれることになっていた。

首相官邸は、栗原安秀《くりはらやすひで》中尉（歩兵第一連隊）、林八郎少尉（同）、池田俊彦少尉（同）、対馬勝雄中尉（豊橋陸軍教導隊）、竹島継夫《たけしまつぎお》中尉（同）らが指揮し、約三百人の兵がかりだされた。

このうち、対馬と竹島は、元老の西園寺を襲撃する手筈になっていたが、同志と思っていた将校のなかから反対者がでたことから、当初の計画をとりやめ、栗原部隊に加わった。興津《おきつ》（静岡県清水市）にいた西園寺は、蹶起部隊の足並みの乱れから命拾いすることになった。

装備は、重機関銃七、実包二千数百発、軽機関銃四、小銃百数十、実包一万数千発、拳銃二十梃、実包二千数百発、発煙筒三十個、防毒マスク約百五十個にものぼっていた。

午前四時までに整列を終えた兵は、三十分後に兵営を出発、五時には総理大臣官邸に到着した。一行は表門、表非常門、裏門の三隊に分かれて邸内に侵入した。非常ベルがけたたましく鳴りだした。警備にあたっていた警官が応戦し、激しい撃ち合いとなった。

応戦していた清水与四郎巡査が機関銃によって射殺された。巡査詰所で防戦していた村上嘉茂衛門巡査部長は日本間の寝室に駆けつけると、私設秘書官の松尾伝蔵や土井清松巡査とともに岡田首相を浴場に隠し、兵の前に飛び出た。村上巡査部長は軍刀で斬殺され、林八郎少尉をはがいじめにした土井巡査も惨殺された。さらに小館喜代松巡査も殺され、四人の警官が殉職した。

邸内を占領した兵は重機関銃を中庭に据えると、日本間に銃弾を浴びせた。このとき発見された射殺体を、青年将校らは岡田首相と思い込んだ。その死体は岡田ではなく、松尾伝蔵予備陸軍大佐だった。松尾は岡田の義弟であり、岡田が首相に就くなり私設秘書官を希望し、官邸に寝泊まりしていた。岡田の影となって働いていた松尾は、結果的に義兄の身代わりとなった。

その後、女中部屋の押し入れで息を殺していた岡田は、何度か発見されそうになりながら、翌二十七日の夕方、岡田の女婿である迫水久常《さこみずひさつね》らの協力によって、特別に許された弔問客の一人になりすまして官邸から脱出する。首相官邸には本願寺の僧正が置いた戒名まで残されていた。

高橋是清蔵相の私邸襲撃を指揮したのは、近衛歩兵第三連隊の中橋基明中尉と砲工学校生の中島莞爾《かんじ》少尉だった。

非常呼集された下士官・兵百二十人は、中橋・中島率いる襲撃部隊と今泉少尉率いる守衛隊控兵とに分けられ、午前四時半に兵営を出発した。控兵は有事の際に皇居を守るのが目的であり、高橋私邸の裏側にあるシャム（タイ）公使館付近で停止を命じられ、その場で待機した。

機関銃小隊が電車通りに軽機関銃二基を据えて交通を遮断するなか、午前五時ごろ、中橋中尉の一隊は表門から、中島少尉の一隊は東側の塀にはしごをかけて乗り越え、兵とともに邸内に闖入《ちんにゅう》した。内玄関の扉を壊した中橋と中島は、大江昭雄軍曹とともに屋内に乱入し、家人を問い詰めて高橋蔵相の居所をつきとめた。

高橋蔵相は、二階十畳の寝室にいた。中橋らが部屋に入ったとき、高橋はまだ就寝中であり、布団をまくりあげて射殺したといわれている。だが、女中の阿部千代がのちに語ったところでは、千代が護衛巡査の声をきいて、寝室に駆けつけたときには、高橋は白寝巻き姿で床の上に座っていたという。

軍服姿を見た高橋は一喝した。

「何をしに来たのか！」

中橋はそれには答えず、甲高い声を発した。

「天誅!」

同時に拳銃が火を吹き、高橋は即死した。このとき全身に七発が撃ち込まれたという。中島はさらに、軍刀でもって左腕や左胸に深く斬り込んだ。

目的を果たした一行は、首相官邸へ向かった。

鈴木貫太郎侍従長の官邸襲撃を指揮したのは、歩兵第三連隊の安藤輝三《あんどうてるぞう》大尉だった。下士官・兵の数は約二百人。堂込喜市《どうごめきいち》曹長の率いる一隊は表門、永田露曹長率いる一隊は裏門から邸内に侵入し、侍従長の居場所を捜し求めた。安藤大尉は表門から入った。

鈴木は女中から起こされ、防御となるものを見つけようと納戸《なんど》の中を物色していたが、そのうちに廊下まで兵の気配がした。納戸などで殺されては恥辱と思った鈴木は、八畳の部屋に入って電灯をつけた。そこへ、二、三十人の兵がなだれ込み、鈴木を包囲するなり、銃剣を突きつけた。たか夫人もまた、すぐ近くで数人の兵に銃剣と拳銃を突きつけられていた。

堂込曹長が前に歩みでた。

「閣下ですか?」

「そうだ」

鈴木はうなずくと、両手を広げた。

「まぁ、静かになさい。どういうことか、その理由をきかせてもらいたい」

誰一人答える者はいない。鈴木は同じような質問を三回くりかえした。堂込曹長はふりきるように告げた。

「時間がありませんから撃ちます。閣下、昭和維新のため、一命を頂戴いたします」

堂込は直立不動で立った鈴木に向けて拳銃の引金を引いた。一発目は左を掠めてあたらなかったが、二発目が股に、三発目が心臓のあたりに食い込んだ。さらに倒れるとき、永田曹長の撃った弾丸が頭と肩に一発ずつ命中した。うつぶせに倒れた鈴木を見て、兵が「とどめ、とどめ」と連呼した。

「それだけは、どうかやめてください！」

たか夫人が叫んだ。そこへ指揮官の安藤大尉がやってきた。銃口を鈴木の喉にあてていた下士官が訊《き》いた。

「とどめを刺しましょうか」

そのあいだにも、たか夫人の嘆願が続いた。鈴木の出血はかなり激しい。

「その必要はないだろう」

安藤はそう言って思いとどまらせると、「閣下に対し、敬礼」と毅然として命じた。その場にいた兵全員が捧げ銃をした。

「引き揚げ！」その号令によって、兵は部屋から出ていった。安藤はたか夫人に寄った。丁寧な口調だった。

「まことにお気の毒なことをいたしました」

「どうして、こんなことに」

たか夫人は怒りをぶつけた。安藤大尉は宥恕《ゆうじょ》を乞うように言った。

「われわれは閣下に何も恨みはありません。ただ、われわれの考えている躍進日本の将来に対して、閣下と意見を異にするがために、やむをえずこういうことにたち至ったのであります」

さらに国家改造の大要を手短に語った。

「あなたはどなたですか?」

安藤は姿勢をただすと、自分の名を明かした。鈴木夫妻はその名前に聞き覚えがあった。

二年前、安藤は友人と三人で鈴木を来訪し、革新政策に対する考えを聞いた。そのとき、鈴木は三十分と申し込まれた面会時間を三時間までのばしたうえ、昼食をともにして語りあった。

安藤は、「鈴木閣下は見ると聞くとは大違いだ。あの方は西郷隆盛そっくりだ」と同伴の友人に語り、鈴木の人柄に惚れ込んだという。その数日後には、「座右の銘にしたい」と書を希望し、鈴木はそれに応じた。

安藤が鈴木のとどめを刺すことをためらったのには、このようないきさつがあった。

「それでは、これで引き揚げます」

安藤はそう言い残して立ち去った。女中部屋に身を潜めていた女中は、「閣下を殺した以上は、自分もこれから自決する」と語る声を聞いていた。襲撃隊が去るなり、たか夫人は女中に命じて侍従職に連絡をとらせる一方で、自ら傷口に手をあてて血止めに努めた。

まもなく湯浅倉平宮内大臣が見舞いに訪れ、塩田広重博士がかけつけてきた。部屋に入った塩田は一面の血にすべって転倒した。さらに、日本医大から輸血のためのスタッフが集められた。その際、輸血のために急いでいた車が首相官邸で停止させられ、外務省側から議会の方へ抜けようとしたところで、ふたたび前をふさがれた。

下士官の一人が、どこへ行くのかと訊いた。飯島という博士が、「鈴木侍従長のところへ行く」とこたえると、下士官の方から傍《かたわ》らに乗り込んできた。

「ご案内しましょう」

雪の中を突き進み、侍従長官邸に近いイギリス大使館までたどりついた。

「ここまでくれば、だいじょうぶです」

下士官はそう言って別れた。一ヵ月前、その下士官は飯島博士の病院で世話になった男だった。とどめを刺されなかったうえに幸運が重なったことから、鈴木は奇跡的に一命をとりとめる。

牧野伸顕前内大臣を襲撃したのは、所沢航空隊の河野寿《ひさし》大尉を指揮者とし、退役軍人など民間人を主体にした八人のグループだった。一行は、前夜のうちに首相官邸襲撃の栗原部隊に集合し、午前零時、自動車二台に乗って、歩兵第一連隊を出発した。午前四時ごろ、湯河原の伊藤屋旅館別館光風荘に到着。午前五時四十分ごろ、河野大尉を先頭に台所の戸を蹴破って突入した。

皆川義孝巡査が拳銃で応戦し、弾丸二発が河野大尉の胸に命中した。皆川巡査も膝をやられたが、果敢にも倒れたまま引金を引き続け、やがて銃弾を受けて即死した。

河野大尉の命令で貸別荘に火が放たれ、逃げ道を求めて泣き叫ぶ声が渦巻いた。民間人として襲撃に加わっていた黒田昶《あきら》は、女中をつぎつぎに抱き降ろした。あとには看護婦と男が残った。黒田は拳銃を抜くと、男をめがけて撃ったが、弾は看護婦の森鈴江の手首に命中した。悲鳴に驚いた黒田は看護婦を救いだすと、牧野までも抱きおろしたという。ただし、牧野はもっと早い時点で逃げ出し、崖のうえにいたところを撃たれ、その弾が看護婦の手に当たったとも、女装して逃げたともされている。

牧野は、明治新政府の立役者だった大久保利通の遺児である。あやうく親子二代で凶変の犠牲となるところであった。

襲撃に失敗した河野寿大尉は、熱海にある陸軍病院「衛戍《えいじゅ》病院」で傷の手当をうけていたが、三月六日に自決する。

不運だったのは、民間人でありながら死刑になった水上源一《みなかみげんいち》だった。彼は前夜、自宅から歩兵第一連隊に向かい軍服に着替えたが、河野とはこのとき初対面であった。脇役に徹していた水上だったが、肝心の指揮者が自決したことから、求刑の禁固十五年に対し、謀議参与または群衆指導という罪名のもとに死刑の判決を下されるのである。

　斎藤内大臣を襲った部隊のうち、坂井中尉率いる主力は陸軍省に向かい、高橋少尉と安田少尉率いる約三十人はさらに渡辺錠太郎教育総監私邸をめざしていた。一行は赤坂離宮前で、野戦重砲兵第七連隊が手配していた軍用トラック一台に乗り込み、雪道を飛ばした。

　渡辺の私邸は杉並区上荻窪にあった。午前六時、東京を襲った大雪が目に眩しいほどだった。このとき渡辺はすでに寝床から出て、服装を整えていた。雨戸は全部あけられており、午前六時、このとき渡辺はすでに寝床から出て、服
　そのとき、軍用トラックが疾走してきて私邸の前で急停車した。荷台から飛び降りた兵が、いきなり玄関めがけて機関銃を乱射した。静かな住宅地はけたたましい銃声に包まれた。警備にあたっていた憲兵二人が拳銃で応戦してきたため、高橋少尉や安田少尉は裏手にまわり、屋内に乱入した。すず夫人は、身を挺して制止しようとした。

「軍人として、あまりに乱暴ではないですか」

　だが、すでに斎藤内大臣を血祭りにしてきた将兵には、むなしい説得だった。かまわず、一隊は渡辺の居所を求めて突き進んだ。下士官は機関銃を縁側に据えると、室内に向けて乱射し続けた。

　渡辺も拳銃でもって応戦し、壮絶な撃ち合いとなった。この銃撃戦で安田少尉と伍長の一人に傷を負わせたが、やがて弾が尽きた。渡辺は銃弾を浴びたうえ、軍刀で頭部などを斬りつけられ、ほどなく絶命した。軍人らしい壮絶な最期《さいご》だった。

　午前六時半ごろ、襲撃部隊は渡辺邸を去ると、陸軍省付近にいた坂井隊と合流した。

　襲撃を終えた各部隊はつぎつぎに官庁街に集結し、首相官邸、陸軍省、参謀本部など議事

堂を中心に、宮城（皇居）に接した半蔵門から桜田門、さらに虎ノ門から赤坂見附の四辺形の範囲内をほぼ完全に占拠した。政治の中枢は、今や蹶起部隊（叛乱部隊）によって掌握されるにいたった。

日本を震撼させた四日間が始まった。

第一部

第一章　竹馬の友

水沢（現・奥州市）は孤高のまちである。

伊達家の支藩だった留守《るす》家は、鎌倉時代までさかのぼれば、葛西《かさい》氏と並んで奥州総奉行をつとめた東北の重鎮であった。その家格は伊達氏と拮抗《きっこう》するほどであり、その後、伊達氏の一門となったあとも、幕府からはさまざまな特権を与えられ、国持大名に準じる待遇を得た。

留守氏が江戸に参勤するとき、先頭に槍などの長道具を立て、鉄砲を担って進む様は、諸国の大名でさえ惚れ惚れする格式を備えていたという。家臣は自尊心が高く、武士としての高潔さと矜持《きょうじ》を保っていた。そのような気高い風土だからこそ、偉人と呼ばれる先覚者を輩出した。

伊達政宗から胆沢《いさわ》郡《ぐん》福原（現・奥州市水沢福原）の領地を与えられたキリシタン武士の後

藤寿庵《じゅあん》は、その先鞭をつけた人物である。

寿庵は東磐井郡《ひがしいわい》藤沢の城主、岩淵民部信時の弟で、豊臣秀吉の奥州討伐で領地を没収されると、長崎に出て宣教師のもとで学びキリシタンとなった。福原の領主となった寿庵は、アンジェリスやカルバリヨ神父などの伝道を支え、ローマ法王のパウロ五世に信書を送るなど、国際的視野に立った活動を行なった。武士としての素養も高く、大坂冬の陣、夏の陣では鉄砲隊を指揮して従軍している。

幕末には、長崎でシーボルトに学びドクトルの称号を授かった高野長英が登場してくる。医師で蘭学者だった高野は『夢物語』で幕府を批判したことから、天保十年（一八三九）の「蛮社の獄」で捕らえられ、永牢の身となった。しかし、投獄六年目に起きた江戸伝馬町獄舎の火事で、三日間の切り放しとなったすきに脱獄、四国や九州など全国を行脚《あんぎゃ》し、ついには潜伏していた江戸で見つかり自害した。嘉永三年（一八五〇）のことである。

後藤寿庵も高野長英も、幕府の政策に最後まで抵抗した反骨の士であった。

高野長英が亡くなって七年後の安政四年六月四日、当時はまだ、陸中国胆沢郡塩釜村だった水沢の吉小路に、後藤新平が生まれた。後藤の生家は、高野長英が生まれた後藤家の分家にあたる。高野は留守家の家臣、後藤惣介実慶《さねよし》の三男として生まれたが、幼くして父を失ったため、母の実家である高野の養子となったのだった。

翌五年（一八五八）十月二十七日、同じ吉小路の武家屋敷で、斎藤實（新字体は実）が産声をあげた。盛岡では二年前に原敬《はらたかし》が生まれており、のちに岩手の三偉人と称される政治家が、原、後藤、斎藤の順で一年違いに誕生していた。伊達家一門の留守家と盛岡（南部）藩という違いはあったが、ともに武士として育てられた最後の世代にあたっていた。

斎藤家は吉小路の西端に位置し、武家屋敷としては比較的広い敷地をもっていた。吉小路は、騎士小路とも呼ばれたように武家屋敷が軒を並べていたところで、高野長英、後藤新平の生まれた通りでもある。全国的にみても、一本の通りからこれだけの逸材を出した通りは少ない。

斎藤家は、鎌倉時代の藤原叙用《ふじわらののぶもち》にまでさかのぼる武士の家柄である。叙用は、藤原鎌足《かまたり》の孫といわれる鎮守府将軍・左近衛将監利仁《としひと》の七男で、斎宮頭となったことから、その子孫は斎藤家を名乗るようになったという。

祖父の高健（貞雄）は、留守家に仕えて町役兼寺社役などを務め、小姓頭として主君の側近にいた。長男の高庸（のちに耕平と改称）に家督を譲って隠居してからは、寺子屋の師匠として生計を営んでいた。

父の高庸もまた、留守家の藩士として目付・小姓頭を務めながら、寺子屋の師匠もこなしていた。母は幼名をケサといい、東磐井郡の舞草から嫁入りしてきたのち、水沢藩主から菊治（戸籍はきく）の名を賜わった。

實が生まれたのは、耕平が二十一歳、菊治が十九歳のときである。男子誕生に、斎藤家はひさびさに活気づいた。

「これで、お家は安泰。あとは、この富五郎がすくすく育ってくれるのを願うだけだ」

斎藤實は幼名を富五郎といった。富五郎は幕藩体制が続く限り、いずれは斎藤家の跡継ぎとして留守家に仕える運命だった。

富五郎は母の乳の出が悪かったことから、上町に住んでいた足軽の妻の乳を吸って育った。数えで二歳になった安政六年（一八五九）三月十三日、水沢は大火に呑まれ、まちのほとんどが灰となった。この年六月、鎖国を続けていた幕府は神奈川、長崎、箱（函）館の三港を開き、ロシア、イギリス、フランス、オランダ、アメリカ五ヵ国に貿易を許可した。十月には、「安政の大獄」により吉田松陰らが刑死、翌年の万延元年三月には、「桜田門外の変」で井伊直弼《いいなおすけ》が暗殺される。時代は開国をめぐって尊皇攘夷《そんのうじょうい》のうねりのなかへと突入していく。

耕平は厳格な父親だった。寺子屋に通う子供たちへの手前もあっただろうが、富五郎にはスパルタ教育をほどこした。同じことを三度教えても覚えないときには、容赦なく拳骨が飛んだ。

十歳までに『四書五経』の素読を終える。それが息子に与えた課題だった。大人でさえ難解な『大学』や『中庸』『論語』『孟子』といった書物に四苦八苦する富五郎の姿は、はたからみていても痛痛しいものであった。その息子を温かく見まもったのが、母の菊治だった。菊治は慈悲ぶかく、屋敷で働く身分の低い人たちからも慕われた。富五郎は母親似だといわれる。

寺子屋で学んでいた富五郎が、六つか七つのときである。草むしりをしていた祖父のかたわらで、彼もまた草むしりを始めた。いつもは黙々と草をむしる祖父が、ぼそりと話しだした。

「この藩の殿さまが、といっても、もう三百年も前のことだが、その殿さまが死んだとき、六人の家臣が殉死された。これがわが国では殉死というものの最後で、その後は法律で禁じられてしまった。その殉死された六人の武士の墓は、いまでも日高神社の境内《けいだい》に建てられているが、そのうちの二人が相隣あって住んでおられた。

いよいよ皆が集まって腹を切る日が来た。刻限は午後の七つ（午後四時頃）と決めてあったが、その時刻まで二人とも庭に出て草をむしっていた。それこそ、何ごともないように。そして、その時刻になると、垣根越しに、釣りに友達でも誘うような調子で呼びあって、殉死の場所に出かけて行かれた。武士というものは、どんな大きなことが起こっても、また、死ぬ間際でも平常と少しも変わらず、顔色ひとつ変えずに静かに死につくというほどの落ち着きと度胸がなくてはいけない。この草むしりも、何でもないことのようだが、立派な精神修養のひとつだ。人の心を落ち着かせるものだ」

斎藤は、総理や内大臣になっても草むしりや庭いじりが好きだった。草をむしるたびに祖父の言葉を思い出し、心を静めて自分と対話していたのだろう。その沈思な一生は、祖父が草むしりに託して語った武士道を貫いた生涯でもあった。

富五郎は、同じ吉小路に住むひとつ年上の後藤新平とは、対照的な少年だった。

斎藤はのちに、「寺子屋に通っていた当時から兵隊ごっこが好きで、寺子屋の仲間を率いる餓鬼大将だった」と回想しているが、同じ餓鬼大将でも、闘争心にあふれた腕白な新平とは異なり、争いを好まない知将タイプだった。

雑魚《ざこ》取りが好きで、夏には新平と水浴びをすることも多かった。水浴びが終わると、新平は乱れた髪を器用に結い直して、何くわぬ顔で自宅にかえったが、富五郎はどうしてもうまく結い直せないために、川で泳いだことがすぐに見破られ、母親からたしなめられたという。

木枯らしが吹く季節になると、子供たちは凧《たこ》あげに興じた。それに飽きると寒風のなかで着物を脱ぎ相撲が始まったが、富五郎はもっぱら行司役に徹した。また木登りが好きで、よく自宅や近所の庭にある柿の木に登っては叱られた。

富五郎は十歳にして、四書五経の素読を終えた。だがそのころ、耕平が祖父の貞雄とともに水沢から出征した。戊辰《ぼしん》戦争（一八六八年）である。

水沢藩は一万六千石にすぎなかったが、伊達家一門として奥羽越列藩同盟にくみし、新政府軍と戦うことになった。祖父と父は奥羽諸藩の前線基地にあたる白河へと出向いた。幸い水沢は戦火に包まれることはなく、飯盛山で自決した会津藩の白虎隊のような悲劇は起こらなかった。

明治二年六月、版籍奉還となり、武士は無用の長物となった。仕える藩主がいなくなった斎藤家は、多くの武家がそうであったように帰農するしかなかった。没落である。

版籍奉還とともに水沢は胆沢県となり、旧城内に県庁が設置された。新政府からは、権《ごん》知事として武田敬孝《ゆきたか》、大参事として安場保和《やすばやすかず》、少参事として野田豁通《ひろみち》が遣わされ、着任した。

武田は旧宇和島（愛媛）藩士で、安場と野田は旧肥後（熊本）藩士であった。彼らは下っ端の役人にいたるまで、同郷人を連れてきていた。

県庁は、留守家旧館の書院および大広間を使って、民生、聴訟、出納、租税の四局と書記寮に分けられ、監獄は旧本丸の空き地に新築された。だが、役人たちは地元の地理にうといために、胆沢県の管轄範囲も満足につかめない状態だった。

言葉も通じなければ、風俗、習慣も違う。県庁だけがまちから遊離したかたちとなった。このため、水沢藩で家老職を務めていた吉田種穂《たなぼ》らを補佐役として登用した。地元採用の道が開けると、吉田らは旧士族の少年たちを官吏の書生にするように働きかけた。

寺子屋師匠の長男にも声がかかった。新政府軍に屈した祖父や父は、複雑な思いで、富五郎を送り出した。

富五郎は、野田豁通（大造）少参事につくことになった。寡黙な富五郎は、滑脱な熊本弁にめんくらった。野田は明治二十四年に陸軍経理局長となり、日清戦争のとき兵器や糧食を調弁した功で男爵を授けられる。さらに陸軍主計総監に進み、三十四年には貴族院議員に勅選され、大正二年に七十歳で亡くなる。

このとき、権知事の武田敬孝には竹下確三郎という少年がつき、遊び相手の後藤新平は、権少属の岡田（のち阿川）光裕《みつひろ》の書生になった。

明治三年（一八七〇）一月、宮城県の金成町に胆沢県の出張所が設けられ、野田が所長として転任することになった。

「どうする、ぼうず。ついてくるか」

富五郎に断わる理由はなかった。まだ乳飲み子だが弟の省吾《しょうご》がいる。自分の身に何かあったら、弟が家督を継いでくれる。

「むろん、お供いたします」

野田は、茫洋とした風格のなかに強い信念をみた。六ヵ月の金成町暮らしで、野田は富五郎の聡明さに驚かされる。少年には似合わない高い漢学の教養や沈着冷静な判断力。野田は、寺子屋では教えられなかった手紙の書き方などを手ほどきした。

八月、水沢に戻った富五郎は、野田から思わぬ誘いをうけた。

「どうだ、県庁の給士にならんか」

今回もまた、断わる理由がなかった。

「おまかせいたします」

県庁に通った富五郎は、やはり給士になっていた後藤新平、山崎為徳《ためのり》(周作)とともに、水沢の三秀才として一目置かれるようになる。

給士としての月給は一円五十銭から二円ほどであった。そのころは、鋳鉄でつくられた粗末なビタ銭の穴に細い縄のさしを通し、百文ずつ束ねられていたものを支給するしくみだった。子供にとっては、どっさり手渡されたゼニの山をもって帰るのがひと苦労で、給料日になると、あちこちで助っ人に運んでもらう光景が見られた。

富五郎や新平もまた、人の手をかりながら、ずっしり重いビタ銭を肩にかけて家路についた。その重さが肩にくいこめばくいこむほど家計の助けとなるだけに、愚痴をこぼすわけにはいかなかった。

県庁勤めにも慣れた秋、十月四日の晩のことである。虫の音だけが武家屋敷のまわりでほのかに響きあうころ、突然、市中に半鐘が鳴り響いた。

「火事だ！」

発狂したような甲高い声が通りをうねっていく。

寝床からはね起きた富五郎は、家族とともに表に飛び出た。水沢は十一年前の大火で潰滅的な打撃を受けた苦い経験がある。吉小路には不安な形相があふれた。

「火元はどこだ」

「あれだ。お城だぞ」

声の指す方角を見やると、上空がほんのり赤い。城といっても、水沢城に天守閣があったわけではない。臥牛《がぎゅう》城と呼ばれたように、外濠、内濠に囲まれた敷地内には、本丸、二の丸、三の丸、南の丸が並んでいた。重要な書類を灰にしてはならない。そう思った富五郎は、その場から県庁に向かって疾走した。

火元は、旧本丸の空き地に建てられていた監獄だった。火を消そうとあわてふためく黒い群れを眺めながら、富五郎は書院や大広間のある屋敷の方へ向かった。あたりは暗く、足が闇にすくわれそうになった。

「このままじゃ、まずい」

富五郎は、構内の蝋燭に火を灯して歩いた。大小の部屋をそのまま各部署に割りあてただけの県庁は、昼でも薄暗い部屋が多く、夜は明かりがないと身動きできない。火には火で、という機転であった。このため、遅れてかけつけた役人たちも文書類をぶじに運び出すことができた。この功労によって、富五郎は十二日、武田敬孝権知事から褒賞を与えられた。これによって富五郎の株が一段とあがった。まだ、数えで十三歳のときである。

この前後から富五郎は漢学修養のために「立生館《りゆうせいかん》」に通うようになる。

立生館は、アヘン戦争が勃発した翌年、天保十二年（一八四一）、留守家の二十四代藩主、宗衡《むねひら》が創設した藩校だったが、明治二年の版籍奉還後は、武田権知事によって「郷学校」と改称されていた。看板が変わっても、人々は藩校時代から親しんでいた立生館の名で呼んでいた。

立生館には秀才として聞こえた後藤新平、山崎為徳も通っていた。

少年たちは昔であれば元服をすませ、一人前の男として扱われる年齢にさしかかっていた。そろそろ、自分たちの進むべき道を見つけなければならない。

最初に行動を起こしたのは、後藤新平だった。後藤は明治四年の春、大参事だった嘉悦氏《かえつうじ》房《ふさ》が官命によって上京するのに伴われ上京していった。

「東京か……」

富五郎は、文明開化の進む大都会に思いを馳せた。だが、遊学したくても先立つものがない。そうこうするうちに明治五年が明け、山崎は少参事の野田豁通に連れられて、野田の故郷にある熊本洋学校に入学した。

ここから後日談になる。山崎は八年七月、同洋学校を首席で卒業するなり上京し、東京帝大の前身だった開成学校に入学する。ところが中途退学を決意し、同志社の新島襄《にいじまじょう》に師事する。

そのころ東京にいた斎藤は、山崎が寄宿していた本郷弓町の野田豁通邸を訪れている。山崎から散歩に誘われた斎藤は、

「同郷の仲間がみんな心配している。今、退学しても意味がないじゃないか。卒業してからほかの方向に進んでも遅くはない」

と説得したが、山崎は

「君にはわからん。僕が勉強したいと思う学課は開成校にはないんだよ」

と言って、自分の理想を訴えた。

明治十二年、同志社の第一回卒業生として首席で卒業した山崎は、母校で教鞭を執るが、その二年後の十月九日、肺病にかかって不帰の客となる。まだ、二十四歳という若さだった。キリスト教（プロテスタント）精神に基づいた高潔な教えで、草創期の同志社を担った山崎は、教育者として将来を嘱望《しょくぼう》されていた。山崎はのちに、京都若王子の新島襄の墓近くに改葬される。

大正二年（一九一三）十月七日、海軍大臣になっていた斎藤は、山崎為徳らの遺徳を偲《しの》ぶ追悼会で、同志社の同窓や学生の前で次のように述べている。

「今、諸君とともに、竹馬の友であった亡き友を記念するにあたって、私の心は少年時代に

帰って、感慨深いものを覚えます」

水沢での思い出は、斎藤にとって何ものにもかえがたい心の糧《かて》であった。

第二章　獅子たちの残照

三羽烏の二人までが水沢から姿を消し、富五郎は船にでも乗り遅れた気分になった。水沢に限らず、青雲の志《こころざし》を抱いた少年たちが続々と東京へと向かっていた。盛岡の原敬もまた、この時期に上京した一人である。

明治五年（一八七二）三月、県庁で懇意にしていた杉谷圭三から東京遊学を勧められた。

「このまま県庁に残ることもできるが、上京するなら今こそ絶好の機会だ。これを逃す手はない。よーく考えるようにな」

水沢では前年十二月に胆沢県が廃止され、新たに水沢県が置かれていた。これに伴い大参事の嘉悦氏房ら多数の役人が廃官になり、東京や故郷に帰ることになった。その一行に加わり、上京すれば都合がいい、というのが杉谷の意見だった。

富五郎は家族と相談のうえ、杉谷の斡旋を受け入れることにした。母の菊治は不安なまなざしを隠しきれなかったが、武士の本懐を遂げずにいる祖父や父は、水沢人の気概を富五郎に託す思いであった。

県庁を辞職した富五郎は、旅支度を整えると、三月中旬、嘉悦氏房の一行とともに水沢を去った。数えで十五歳、春まだ浅い旅立ちであった。

一行は嘉悦大参事とその家族七人、これに杉谷圭三、木村一貫、今村幸成らが加わり、富五郎ら数人が従った。川舟で北上川を下った一行は、一昼夜かかって石巻に着いた。そこからは、海路で上京することになっていたが、数日待っても東京行きの汽船がやってこない。出航はさらに延びそうな気配だった。今村幸成は、一行と別れて陸路をとることにした。

「ご一緒させてください」

富五郎もまた、あえて日数のかかる陸路を選ぶことにした。三月二十五日、石巻を出発した二人は、松島、仙台、白石、二本松、白河を経、鬼怒川、利根川を川船で下り、東京小網町河岸にたどり着いた。神田区本石町の越前屋治兵衛方に投宿した二人は、数日後にはそこを引き揚げ、浜町の細川家邸内に居住した。

その年の秋、頼りにしていた今村が福島県に赴任していった。富五郎は途方に暮れた。

この年、盛岡県は岩手県となり、父親の耕平は岩手県警察官に採用された。だが、薄給とあって学費までは期待できなかった。祖父の貞雄は、明治になってからも家塾を経営していたが、郷学校（立生館）が公立塩釜小学校になったのち、教師に任命されている。教職についたとはいえ、けっして高い待遇ではなかった。実家の仕送りをあてにできない富五郎は、自分で食い扶持を探さないかぎり、路頭に迷うことになる。

幸い胆沢県庁に務めていた経験を買われ、新設された水沢県の東京出張所に臨時採用されることになった。等外出仕という、今なら臨職のような立場であった。月給は三円五十銭だったが、出張所に住んでいた福島常足との同居を許されたこともあり、生活に困ることはなかった。

さらに富五郎にとって好都合だったのは、福島が数学を得意にしており、個人教授を受けられることだった。

「何としても、官費生となれ」

福島は、ざんぎり頭の富五郎にはっぱをかけた。私塾に通えるゆとりのある者はともかく、地方から出てきた大半の少年は、学費のいらない官立学校をめざしていた。

十二月三日、暦が変わった。

「明けましておめでとうございます」

富五郎は当惑した声で頭をさげた。

「いやはや、今日が元旦とはな」

福島も苦笑いで応えた。この日から太陰暦に変わって太陽暦が実施され、いきなり明治六年の元旦となったのだった。

ようやく新しい暦にもなれた二月、陸軍幼年学校の生徒募集が行なわれた。これに先立つ明治三年、陸軍兵学寮と海軍兵学寮が創立されていた。陸軍兵学寮には幼年学舎と青年学舎とがあったが、五年になって幼年学舎は幼年学校、青年学舎は士官学校と改称された。また、兵部省が廃止され、陸軍省と海軍省が設置された。

「まるで、おまえのために募集したようなものじゃないか。武士ならば軍人になる。これからは藩ではなく、お国に仕えるのだ」

こんな具合に、出張所の上司や同郷の友人らが励ました。富五郎もまた、侍の血を引く自分の進むべき道は陸軍しかないと言い聞かせ、ためらうことなく受験した。試験の結果は二十一番であった。陸軍幼年学校の官費生枠は二十人であり、惜しくも次点となった。

「試験は及第点でしたが、採用枠には入れませんでした。官費生の欠員が出るまで、自費で賄《まかな》うのであれば、入学を許可するとのことでした」

「それは弱ったな。助けてやりたいのはやまやまだが……」

福島は、学費なら俺が出すといったぐあいに思案顔になったが、めどが立たないことを伝えるように吐息をつく。富五郎に選択の余地はない。すぐに「自費永続の見込みがない」ことを理由に入学を辞退した。

三ヵ月後、今度は海軍兵学寮予科生徒の募集が行なわれた。当時の入学試験は、漢学、英語、数学のなかから得意な科目を選択することができた。東京には、今日の予備校にあたる漢学塾や英語塾が乱立し、官立学校をめざす受験生が鎬《しのぎ》を削っていた。

富五郎は塾に通う余裕はなかったが、寺子屋と立生館で鍛えられた漢学の素養があった。試験は九月に行なわれ、漢学で挑戦した富五郎は数日後、二週間の通学を命じられた。

「どういうことだ？」

「まずは、仮通学させ、そのうえで最終的に入学者を選定するということです」

福島はうなった。

「それなら、陸軍幼年学校に決まりだな」

皮肉にも海軍兵学寮からの通達と同時に、陸軍幼年学校からの朗報が県出張所に届いていた。内容は「今春、自費入学を希望せざりし斎藤なるもの、今なお在京ならば官費生に欠員が生じたるをもって、明日出頭せば入学せしめらるべし」というものだった。

「海軍兵学寮に通ったところで、さらにふるいにかけられる。それよりは、出頭さえすれば入れる陸軍幼年学校の方がいい」

福島をはじめ出張所の役人たちは、陸軍に進むように説いた。

「しかし……」

受験する前、富五郎は陸軍であれ海軍であれ、武人として進む道には大差がないと思っていた。だが、海軍兵学寮の建物に入ったとき、陸軍幼年学校では感じなかったスマートで洗練された雰囲気に魅了された。

海軍か、それとも陸軍か。富五郎は岐路に立たされた。県官たちはなおも富五郎のことを思って、「陸軍にしろ」と勧めたが、なぜかその声がわずらわしく聞こえた。

富五郎の一徹な精神がうずいた。

「俺は海軍に行く！」

結局、周囲の反対を押しきり、海軍兵学寮に通うことにした。

試験通学をパスした富五郎は、明治六年（一八七三）十月二十七日、正式に海軍兵学寮予科に入学し、幼年生徒としての寄宿舎生活が始まった。数えで十六歳になっていた。

海軍兵学寮は明治三年十一月、前年九月に東京・築地に創設された海軍操練所が改称されたもので、歴史そのものは幕府が安政二年、長崎に設けた海軍伝習所までさかのぼる。幼年生徒の修業年限は予科二年と本科三年に分かれ、予科は英学（英語）、漢学、数学のほか馬術、体術、水泳など、本科は英学や航海学、砲術、造船学、蒸気機関学、兵学、医学などの専門教育が施されていた。

日本海軍は、その制度をイギリスから導入することとし、この年七月下旬には、英国海軍省から派遣されたドウグラス少佐以下三十四人ものエキスパートが専任教師として来日していた。

ドウグラスは帰国したのち海軍大将となる人物であり、このほかにも第一線の士官から水夫までひと通りのスタッフが揃っていた。富五郎は受験会場で初めて英国人と出会ったとき、その颯爽《さっそう》とした姿に気圧《けお》された。

授業では英語のテキストが使用され、本国並のレベルの高い講義が行なわれた。教師たちは生徒と同じ宿舎で寝起きし、日常生活においてもイギリス流のマナーを叩き込んだ。富五郎にとっては、英語はゼロからのスタートとなった。最初こそアルファベットさえ満足に読めなかったが、クラスメートが目を見張るほど、みるみる上達していった。

のちに艦隊司令官になる寺垣猪三は、次のように回想している。

「英人教師はときどき生徒を連れて実習所に出かけるのであったが、宿舎から実習所に行く途中、いろいろ説話しながら行くことが多かった。我々生徒の多くは教室の講義でないから気にもとめずにいたが、斎藤君だけはそんなことも聞き逃さずにチャンとノートに控えておくという調子であった。

あるとき試験に習ったことのない問題を出されたので、生徒一同辟易《へきえき》し、なかには憤慨するものもあったが、斎藤君はすまして答案を書いて出していた。後で聞くと、そのとき出された問題は、宿舎から実習場までの途中の説話が課されたのであったから、斎藤君以外のうっかり連中は答案を書けなかったのである。

また、斎藤君は少しでも腑に落ちないことがあると、ノートを携えて教官の所へ出かけ、言葉の通じないところは手真似で聞いてキチンと調べ上げているのだった。だから、クラスの連中は何かわからないことがあると、斎藤に聞けというように、斎藤君のノートはクラスで有名なもので、私たちはそのノートにかなり厄介になったものである」

富五郎は入学当初、勇ましい名前にあやかって「奥州無宿の親分」といったニックネームがつけられていた。

明治八年（一八七五）、数えで十八歳のときである。構内に繋ぎとめられてあった練習艦「乾行」に乗り込んできた水夫に同姓同名の少年がいた。あるとき二人が混同された。

「このままでは、何かと都合がわるい。この際に改名した方がいいだろう」

富五郎に愛着を抱いていた斎藤だったが、上官のアドバイスに従い、實（実）と変えた。

明治九年八月、海軍兵学校と改称され、初代校長に松村淳蔵が就いた。このころの海軍は、前年九月に起きた江華島《こうかとう》事件（軍艦「雲揚」が同島の沿海で演習中、朝鮮側から攻撃され、逆に永宗鎮を占領した）で脚光を浴び、志願者も急増していた。

在京中の原敬もまた、その一人である。原は改称される直前の海軍兵学寮を受験したが、失敗している。もっとも落第したことによって、原は司法省法学校に入学（中途退学）し、総理にまでのぼりつめるのであるから、何が幸いするかわからない。

明治十年二月、西南戦争が勃発し、海軍兵学校の生徒たちも血気にはやった。

「即刻、我々も参戦すべきだ」

生徒は参戦派と自重派に二分し、参戦派は政府か西郷かで対立した。長州の陸軍、薩摩の海軍といわれたように、海軍兵学校には薩摩出身の生徒が多い。彼らにとっては、まさに内臓でもえぐられたような思いだった。風呂のなかでも激論が交わされた。温厚な斎藤は声を荒《あら》らげることはなかったが、一貫して軽率な行動にでるべきではないと説いた。

「戦場に行ったところで、陸軍の一兵卒として働くしか道がない。海軍はようやく第一歩を踏みだしたばかりであり、将来を担う我々は、自重してここにとどまるべきだ」

斎藤の説得にもかかわらず、少数の生徒は独断で参戦していった。このとき、海軍は保有していた軍艦のほとんどを西南戦争に投入していたが、あくまでも陸軍の補佐役でしかなかった。

八月三十一日夜、斎藤は家族に長文の手紙をしたためた。

「西南の騒動も大概鎮定に相成り……」

海軍兵学校での近況を伝えたあと、西南戦争が終息に向かっていることを明かしている。警察官の父親を意識するように、「新撰旅団」についての記述もみえる。

政府は、徴兵による常備軍が尽きると、警視庁巡査の名目で新しい兵員を募集した。応募してきた各地の士族は新撰旅団などに編入され、戦場へと送られていたのである。

斎藤は、「南部や津軽あたりより登京の新撰旅団は、たいがい東京に限られ、戦地に赴くことはないらしい」と記している。事実、岩手からやってきた新撰旅団のほとんどは東京にとどまり、隔靴《かっか》掻痒《そうよう》のまま帰郷する。また、当時全国的に流行していたコレラ禍や「陸軍は士官に富んで兵にとぼしく、警視は兵に富んで士官にとぼしい」といった戦地での風評も紹介している。

西南戦争は九月二十四日、西郷の自刃で終結する。政府軍は七万人もの兵員を送り、約六千四百人が戦死、約九千五百人が負傷した。一方の西郷軍は約三万人の兵員のうち半数以上の死傷者（戦死者約六千八百人）を出し、戦後に二千八百人近くが処罰された。

軍艦での実習が始まった。

明治十一年（一八七八）一月十四日、前年七月に本科を卒業していた斎藤は、同期生とともに練習艦「乾行」への乗り組みを命じられた。数えで二十一歳のときである。「海軍兵学校沿革」にも、「本校卒業生徒斎藤實以下十八名は実地練習のため乾行艦乗組を命ぜらる」

とあり、本科課程を首席で卒業したことがわかる。

陸から海へ。机上を離れての実地学習である。生徒たちの士気はいやがうえにも高まった。が、乾行艦はボイラーなどが取りはずされ、海軍兵学校構内の堀に係留されたままであった。

「早く、動く軍艦に乗ってみたいものだ」

「そのための実習ではないか」

マストの上や甲板で帆をあやつる生徒たちは、静止した軍艦を恨めしそうに見まわした。乾行艦は、生徒たちから「動かぬ軍艦」のニックネームをもらっていた。

乾行艦は安政五年、イギリス・リバプールで建造され、「ストルク」と命名された軍艦を、鹿児島藩主が長崎で購入し、明治三年になって政府に献納したものである。三本マストの木造装帆艦で、排水量五百二十二トン、百五十馬力の性能であった。

四月、五代目の校長として、旧薩摩藩士で海軍大佐の仁礼《にれ》景範《かげのり》が就任した。この仁礼はのちに斎藤の岳父《がくふ》となる人物である。

斎藤の妻となる春子は、明治六年三月三十日に東京で生まれていた。仁礼が校長として赴任してきたとき、春子はやっと満五歳になったばかりの少女だった。このころ春子は母親寿賀子とともに皇居への出入りを許され、宮様方の遊び相手になっていた。

六月、斎藤は動かぬ軍艦から晴れて動く練習艦「金剛」に乗り込むことになった。

練習航海の朝を迎えた。

六月十八日午前七時半、東京築地の海軍兵学校を出発した斎藤實ら十八人は、世話になった乾行艦の関係者に別れを告げると、「利根丸」に乗り込んだ。利根丸は、東京湾を南下して横須賀港に入り、ドックの脇に着いた。下船した練習生は、造船所構内を首をまわしながら歩いた。

「あれを見ろ。『比叡』だ」

「向こうには、今朝入ったばかりという『扶桑《ふそう》』が見えるぞ」

「扶桑」の前にさしかかった一行は、目を見開いてその威容を見上げた。

「さすがに、堅牢だな」

斎藤も感嘆の吐息をもらした。生徒たちの興奮は、停泊中の「金剛」に乗艦するなりピークに達した。午前十一時半、勇んで「金剛」の甲板に立った一行は、誇らしげな顔をつきあわせ、仲間と感想を述べあった。

「やはり最新艦だけある。動かぬ軍艦とは雲泥の差だ」

「何しろ湾内に停泊している艦船のなかでも、三本の指に入る軍艦だからな」

港には「金剛」のほかに、「東」「比叡」「浅間」「富士山」「高尾」「千代田」「迅鯨《じんげい》」の艦船が停泊し、ドックには「孟春《もうしゅん》」「扶桑」が待機していた。

練習航海を終え、海軍兵学校を卒業すると、いずれかの軍艦に配属される。生徒たちは、品定めでもする口調で、自分の乗り込みたい軍艦の名前をあげては胸を躍らせた。

一番人気は、「扶桑」だった。

「金剛」と「比叡」「扶桑」はともに、この年に英国で建造された新艦であった。「金剛」と

「比叡」は同タイプの姉妹艦で、鉄骨木皮、二千二百四十八トン、速力約十二ノットだったが、「扶桑」は鉄製鉄帯で三千七百十七トン、十三ノットと、ひとまわり性能が上まわっていた。「扶桑」を筆頭にした三艦は、明治初期の日本海軍が誇る精鋭艦であった。

「金剛」は四月下旬、海軍兵学校の練習艦と定められ、生徒たちは小躍りした。

斎藤は六月十八日から「金剛」の詳細な航海日記をつけている。この航海日記は、現存する日記では最も古いもので、「艦上操練日記」と「浦鹽斯徳（ウラジオストク）遠航日記」とからなっている。

十九日、「金剛」における乗組員の部署が決まり、右舷、左弦九人ずつが配属された。いずれも、のちの日本海軍を担うそうそうたる顔ぶれだが、なかでも斎藤のいる右舷側には、歴史に名を残す逸材がそろっていた。

のちに海軍大尉として千島探検をする郡司《ぐんじ》成忠《なりただ》もその一人である。郡司は、尾崎紅葉とともに明治文壇の双璧と謳われる幸田露伴の兄でもあった。のちに男爵・海軍中将となる坂本俊篤《としあつ》、山内萬寿治《ますじ》も配属されていた。

艦上操練が続くなか、八月七日付で沿岸巡航、次いで遠洋航海の命を受けた。

「いよいよ、遠航だ。しかも、ウラジオストクだぞ」

「ロシアか。こりゃあ、最初から縁起がいいや」

いきなり大国の玄関口に赴くことになった生徒たちが、小躍りしたことはいうまでもない。

八月十六日、横浜港は朝から小雨に煙っていた。出航準備が整い、午後零時三十五分、川村純義《すみよし》海軍卿（のちの海軍大将）が乗艦すると、礼砲十五発が轟《とどろ》いた。ついで花房義質《はなぶさよしもと》外務大書記官（のちの枢密顧問官）らが乗り込んできた。一時十五分、横浜港を解纜《かいらん》した「金剛」は、巨体を移動し始めた。「春日」から十三発の礼砲が放たれ、「金剛」も応砲した。

出航した最初の晩は海が荒れていたわけでもないのに、ひどいシーシック（船酔い）にかかった水兵がいた。翌朝、甲板に出ると、見渡す限り水平線であった。初めて陸の見えない光景に、斎藤は海軍の一員となったことを実感していた。

生徒には、早朝にハンモックをあげるなり、掃除や大砲磨き、大砲操練、天測などの訓練が待っていた。しかも新しく徴募した水兵に、帆の畳み方や小銃操作も指導しなくてはならない。

海軍では、シーマンシップの3S精神、つまりスマート（機敏）、スティディ（着実）、サイレント（沈黙）というモットーが育まれていくが、草創期を担った斎藤たちは、その海軍気質を身をもって培《つちか》っていた。

八月二十日、金剛艦は函館港に着いた。港には、アーミド号を旗艦としたフランスの軍艦三隻が停泊していた。午後一時すぎ、北海道開拓使長官の黒田清隆が来艦した。

甲板で迎える生徒らは粛然となった。

旧薩摩藩士の黒田は、官軍の参謀として箱（函）館戦争を勝利に導き、明治七年から開拓使長官を務めていた。黒田参議は川村海軍卿や伊藤艦長らと挨拶を交わすと、わずか五分ほどで退艦した。

「あの温厚な顔からは、とても夫人を斬り殺したとは思えんかったがな」

生徒の一人が言った。酒乱で知られる黒田はこの春、泥酔した勢いで妙齢の妻を斬り殺したとの噂が広がり、悪評を買っていた。

二十一日、この日は右舷の生徒が上陸し、燃料の石炭を積み込んだ。さらに自由行動が許されると、斎藤は郡司成忠、滝川具和《ともかず》とともに馬三頭を借り、五稜郭を見学した。

「土方歳三《ひじかたとしぞう》も戦死さえしなければ、榎本《えのもと》どのと同様、海軍中将になっていたかもな」

「いや、榎本どのが助かったのは、黒田参議が髪を剃り、大久保利通《としみち》に嘆願したためと聞いた。新選組の生き残りだった土方は、生き恥をさらすより、ここで自害したさ」

三人はしばし、獅子たちの残照を眺めるように英雄談義にふけった。

幕府の海軍副総裁だった榎本武揚《たけあき》は、蝦夷島共和国の総裁として五稜郭に立てこもったが、黒田率いる新政府軍に敗れ、東京の牢獄に幽閉された。その後、黒田が助命に奔走したことから無罪となり、北海道開拓使の高官となった。七年一月には特命全権公使と同時に最初の海軍中将に任命され、樺太問題交渉のためロシアの首府サンクトペテルブルク（以下ペテルグルク）に赴任する。そして、八年五月七日、千島・樺太交換条約の調印にこぎつけていた。

この年七月二十三日、帰国のためにペテルブルクを出発した榎本は、ウラジオストクをめざしてシベリア街道を馬車で急いでいた。その榎本を迎えるため、黒田参議もまた、「金剛」でウラジオストクへ向かう手筈になっていた。

翌日には、生徒全員が大森浜で二十発ずつの射撃訓練を行なった。帰艦した斎藤は、前日、東京の近衛砲兵大隊竹橋部隊が反乱を起こし、鎮圧されたことを知らされた（竹橋事件）。

二十八日午前十時過ぎ、黒田長官と随員を加えた「金剛」は函館を離れ、一路ウラジオストクをめざした。甲板にいた斎藤は、双眼鏡で松前城やその周辺を眺め、遠ざかってゆく日本の領土を感慨深く見送った。

函館を発った「金剛」は二日後、ウラジオストク港に接近した。初の海外寄港とあって、乗組員は緊張のしっぱなしであった。

「速力スロー」

船はスピードをゆるめ、ゴールデン・ホーン・ハーバーの位置に達した。午後十二時十分、錨を降ろすと同時に、礼砲を放った。二十一発の砲声が湾内に轟き、張り詰めていた神経がしだいにやわらいでゆく。港内には五隻のロシア艦が停泊しており、日本側からの儀礼が終わると、それに応えた砲声がこだました。

この日は黒田清隆中将、川村純義海軍卿のほか、黒岡帯刀《くろおかたてわき》、服部潜蔵《はっとりせんぞう》の両大尉のみ上陸した。翌三十一日、ロシア側からはアブレック号の艦長や水師提督エドモンドらが来艦した。エドモンドは艦内を隅々まで見学すると、甲板に整列した生徒とも問答をかわした。

午後三時すぎ、右舷生徒の上陸が許可された。斎藤らは勇んで下船すると、さっそく港内を見下ろせる山頂に登った。そこには見張番のような家があり、山腹には牛馬が放牧されていた。

「おい、子供だ」

斎藤は仲間の指さす方向を見やった。たしかに五、六人の子供が、お前が先に行けといったぐあいに、おたがいの身体をつつきあって近づいてくる。

「そうだ、これがあったな」

斎藤は金米糖《コンペイトー》を見せて手招きした。子供たちは照れ笑いを浮かべながらも、金米糖をもらうと満面の笑みで頬ばる。

斎藤は英語で話しかけた。子供たちは、領事館に暮らしている高官の息子ではなく、現地の子供だった。当然、通じるはずがない。斎藤はジェスチャーで年齢を訊《き》いた。

「ペトマット?」

と斎藤の耳に残った。一人が英語で「十五のことだ」と答えた。斎藤は気をよくし、英語で話しかけたが、その少年が十六歳、となりが七歳とわかっただけで、名前さえ聞きとれなかった。

「これでも、飲むか」

当時から酒豪でならしていた斎藤は、持参していたブランデーを茶碗にわけてさしだした。十五歳であれば、酒の少々はたしなめると判断しての好意だったが、子どもたちは首をすくめて断わった。山頂からおりて行く途中、こんどは農夫らしいロシア人がやってきた。同じようにブランデーを勧めると、農夫は目を輝かせて飲み干す。

「ついでに、くれてやったらどうだ」

山内萬寿治が言った。斎藤が瓶ごと与えると、農夫は帽子をとって恐縮する。さらに、立ち去ろうとする山内の手を握り、ロシア語で感謝を述べた。

　山をおりると、一行は日本領事館に赴いた。領事館といっても、西洋人の自宅二階を借りたものだった。領事館には黒田参議がいて、打ち合わせでもしているようだった。斎藤らは世脇寿人《せわきひさと》（手塚律蔵《りつぞう》）領事に挨拶をすますと、そそくさと表へと出た。

　斎藤は日記のなかにウラジオストクでの見聞を克明に記している。だが、初めて見る異国の街は思ったほどまぶしいものではなく、むしろ日本の場末と変わらない光景と重なり、幻滅することもあった。

　領事館の前には粗末な舞台があって、中国人が胡弓（鼓弓）などを使って劇を演じている。

「まるで、田舎の神楽小屋のようだな」

　言葉がわからないから、身ぶり手ぶりで喜怒哀楽を知るしかない。薄汚い小屋での芝居を眺めているうちに物哀しくなってきた。

「先に行こうか」

　一行は散策にでた。中国人の市場ではあまりの不潔さに鼻をつまみ、それとは対照的なエドモンド水師提督の瀟洒《しょうしゃ》な邸宅を見て、階級社会の現実をまざまざと知らされた。もっとも、けっして物見遊山だけで極東の港湾都市を歩いているわけではなかった。

「エドモンド邸の東、ということは、港口の正面か。そこには大砲五門」

　斎藤はさっそくメモをとり、地図に書き込んだ。地図には製造所や兵営、水兵屯集所などの軍事関連施設から商店、病院まで記され、どこに何があるか一目でわかるように記号をつけた。

九月一日は終日、大砲操練に追われた。

翌二日、ふたたび上陸を許された斎藤は、さらに詳しい情報を得るため市中を歩きまわった。東にある病院に着くと、番兵が中を案内してくれた。しかし蒸風呂室と洗濯室のみで、病室に入ることは許されなかった。

病室の近くを歩いていると、一人のロシア人が斎藤たちに話しかけた。その男は病院がかりの海軍士官で、名前をユキフルといった。事情を告げると、ユキフルは病室や薬室までも案内してくれた。

「これは……」

ある病室に入ったときだった。思わず、斎藤は目をそむけた。そこには十五人ほどの婦人が入院していたが、どの患者の顔も醜くただれていた。聞くと、娼妓病室だという。女たちは売春によって梅毒にかかり、その部屋に押し込められていたのだった。

ユキフルは青ざめている斎藤らを外に連れ出すと、自宅まで招待した。思いがけなくロシア人の民家に入ることができ、お互いの煙草を交換して一服できた斎藤だったが、脳裏にはまだ陰鬱な病室で見た女たちの呪うような視線がこびりついていた。

そんなことは知らず、ユキフルの五人の子供たちは、含み笑いをして日本人を観察している。なかでも水兵服を着た十三歳ほどの少女は、人形のように愛くるしかった。どん底にいる女たちの姿に心がつぶれた斎藤にとって、その少女の笑顔は救いとなった。

三日は、エドモンド水師提督を饗応することになっていた。このため、斎藤らは朝から準備に追われた。艦内には各国の国旗や信号旗が張られ、デッキでは数百の紅灯（赤いガラス容器を使ったランプ）が山形にかけ連ねられた。

夜になって、艦を彩った紅灯がいっせいに灯されると、湾内はそこだけ花が咲いたように映えた。市民は港にやってきて、甲板の上と水面に揺れる光の競演を楽しむ。

エドモンド提督も紅灯は初めてらしく、英語を話す妻を通訳に日本側の歓待ぶりに敬意を表した。宴が終わると、生徒らは甲板や艦内の飾りをかたづけ、ハンモックを整えた。この夜は特別とあって水夫にまで酒がふるまわれた。

「明日は、いよいよ出港だ」

「まる五日か、あっという間だったな」

斎藤は、仲間と酒を飲みながら語りあった。

「どうだ、斎藤、ロシアを負かす自信はあるか」

「ウラジオストクだけなら、存分に戦えるが、ロシアの主力ははるか西にある。最初は連勝でも、長引けば日本に分はない」

日露戦争（明治三十七〜三十八年）の二十六年前のことである。北方警備を意識していた生徒たちは、ロシアを仮想敵国に両国の戦力の分析を行なっていた。思慮ぶかい斎藤は、ウラジオストクには少々幻滅しながらも、大国のもつ不気味な力を嗅ぎとっていた。

四日、出港の日がやってきた。

このとき、シベリアの大地を一路、東へ急いでいた榎本武揚の一行は、バイカル湖に近いイルクーツクを過ぎ、チタに近づいていた。だが、ウラジオストクに着くのは九月中旬か下旬になりそうだった。これ以上、滞在できない黒田清隆は、「金剛」で北海道に引き返すかわり、榎本に電報を送った。

「……ハコダテマルハ、キミヲノセテ、キコクスルタメ、ライチャクヲマツ」

午後零時二十五分、抜錨した「金剛」は、日本海を東に向かった。

明治十二年（一八七九）二月六日、斎藤は「金剛」から「筑波」への転乗を命じられた。艦は南シナ海を南下していた。

「こうやって異国を見られるのも、海軍に入ったればこそだ」

「まったくだ。田舎にいたころは、海を渡るなんて夢のまた夢だった」

仲間の会話に耳を傾けながら、斎藤はたしかにそうだと思った。あのまま水沢で県庁勤めをしていたら、井の中の蛙《かわず》として一生を終えたに違いない。それが今は、前年のウラジオストクについで、シンガポールをめざして航海を続けている。

「それにしても暑いな。まだ三月だというのに、これじゃ船が燃えてしまう」

「筑波」は赤道直下へと進んでいた。

同艦は明治四年に英国から購入した軍艦で、嘉永《かえい》四年（一八五一）、英領マラッカで建造された木造の装帆艦だった。同じ練習艦とはいえ、近代装備の「金剛」に乗り込んだ斎藤にとって、自分が生まれる前につくられた「筑波」は老朽船という印象はぬぐいきれなかった。

この航海の模様も、斎藤が邦文と英文で綴った航海日記で知ることができる。

三月三日に出港した「筑波」は、東シナ海、南シナ海を航海し、二十七日午後五時十分、シンガポールに着いた。港に停泊していた軍艦は「筑波」と英国軍艦のモデスト号のみだった。

そのモデスト号から少尉が来艦した。日本側からも平山藤次郎中尉が答礼のためモデスト号に出向いた。同時に海軍兵学校長の仁礼景範大佐に着港の電報を打つため、今井兼昌と鏑《かぶら》木誠《ぎまこと》が陸にあがった。

鏑木はのちに海軍少将となる人物だが、明治二十五年十一月、フランスで建造された砲艦「千島」艦長としてこれを受領、回航していた際、愛媛県堀江沖で英国商船ラベンナ号と衝突する。艦は沈没するが、鏑木はあやうく難を逃れる。その後、日清戦争で功をあげた。

四月一日朝、ユリシーズ・シンプソン・グラント将軍を乗せた郵便汽船が入港した。各国の商船は、満艦飾で歓迎の意を表わした。

グラント将軍は、南北戦争で北軍の司令官として指揮を執り、一八六九年には第十八代大統領に就任した。二年前に大統領をやめ、このとき五十七歳になっていた。斎藤は凱旋する英雄を迎える目で汽船を見やった。同日の日記には、「亜米利加合衆国前大統領グラント氏着港」と記されている。

二日後、「筑波」はシンガポールを出発し、四日、同艦の生まれ故郷にあたるマラッカ港に投錨した。さらにマラッカ海峡を突っきってペナンまで至ると、ふたたびシンガポールを経て、五月九日午後六時、香港に着いた。港内には多くの英国船が停泊していた。

「まるで、英国にやってきたようだな」

斎藤は旧友にでも会うような心境になった。翌日、それが現実になった。前夜入港していたフランスの郵便汽船からウドワルド、ペップレル、すこし遅れてジャイルスの三人が来艦した。

「ハーイ、サイトウ！」

いずれも海軍兵学校で教師をしていた英国人である。思いがけず恩師と再会した斎藤は、固い握手を交わした。午後二時には、広東からグラント将軍を乗せた米国の軍艦が入港し、「筑波」からも平尾福三郎中尉が挨拶にでかけた。

二日後、グラント将軍を乗せた軍艦が、日本訪問のため上海にむけて出発した。一行は長崎を経て七月四日に横浜に着くことになる。グラントが出発した日、上陸を許された斎藤は、夕方、海軍兵学校の恩師を食事に招待した。午後八時、ニュー・ガーデンにおいて花瓦斯《はながす》が焚かれた。中央には「ようこそ、グラント将軍」という意味の英文が美しく浮きあがった。だが、肝心のグラントは出港してしまい、ここにはいない。

「あとの祭りとは、まさにこのこと」

斎藤も苦笑した。そして太平洋の向こうにあるアメリカに思いを馳せた。

第三章　大陸横断列車事故

日本海軍は健全な青年期にあった。

「筑波」の遠洋航海を終えた斎藤實は、明治十二年（一八七九）七月三日、海軍兵学校への帰校を命じられ、翌日には生徒部長となった。

卒業大試験は八日に行なわれ、斎藤の成績は山内萬寿治、坂本俊篤につぐ三番目だった。翌日、山内以下十六人が少尉補に任じられ、三十一日には仁礼景範校長から卒業証書を授与された。

翌十三年二月十七日、斎藤は「乾行」乗組員を命じられ、五月二十七日には、「扶桑」の員外乗組を命じられた。

海軍卿は、ロシアから帰国していた榎本武揚にかわっていた。六月十一日、その榎本が「扶桑」を訪れ、艦内を巡視した。

「これなら、天皇陛下もご安心されることだろう。くれぐれも支障をきたすことのないよう、頼みましたぞ」

天皇睦仁《むつひと》（明治天皇）は、明治五年の西国巡幸を皮切りに、九年には東北・函館巡幸、十一年には北陸・東海道巡幸を行ない、民情視察を続けていた。六月十六日からは、甲府、松本、名古屋、京都など中央道をまわり、神戸から海路で横浜へ帰る予定になっていた。「扶桑」はその御召艦《おめしかん》となっており、出発を前に榎本が点検に訪れたのだった。

天皇が船舶を利用になるのは初めてのことではない。西郷隆盛の統督で鹿児島まで赴いた西国巡幸の際には「龍驤《りゅうじょう》」、東北・函館巡幸の際には「明治丸」がお召し艦となっていた。

この巡幸で、斎藤は初めて天皇に拝謁した。

大役を終えた「扶桑」は八月八日、横浜を出港し、函館、室蘭を回航して、十月八日、宮古に寄港した。翌日、風呂に入るために上陸した斎藤は、宮古警察署の前を通りかかったところで、聞き覚えのある声に呼びとめられた。

「おー、斎藤でねえが」

見ると、知り合いの巡査だった。

署内に入った斎藤は、警察官の父親、耕平が黒沢尻警察署に転任になったことを教えられた。さっそく艦に戻ると、最上の葡萄《ぶどう》酒とベルモット（リキュール）一本ずつを土産として手渡し、このことを書簡にしたため父親に送った。

その耕平だが、實が書簡を出してから半年も経たない明治十四年三月二十七日、出張先の釜石で急死する。享年四十四。耕平は警察官になってからというもの転勤続きで、やっとのことで地元の水沢署詰めになった。その喜びを綴った手紙を、斎藤が受けとった矢先の訃報だった。

「これからというときに……」

海軍に入ったからには、親の死に目にあえないことは覚悟していたが、それにしてもあまりに早すぎる死だった。順風満帆に歩いてきた斎藤は、心の中のマストがぼっきりと折れた感覚になった。だが、船から降りるわけにはいかない。

「扶桑」は五月十八日、天皇の横須賀行幸にあたって、御召艦「迅鯨」の護衛として供奉し、横須賀からはそのまま神戸港へ回航した。横須賀に戻った「扶桑」は、さらに東北・北海道巡幸にあたり、青森から小樽までの御召艦として利用された。

あいかわらずハードスケジュールの毎日だったが、それがかえって悲しみを忘れさせた。しかし、父親の死から立ち直った斎藤に追い打ちをかけるように、翌十五年二月十四日、祖父の貞雄が六十九歳で逝去した。

またもや斎藤は、肉親の臨終に立ち会うことができなかった。祖父も父も侍として生まれながら、明治維新を境に屈辱と慚愧《ざんき》を秘めながら過ごしてきた。斎藤は時代の変革に乗りきれなかった武人の悲哀を感じた。

九月八日、斎藤は晴れて海軍少尉に任じられた。数えで二十五歳になっていた。

明治十五年というと、四月六日、岐阜を遊説中の板垣退助が暴漢に襲われ、重傷を負う事件が発生した。このとき愛知医学校長兼愛知県病院長だった後藤新平が駆けつけ、治療にあたったことはよく知られている。若くして医師としての名声が高かった後藤は翌年一月、正式に内務省衛生局に採用され、医学から政界へと活躍の場を移してゆく。

斎藤は少尉となったのちも、「扶桑」の員外として乗り込んでいたが、明治十六年（一八八三）三月二日、同艦の正員となった。

十二日からは、艦命によって横須賀水雷局において水雷術を修学することになった。水雷局の授業は座学と実習にわかれ、土・日曜日は休日だった。いわば週休二日制である。カリキュラムは各種電池論、電池接合法、電流計論、電池試験法、電池組立方、各種信管論、電勢信管爆発などであり、最新の技術を叩き込まれた。

六月三日、隅田川において水雷発火の天覧実習が行なわれた。当日の発火の順序を描いた図は、通学日誌にも記されている。天覧実習は大成功だった。前年に比べ技術がいちじるしく進歩したとして、御臨席した天皇陛下から特別に勅語を賜わるほどだった。

水雷局での課程を終え「扶桑」に帰艦した斎藤は、十月二十日から二十五日までの日程で、初の朝鮮回航を命じられた。

明治十七年が明けた。

元旦を神戸で迎えた乗組員は艦内での飲酒を許され、司令官の仁礼景範少将から水夫にいたるまで杯を交わした。「快飲前年に比類なし」と日記に記すほどだから、いかに鯨飲したかが想像できる。

斎藤の左党ぶりは有名であった。しかもいくら飲んでも乱れることなく、ふだんと変わらない温厚な性格だった。海軍少尉時代、ある酒席で友人が斎藤の左の耳たぶに噛みつき、ついには噛みちぎってしまった。斎藤は生涯小さな左耳を持つことになったが、寛容な斎藤は、相手を誹謗《ひぼう》するどころか、反省した友人とその後も親しく交際したという。

このまま艦上生活が続くとばかり思っていた斎藤だったが、思ってもみなかった辞令が待っていた。二月八日、官制改革が行なわれ、海軍省では軍務局が廃止となり、新たに軍事部が置かれた。斎藤が受け取った同日付の辞令も、これにともなうものだった。

「扶桑艦の乗組を免じ、軍事部への出勤を仰せ付ける、か」

当惑した。軍事部で働くことは陸上勤務を意味している。いきなり海軍省で働けといわれても、心の準備ができていない。翌日、「扶桑」を退去して東京へ出た斎藤は、とりあえず知人の家に寄宿した。その夜、海軍仲間のゆきつけの「湖月」に飲みにでかけた。日記には、「川浪・加藤・大屋と湖月」と記されている。この加藤はのちに海軍大将、さらには首相にまでのぼりつめる加藤友三郎である。斎藤より三歳若く、このとき二十三歳だった。

十日、斎藤は軍事部長と次官の私邸を訪れた。軍事部長は、かつての海軍兵学校長だった仁礼景範だった。仁礼は司令官を免じられ、軍務局長になっていたが、官制改革とともに軍事部長に任じられていた。

生徒のときから一目置いている斎藤とあって、仁礼は歓待した。家にはこの年四月に私立明倫女学校小学中等科六級を卒業する春子がいた。この日は土曜日であり、春子は午後には家に戻っていた。

「春子、お客さんにごあいさつしなさい」

利発そうな少女が部屋に入ると、洗練されたしぐさで腰を折った。

「春子と申します。どうぞごゆっくり……」

斎藤は、その涼しい目もとに大人びた雰囲気を感じた。

「娘の春子だ。数えで十三。わしの自慢でな。目に入れても痛くない、というが、まさにその気持ちじゃ」

たしかに将来は美しい女性に成長するに違いないと斎藤は思った。だが、薩摩出身でもない斎藤にとっては、永遠に届かない高嶺の花であった。

「だいいち、年が離れすぎる」

心のなかで不埒《ふらち》な考えを叱った。

斎藤は軍事部第二課と四課を兼務することになった。二月二十七日、思いがけなく海軍中尉に昇進した。この日、中尉に昇進したのは、海軍兵学校卒業試験の上位三人、山内萬寿治、坂本俊篤、斎藤に野口定次郎を加えた四人だけだった。

「これで、名実ともに青年士官だな」

海軍省で再会した同期生は、誇らしげな顔をつきあわせた。

二人乗りの人力車が、三田の聖坂《ひじりざか》にさしかかったところで横転した。窮屈そうに乗っていた斎藤と一期上（第五期生）の矢島功は、たちまち路上に投げだされた。矢島の下になった斎藤は、まともに顔面を叩き打った。

「おい、だいじょうぶか？」

矢島を安心させようと、痛みをこらえて顔をあげた。笑おうとすると、ぬるりとした感触が頬を伝わる。ぬぐった手のひらが赤く染まった。

「これはひでぇな。おい、車夫、手伝え！」

人力車に乗せられた斎藤は、すぐさま病院へと担ぎ込まれた。三月二十日、海軍中尉になって一ヵ月も経たないうちに斎藤は四日間、今ふうにいえば交通事故で静養することになった。

斎藤の顔面には、生涯小さな痣《あざ》のような青黒い斑点がたくさんあった。この痣は、少尉時代、「扶桑」での艦砲射撃の際、砲弾が甲板で炸裂するアクシデントがあり、煙硝（有煙火薬）の細かい破片を顔一面に浴びて血だらけになったためだといわれている。だとしたら、斎藤の顔面はダブルパンチに見舞われたことになる。

翌日、矢島や加藤友三郎らが、下宿先に引きこもった斎藤を見舞いにやってきた。

「面目ない」

照れ臭かった。哀れみぶかい視線を浴びるたびに、顔面の腫れが疼《うず》いた。

二十五日から再び軍事部に出勤した斎藤は、海に焦がれながらデスクワークにいそしんだ。

四月十九日、仁礼景範部長から呼びだされた。

「もう、すっかり治ったようじゃな」

「はっ、おかげさまで」

頰の傷痕がほてった。仁礼部長は、骨董品の傷でも探す目で斎藤の顔を見つめる。

「おはんは……。英語が達者であったな」

ときおり薩摩弁がはいる。

「いえ、まだまだ、流暢《りゅうちょう》というわけには……」

「謙遜せんでもええ。ところで、突然で悪いが、亜米利加《アメリカ》合衆国へ行ってもらえんじゃろか」

背筋がふるえた。

「アメリカでございますか！」

「いやか？」

「いえ、けっしてそんなことは」

うれしくないはずはない。それどころかその場で万歳三唱をしたいほどだった。（ついにアメリカか）。説明をうける斎藤は早くも夢心地だった。それからというもの、斎藤は汽船の都合を問い合わせたり、為替や乗船券の調達などの準備に追われた。

四月二十四日、軍事部二課兼四課の勤務を解かれ、正式に米国派遣を命じられた。

二十七日、出航の日がやってきた。午前六時四十五分、一行は黒山の人に見送られながら新橋駅を離れた。横浜港もまた見送りの人たちであふれていた。一行のなかには、英仏に留学する山階宮定麿王殿下《やましなのみやさだまろおう》（のちの東伏見宮依仁親王《ひがしふしみのみやよりひとしんのう》）が含まれていた。山階宮殿下は二十三年七月、フランスのブレスト海軍兵学校を卒業して帰国することになる。

横浜港の沖合には、太平洋汽船会社のオセアニック（オシャニク）号（三千トン）が停泊していた。一行は午前八時、小蒸気船によって本船まで運ばれ、乗船した。甲板には、山階宮殿下送別のため川村純義海軍卿もやってきていた。

斎藤の身内では、弟の省吾が駆けつけていた。

「三、四年もしたら帰国すると思うから、その間、くれぐれも母上を大切にな」

省吾は慶応二年（一八六六）八月十五日生まれで、このとき實より八歳年下の十七歳であった。省吾の目には、海軍服の兄の姿は別人のように凛々《りり》しくたくましく映った。

「それでは行ってくる。水沢の親戚や友人によろしく伝えておいてくれ」

「兄さまもどうぞ、ごぶじで」

「心配すんな、俺は悪運が強い男らしい」

くしゃくしゃになりそうな弟の顔を見て、斎藤は逆に励ますように明るく言った。

省吾はのちに写真術研究のために米国留学する。だが、明治二十九年四月六日、二十九歳の若さでハワイで客死する。そんな運命が待っていることなど、このときは知るよしもなかった。

午前十時、オセアニック号は錨をあげた。停泊中の「扶桑」「金剛」「天城」などからいっせいに三発ずつの礼砲が放たれた。山階宮殿下に別意を表わすものだったが、「金剛」「扶桑」に乗り込んだことのある斎藤にとって、その砲声は餞《はなむけ》の言葉となって胸の奥底に響いた。

一行の主役は、あくまでも山階宮殿下であり、殿下には御付武官海軍少佐の八田裕次郎、家従の松本虎之助が随行していた。海軍兵学校の同期では、卒業試験で上位三番となった山内萬寿治、坂本俊篤、斎藤のほかに野口定次郎の四人、ほかの学年を合わせ計十三人が抜擢されていた。山内はドイツ、フランス、坂本はフランス、斎藤はアメリカ、野口はイギリスへそれぞれ研究調査のため留学することになっていた。

これとは別に、斎藤にとっても運命的な出会いとなった人物が乗り合わせていた。陸奥宗光《むつむねみつ》である。

「さすがに、海援隊の副隊長を務めただけのことはある。眼光が鋭い」

「ああ、考えるスケールもでかい。いずれは日本を背負って立つ人にちがいない」

斎藤らはそんな感想を述べあった。

和歌山藩士だった陸奥は、幕末に脱藩して坂本龍馬率いる「海援隊」で活躍した。新政府では外国事務局御用掛となり、兵庫県の県令（知事）などを歴任した。だが、明治十年の西南戦争の勃発にともない、土佐を拠点としていた「立志社」の政府転覆計画に加担したとして、翌年に逮捕された。

最初は山形監獄に収監されたが、同監獄が焼失したことから、十二年には宮城監獄に移されていた。当時、郵便報知新聞社の記者になっていた原敬は十四年九月、元太政官《だじょうかん》大書記官の渡辺洪基《ひろもと》とともに国内を周遊中、監獄にいた陸奥を見かけている。十六年一月、特赦によって刑期を短縮され出獄した陸奥は、伊藤博文の勧めで外遊することにした。

そして、この年（明治十七年）四月、オセアニック号で渡米することになったのである。

陸奥はイギリス、ドイツ、オーストリアなどで遊学して十九年二月、帰国する。

五月十二日午前六時、太平洋の荒波を乗り切ったオセアニック号は、ほぼ半月の航海を終え、サンフランシスコに着いた。

「これは、珍しいな」

「スリーピング・カーというそうだ」

十四日午後三時、サンフランシスコを出発した一行は、フェリーで湾をよぎりオークランド行きの停車場に着いた。ただちに車中の人となった斎藤らは、コンパートメント方式の寝室に驚いた。しかも日中はコンパクトに収容できる錠つきの寝台がついていた。

「日本語に訳すと何かな」

同室の者が頭をひねる。斎藤は言った。

「直訳すると寝台車だ」

「寝台車か。それはいいや」

例によって、斎藤は米国大陸横断旅行についても、英文日記を残している。その英文からは、いかに英語に堪能であったかがうかがえる。同日付の日記には、スリーピング・カーにびっくりしたことが綴られている。

夜食はサクラメントでとり、ニューキャッスルで初めて寝台に入った。寝心地は悪くなかった。翌日は、朝食のために停車したルノで、同地方名物の鱒《ます》をたらふく食べたことが記されている。昼食をとったハムバートでは、インディアンの婦人たちが日本人を見ようと集まってきては、好奇心に満ちた視線を送った。斎藤らは何となく遠い祖先と邂逅《かいこう》したような気分になった。

十六日早朝、コーヒーをとった一行は、まもなく現われたグレートソルト湖に感嘆したが、デンバー・リオグランド線に乗り換えたオグデンでの朝食はまずく、せっかくの壮大な景色も興ざめとなった。ソルトレイクに到着すると、市内見学の時間があり、斎藤はモルモン教の寺院などを精力的に見学している。

さらに、大陸横断列車は、ロッキー山脈中の高地を二両連結の機関車で走破し、十八日夜、デンバーに着いた。休む間もなく一行は、ビー・エム・オー及びキュー・アール・アール線に乗り換えた。

翌日から食堂車が連結となり、食事は各自食堂車でとることになった。「予想以上に快適なり」とは、日記にみられる感想である。二十日午後二時十五分、列車はシカゴに達した。

一行はグランド・パシフィック・ホテルに入り、夜は山階宮殿下や陸奥宗光と晩餐をともにした。部屋にもどった斎藤らは、同期の坂本らと旅の印象を語り合った。

「それにしても、アメリカはでかすぎる」

「まったくだ。一週間も走り続けて、やっとシカゴとはな」

度肝を抜かれた、というのが仲間の率直な声だった。斎藤も意見を述べた。

「このどでかい大陸の東から西まで鉄道を敷設したのが、アメリカだ」

仲間は押し黙った。日本はあまりにも小さい。欧米人の中にまぎれた自分たちの背丈のように、アメリカの国力の前に祖国の姿が遠く霞んでみえた。

五月二十一日、陸奥宗光の一行はシカゴに滞留することになり、海軍からの派遣組だけで出発することになった。

「ニューヨークで会おう。山階宮殿下をよろしくな」

陸奥の言葉に、斎藤らは最敬礼で応えた。

午後三時二十一分、シカゴを出発した海軍の一行は、半分解放されたような気持ちで、まだ見ぬ瀑布《ばくふ》に期待をふくらませていた。

「何しろ、アメリカとカナダにまたがっている大滝らしいからな」

「これが、一生の見納めとなるかもしれん。しかと目の奥に刻んでおくとしよう」

車中は笑いにつつまれていた。

エリー湖の近くにあるナイアガラ滝は、当時の日本でも有名な観光地で、アメリカを訪れた政府高官や商社マンにとって、大陸横断のハイライトになっていた。翌二十二日、バッファローで朝食をとった一行は、午前九時発のナイアガラ滝行きワグナー・カーに席をとった。

「二十五仙（セント）の臨時料金がかかるのか」

一行はしぶしぶ財布の紐を緩めた。午前十時、ナイアガラ滝に着いた。

「いゃあ、聞きしに勝る絶景だ」

仲間から歓声があがる。怒濤となって落下する濁流とその轟音に、斎藤も一瞬たじろいだ。

一行は東洋旅客の案内者バッチのガイドで、アメリカ側とカナダ側の滝を見物してまわった。途中で記念撮影に収まり、さらには滝の裏側にもおりて、臨場感を味わった。

見物を終わった一行は、まだ耳鳴りをしているような顔つきで列車に乗った。ただ、思ったより出費がかさんだ。商魂たくましい欧米人のしたたかさに舌を巻きながらも、斎藤はどこか割りきれない思いが残った。

「滝の裏側にまわるのに一ドル、橋の通過料金三十五セント、エレベーター料五十セントなどなど、いやでも金をとられる仕組みになっている。油断するとあっというまに手持ちの金がなくなってしまう。これには注意が必要だ」

バッファローに戻った斎藤らは、夕食を終えると繁華街を散策して、午後九時発のニューヨーク行き特急に乗り込んだ。

「ナイアガラ瀑布も見たし、あとは思い残すことはない。このまま死んでも本望だ」

「馬鹿なこと言うな。俺たちは物見遊山で欧米に派遣されるわけではない」

「冗談だよ、冗談」

午後十時すぎ、仲間のなごやかな会話を聞きながら、斎藤は眠りに落ちていった。

列車は闇のなかをひた走っていた。

午後十一時三十分ごろ、夜行列車はロチェスターから五キロほど手前にあるブライトン接続駅を通過しようとしていた。そのとき、ブライトン駅には、もう一方の線路から貨物列車が猛然と疾走してきていた。ポイントの故障か、それとも駅員の手違いなのか、その貨物列車は本線を通り過ぎようとする大陸横断列車の横腹に激突した。

爆発でもしたような炸裂音とともに、列車が瓦解する不気味な音が闇夜を引き裂いた。客車の何両かは大破し、ほかの車両も転覆したり横倒しになったまま、長々と引きずられた。キーキーともがく列車の音が小さくなると、それにかわって乗客たちの悲鳴や絶叫があたりにこだました。

「なんだ、いったい、何があったんだ！」

激しい衝撃で眠りから覚めた斎藤は目を凝らしたが、何も見えない。自分の身体がどのような状態にあるのかさえつかめなかった。手探りでまわりを触ってみると、出口がない。渾《こん》身《しん》の力を込めて押してみたが、どこをどう押してもびくともしない。

「まずい。閉じこめられてしまった」

斎藤の寝台は上段だった。寝台は利用しない場合には鍵がかけられ、収納される仕組みになっていた。衝撃によって錠がかかり、斎藤の身体を畳み込んでしまったのだった。

斎藤と同様、昼のナイアガラ滝見物で疲れ、ぐっすり寝込んでいた一行は、それぞれに床や壁に投げ出され、全身を強く叩きつけられていた。特別室にいた山階宮殿下も転覆した際、寝台から投げ出されたはずみに帽子掛に右腕が突き刺さり、重傷を負っていた。

随行の者が駆けつけ、外へ救出したが、あたりは闇に包まれているうえ、冷たい雨が降りしきっていた。生命には別状なかったが、血はなかなかとまらない。まわりに集まった者たちは、寝台車から調達したシーツを包帯代わりにしてしばり、毛布や外套を頭の上からかぶせた。雨は降りやまず、殿下は素足のまま泥の中にしゃがみ凍えていた。

そのころ転覆・転倒した寝台車の中から、やっとのことで抜け出してきた海軍仲間が、おたがいの名前を呼びあって一ヵ所に整列していた。坂本俊篤が闇をすかすように点呼をとった。

「……まずいな。野口(定次郎)と斎藤がいない」

まわりからは呻《うめ》き声や助けを求める叫びが、読経のように流れてくる。

寝台の中に密閉された斎藤は蛹《さなぎ》の状態だった。しかも外からの空気の補給はない。しだいに呼吸困難に陥ってきた。内側から叩いて助けを乞うのだが、外の様子がつかめない。腕が重くなり、力も尽きてきた。しだいに絶望的な気分になってくる。

「いや、こんなところで、犬死にするわけにはいかん」

意識が遠ざかりそうになるのを、懸命にこらえた。そのときだった。ノックをするような音が伝わってきた。あわてて、音の方向を乱打した。

錠がこじあけられ、殻でもはじける音とともに、水平線が広がるように蓋が開いた。薄い闇のなかで黒い影がこちらを探っている。

「斎藤か?」坂本俊篤の声だった。

「ああ。そうだ。サンキュー」

「おい、いたぞ、こっちだ」

仲間がやってくる気配がした。（助かったか）。斎藤の体の中に新鮮な空気が入ってきた。

「野口も上段の寝台に閉じ込められていた。これで全員が揃った」

外ではカンテラの光が揺れている。救援隊が火でも燃やしているのか、あたりはほんのりと明るくなっていた。坂本の右足に赤いものが見えた。

「お前、足を怪我したのか？」

「足？」

坂本は右の太股に手をやり、その手を目の前にかざすなり血相をかえた。二ヵ所から出血して、その量も多い。

「これはまずいな。どうやら、窓ガラスを破って入るときに、やられたらしい」

一行は山階宮殿下のまわりに集まり、それぞれのけがの状態を確認した。その結果、山階宮殿下はじめ八田裕次郎、森友彦六、関重忠らが重軽傷を負っていた。斎藤はまわりの惨劇を見まわし、予想以上に大きな激突事故だったことを知った。

「貨物列車が寝台車に衝突していたら、生命はなかった。俺たちは幸運な方だ」

足にシーツを巻かれながら、坂本は痛みをこらえながら言う。周囲はもがき苦しむ負傷者の群れで埋まり、そのうえから容赦なく雨が落ちていた。

「阿鼻叫喚《あびきようかん》とは、まさにこのことだな」

やがて一行は、ほかの負傷者とともに救助車に乗せられ、ロチェスター駅へと運ばれた。

腕をもがれたり、足がつぶれたり、顔面血だらけで呻吟《しんぎん》する悲惨な姿を間近に眺めながら、斎藤は戦場での惨状を連想していた。

ロチェスターのまちに着いた一行は、ブラッケット・ハウスでアダムスという医師から治療を受けた。事故から二日後の二十四日には、ニューヨークやワシントンから領事が駆けつけてきた。

九死に一生を得た斎藤は、のちに春子夫人にこの列車衝突事故のことを話し、二人はこの日を「第二の誕生日」として祝うことになったという。

思わぬアクシデントで足どめをくった一行だったが、ホテル代や治療代など一切は鉄道会社がもち、ロチェスター市も厚遇してくれた。危機一髪で救出された斎藤は、別に負傷したところもなかったため、人口十五万人の洗練された街を散策して時を過ごした。

事故から四日後の二十六日、一行は特別列車でロチェスターからニューヨークへ向かった。

「みごとな田園だ」

車窓から眺めていた斎藤は、アメリカの豊かさを農業からも実感していた。

午後七時、列車はニューヨークの中央停車場へとすべり込んだ。一行は自分たちを見下ろす奇異な視線を浴びながら雑踏の中を進んだ。

「危うく窒息死からまぬがれた貴様が、ぴんぴんしていて、助けに入った俺が重傷とはな」

乳母車のような車椅子に載せられた坂本俊篤は、恨めしそうに斎藤を見あげた。

「お前こそ、強運の持ち主ではないか。その刺し傷が少しでもずれていたら、大動脈を破って生命がなかったというからな」

「まっ、後年の語り草にはなるけどな」

ホテル「ウィンゾア」に着いた一行は、そこで待っていた陸奥宗光と再会した。

「山階宮殿下はじめ、重傷を負った方々にはお見舞い申し上げる。まことに災難ではあったが、だれ一人、生命を落とさなかったのは、不幸中の幸いであった」

ねぎらいの言葉をかけられた斎藤は、自分たちには列車事故の責任がないとはいえ、失態を演じたような気がしてばつが悪かった。

翌日、斎藤は早崎源吾大尉とともに、現地に滞在している関係者の案内で領事館を訪問し、さらに銀行で二百ドルを引きだした。ニューヨーク滞在中、一行はブルックリンにある海軍造船所を見学したり、マジソン公園広場の競馬や中央公園でのドライブを楽しんだ。

三十一日、早崎大尉ほか山内萬寿治、大久保保喜造《おおくぼほきぞう》、野口定次郎、伊東義五郎の各中尉、森友彦六少機関士の計六人が、一足先にアリゾナ・ギュヨン航路の汽船でイギリスに向かうことになった。

斎藤は領事らとともに港で見送ったが、同日ニューヨークに着く予定の伊東祐麿《すけまろ》中将の一行は、ついに姿を現わさなかった。伊東中将が着いたのは、六月二日のことだった。聞くと、乗船していたアラスカ号のピストン故障のため大幅に遅れたという。

伊東中将は、かつて官軍の「春日丸」艦長として、旧幕府の「開陽丸」「回天丸」と砲戦して勝利に導いた人物である。この年一月、海軍兵学校長に就いていた。ちなみに当時、

った。

「回天丸」には土方歳三、「春日丸」には東郷平八郎が乗っていた。

ニューヨークに着いたばかりの斎藤はその語学力を買われ、伊東中将を皮切りに米国入りする要人の世話役をすることになる。

七日、治療が長びいていた山階宮殿下ら六人が、イギリスへ渡ることになった。同期生の坂本俊篤もニューヨークを離れることになった。斎藤は伊東中将、領事とともに埠頭で見送った。

「ブロードウェイを歩いたときには、まだ足を引きずっていたが、だいぶ良くなったようだな」

「ああ、俺は頑強にできてるからな。心配なのは殿下の方だ」

山階宮殿下の右肘の傷は後遺症が残り、終生、手をあげるのに不自由することになる。

「達者でな。あまり、飲みすぎるな」

坂本は酒豪の斎藤を気づかうと、陽気に笑って別れた。遠ざかる汽船を見やりながら、斎藤は一抹のわびしさを感じた。

「これで海軍から派遣された十三人のうち、アメリカに残ったのは俺一人となったか」

休む間もなく、斎藤はニューヨーク滞在中、伊東中将に付いて造船所や海軍の関係施設を視察してまわった。伊東中将が別の目的地へ向かうと、いよいよ赴任先であるワシントンへ向かうことになった。

六月二十日、出発を前にした斎藤は、歴史博物館を見学した。日記には館内にある「ナポレオンの椅子」に座ったと記されている。翌日、夜行列車でニューヨークを発ち、二十二日朝、ワシントンに着いた。オウエン・ハウスに投宿すると、さっそく公使館を訪問した。

公使館には、代理公使の内藤類次郎、書記官の鮫島武之助、書記生の大井敬太郎がいて、温かく迎えてくれた。さらにはヨーロッパに向かう陸奥宗光と今村清之助の両氏も滞在していた。

「手紙が届いているぞ」

手渡された手紙は実家からのものだった。封筒を見ただけで、懐かしい故郷の香りを嗅いだような気がした。

斎藤と入れ代わるように、その夜、陸奥と今村は出発することになっていた。駅まで見送りにいった斎藤は、陸奥から意外なことを告げられた。

「公使館をよろしく頼むぞ」

「はっ⁉」

意味がよく飲み込めなかった。自分は海軍から派遣された留学生であり、その主な目的は、海軍の将来に役立つ知識なり情報なりを吸収することにある。公使館はあくまでも外交の拠点であり、海軍と直接的には関係ないはずだ。

腑に落ちないままに、海軍省に通ったり、ボストンに出張したりした。この間、水沢にいる母に書簡をだすことも忘れなかった。

九月十九日、斎藤は軍事部次長名で米国公使館付武官に任命された。これにより、陸奥の残した謎が解けた。英・仏・独・露の公使館には早くから武官が置かれていたが、米国公使館にはまだ配属されていなかった。斎藤は最初の米国公使館付武官となったのである。

斎藤を武官に推挙した陸奥は、斎藤が帰国する間近の明治二十一年六月、駐米大使としてワシントンに戻ってくる。

斎藤というと、どうしても晩年の印象が強いせいか、恰幅のいい姿を連想してしまう。だが、目立って太りはじめたのは四十代になってからで、それまでは中肉中背、二十代まではむしろ痩せていた。

ワシントンに滞在していた頃、何とかして太りたいと思った斎藤は、「ビールを飲めば太る」との話を聞いて、さっそくビール会社に頼んで下宿先まで配達してもらうことにした。牛乳ならまだしも、ビール会社の馬車がアパートの前に横づけするようになって、さすがに女主人は世間体を気にした。

「ミスター・サイトー、どういうつもりですか。ここは酒場じゃないんですよ」

小言を言われ、せっかくの苦肉の策も捨てざるを得なかった。また、アメリカ人が颯爽と乗りこなす姿にひかれたのか、自転車に乗る練習もしている。海軍中尉の斎藤が、見栄も外聞も捨て必死にペダルを漕いでいたと思うと、なにやらほほえましい気がする。

十月初めには、フィラデルフィアに出張し、電気博覧会などを見学してまわった。十四日、九鬼隆一《くきりゅういち》特命全権公使の一行がワシントンに到着した。九鬼公使は森有礼《もりありのり》の後任として赴任したもので、二十一年、陸奥宗光と入れ代わるまで滞在する。

斎藤にとって幸運だったのは、日本を代表する要人が相次いでアメリカを訪れ、その世話をしたことである。

大物の一番手として、十二月四日、前年から欧米各国を視察していた大山巌陸軍卿の一行がやってきた。一行は十人ほどだったが、その中には当時陸軍中将だった三浦梧楼《ごろう》、陸軍大佐の川上操六《そうろく》、桂太郎などそうそうたる顔があった。

十日、西郷従理《じゅうり》が腸チフスで死去した。従理は西郷従道《つぐみち》（西郷隆盛の実弟・読みは「じゅうどう」とも）の長男である。三日後、従理はオーク・ヒルに仮埋葬された。（西郷隆盛の甥がよりによって、ワシントンで亡くなるとは。人の一生とはわからんものだ）

斎藤は瞑目しながら、そのようなことを考えていた。十七日、一行はニューヨーク市内の軍事施設を巡視した。ラファイエット要塞では、米国側の射撃の名手がガラス製の球数個を空中に投げてもらい、スペンサー式連発銃を使ってことごとく撃ち破った。

これをみた大山巌と野津道貫《のづみちつら》陸軍少将の二人も、同じように連発中で空中に放られた球を撃ち抜いてみせた。日本陸軍の面目躍如といったところである。

大山陸軍卿の一行は十八日、帰国のためサンフランシスコへ向け出発し、斎藤は二十三日にワシントンに戻った。クリスマスを目前にした街は、大統領選挙（十一月四日）とは違った、明るいうきうきとした喧噪《けんそう》にあふれていた。斎藤にとっても目まぐるしかった一八八四年が暮れようとしていた。

第四章　自由の女神

明治十八年（一八八五）が明けた。斎藤實は一月五日から二月四日まで、病気のために静養している。まわりに日本人がいるとはいえ、急死した西郷従理の例もある。異国のベッドに寝ていると、心細さが募った。

四月、朝鮮半島をめぐって険悪の度を増していた清国と日本との間に「天津条約」が締結された。天津領事は原敬、北京公使は榎本武揚であった。外交官としての手腕を高く評価された原は、外務書記官としてパリ公使館勤務を命じられる。

原がパリに着いたのは、十二月二日だった。二十二日、日本では内閣制度が設けられ、初代内閣総理大臣に伊藤博文が就《つ》いた。

「海軍大臣は西郷従道、陸軍は大山巖、逓信は榎本武揚どのか」

大山は前年の今ごろ、欧州から帰国のため立ち寄ったときに世話をしており、榎本は天皇巡幸の際、「扶桑」で顔を合わせている。西郷従道にはまだ対面したことはなかったが、くしくも彼の長男従理の死に立ち会っている。前任の駐米公使だった森有礼は文部大臣になっていた。斎藤はいやがうえにも、初代内閣の存在を身近に感じざるを得なかった。

気になったのは、「金剛」でウラジオストクまで一緒に赴いた黒田清隆である。黒田は入閣を拒否するというごたごた劇を演じたすえ、内閣顧問となった。黒田は薩摩出身でありながら、西南戦争では西郷隆盛を征伐する羽目となり、心がすさんでいた。大久保利通が暗殺されてからは、西郷従道と薩閥の双璧をなしていたが、長州が政治の実権を握ったこともあって、酒乱に拍車がかかっていた。それをなだめるのが西郷従道の役目でもあった。

その二人が相次いで欧州視察にでかけることになった。

明治十九年（一八八六）三月十八日、参謀本部条例が改正され、参謀本部に陸軍部、海軍部が置かれた。斎藤は七月十三日、大尉となった。

八月三日、海軍大臣の一行が二日前にサンフランシスコを出発したことを伝える電報が公使館に届いた。斎藤は午後十時にワシントンを出発し、七日朝にシカゴに着いた。いったん市内のホテルで休憩したのち、駅に向かった。西郷の一行は午後二時に着いた。

「公使館にいる斎藤と申します」

「そげん固くならんでもよか。おはんのことは、仁礼どんから聞いておる」

「はっ」

西郷は西郷隆盛の弟であり、最初の海軍大臣である。さぞかしいかめしい人物だろうと想像していた斎藤は少々拍子抜けしたが、気軽に話しかけ冗談を言う西郷海相の人柄にすぐにひかれた。一行はナイアガラ見物を経て、八月十二日、ニューヨークに着いた。

西郷海相の一行とともに、仁礼景範中将の長男景一が、アナポリス海軍兵学校に留学するために渡米してきた。

「斎藤大尉のことは父から聞いております。兵学校でも有名な秀才だったと」

照れた。しばらく会っていない親戚の子供から、お世辞でも言われた気分だった。

「そういえば、君には妹がいたな」

「春子のことでございますか。妹は東洋英和女学校に通っております。英語が好きで、女だてらに、外国に行きたいなどと言っております」

「そうか……」

景一もまた、最近まで同女学校の男子部（のちに独立して麻布中学校）に通っていた。当時、牛乳嫌いの春子は、景一から「牛乳を飲むと、色が白くなり美人になるよ」と言われ、牛乳を飲むようになったという。景一は春子より四歳年上で、数えで十八歳になっていた。景一にとって、斎藤は年の離れた兄のように頼もしい存在に感じた。

八月十四日、斎藤は西郷海相一行とともにクリーブランド大統領に謁見した。米国滞在中、一行は海軍省やアナポリス兵学校、ウィルミントンのデュポン火薬製造所、ニューポートの水雷所、水兵練習所、ハーバード大学、ボストン製鉄所などを視察してまわった。

この間、斎藤は西郷一行を世話する一方で、景一の留学手続きの面倒をみている。

「どうだ、斎藤大尉、ついでにヨーロッパまで随行してはくれまいか」

西郷が直々《じきじき》に申し入れた。斎藤にとっては願ってもない誘いだった。

「喜んで、お供させていただきます」

「わしらはニューヨークで待っている。急いで支度してくるように」

ワシントンに戻った斎藤は終日、下宿の片付けに追われ、景一のことを改めて関係者に依頼すると、あわただしくニューヨークへと引き返した。

九月四日午前九時半、西郷海相一行を乗せた汽船はニューヨークをあとにし、十二日朝、リバプールに着いた。湾内では、同期生の野口定次郎や先輩の早崎源吾大尉など、太平洋を渡ったときの仲間が海軍大佐トレーシーの小型汽船に乗って出迎えてくれた。

造船所や勧業博覧会などを見学した一行は、二日後にはリバプールを出発、四時間半近く汽車に揺られロンドンに着いた。駅には河瀬《かわせ》真孝《まさたか》駐英公使や公使館の関係者が迎えに出ていた。

「おい、斎藤、こんなに早くロンドンで会えるとは思ってもいなかったぞ」

ここでも海軍兵学校時代の三羽烏の一人、山内萬寿治が歓迎してくれた。

ロンドンを出発した一行は、ニューカッスルにあるアームストロング会社を皮切りに、グラスゴー、エジンバラ、シェフィールドをまわった。グラスゴーを散策した斎藤は、ウラジオストクがそうであったように、底辺で働く人たちの貧しい境遇に驚いている。

十月四日夜、一行はサウサンプトンを経て、フランスへ向かった。翌朝、ルアーブル（ハーブル）に着くと、三羽烏のもう一人である坂本俊篤が待っていた。

「どうやら、列車事故の傷も治ったようだな」

「ああ、ごらんのとおり、ぴんぴんしている。積もり積もった話はあとでするとして、まずは大臣を案内しなくてはな」

一行の目的は、ルアーブル港に停泊中の巡洋艦「畝傍《うねび》」を見学することにあった。一行には、畝傍艦に乗り込む準士官三人も同行していた。

「畝傍」はフランスで製造された新鋭艦で、すでに出航準備も終え、日本に向かうだけになっていた。六日、艦内を見てまわった一行は、飯牟礼《いいむれ》俊位《としたか》大尉ら、畝傍艦に乗り込む将校から日本食を御馳走になった。飯牟礼の宿で、坂本は上機嫌で言った。

「試運転は九月一日、シェルブールまでの間で行なわれたが、そのとき、俺は大砲の発射を担当した。性能はいい。太鼓判を押す」

試運転には、パリ公使館で書記官（兼臨時代理公使）を務めていた原敬も立ち会っていた。

畝傍艦を見学した一行は、ふたたび海峡を渡って七日にはロンドンに戻った。そして、リバプールやマンチェスター、ポーツマスなどをまわると、十一月七日、次の訪問地パリへ向けて出発した。午後零時発の汽船でドーバー海峡を渡り、午後一時四十分、ブーローニュ港に着いた。

列車に乗り換えた一行は、晩秋のフランス平原を眺めながら、一路パリをめざした。駅に着いた一行は、原代理公使の出迎えをうけた。

原は前年十二月、外務書記官としてパリ公使館に赴任してきた。年が明け、七月に蜂須賀《はちすか》茂韶《もちあき》公使が帰国すると、後任の公使が到着するまでの間、臨時代理公使となっていた。

西郷海相に丁重に挨拶した原は、そばにいた斎藤と向き合った。いったいこの男は何者、とでも言いたげな表情でまじまじと見つめる。

原は海軍兵学校の受験に失敗しており、海軍には特別の思いがあった。斎藤もまた、若いのに全身から醸しだされる威厳のようなものを嗅ぎとっていた。このとき、原は三十歳、斎藤は二十八歳だった。明治維新がなかったら、二人は南部家と留守家に仕える武士として、一生を終えたにちがいない。それが今は同じパリの空の下にいる。

「ハラ・タカシ」

ローマ字で記された名刺に目を通した斎藤は、心の中で反芻《はんすう》した。斎藤は改めて聡明そうな横顔を見やった。

西郷海相は十一月十一日、グレヴィ大統領に謁見した。斎藤は所用のため同行していない。翌日、午後六時半、原敬の招きに応じ、大臣以下が公使館で日本食をご馳走になった。

「ほう、二人とも岩手県の出身とは、これは奇遇だな。二人がもう少し早く生まれていたら、官軍もさぞや、てこずったにちがいない。ははは」

西郷は、例によって冗談を言っては陽気に笑う。斎藤と原は笑いの渦の中で、異邦人のように複雑な視線を結んでいた。

その後、一行は海軍省をはじめパリ近郊やシェルブール、ナント、ブレストなどの軍事関係施設を視察する。初めてのフランスなのに、斎藤は水先案内人のような役目をしていた。

パリでの斎藤は、親しい仲間と劇場を訪れたり、酒場を探索しては心地よい酔いにひたった。かといって、使える予算は限られていた。十二月十六日、斎藤は神妙な顔で公使館を訪れた。

「申し訳ないが、金を借用したい。アメリカに帰る旅費がなくなってしまった」

原は苦笑した。

「西郷さんの洋行費は海軍省から出ていますが、斎藤大尉の分は、たしか参謀本部から出ていましたね」

「実は便宜上、西郷さんの随員の主計官に預かってもらっていたんだが……」

「どこへ行っても飲んでしまうので、足りなくなってしまった、というわけですか」

「いや、面目ない。片岡という主計官も、もう君とは絶交すると怒り出してしまってな。吉井という宮内次官の息子は見込みがあるが貴様は全然ない、とまで言われてしまった。しかし、どう勘定しても、アメリカへ帰る旅費が足りない。はたと困ったとき、公使館に予備金があることに気づいたしだいです」

「いかほど、用立てれば?」

斎藤は目を輝かした。

「帰国するだけあれば、十分です」

「わかりました」

「かたじけない。恩に着る」

このとき斎藤は、原代理公使から六千九百七十フランを借り受けた。予備費を調達した斎藤は翌十七日、西郷海相の一行とともにパリを発った。

リヨン、マルセイユを経てツーロンに着くと、そこからは先は斎藤だけ別のコースをとることにした。西郷は息子でも送り出すように言った。

「ベルリンで待っておるからな。ただし、旅先ではあまり飲みすぎるな」

「はっ」

まわりから失笑がもれた。斎藤の酒豪ぶりはすっかり有名になっていた。

三十日午前六時半、ツーロン発の汽車に乗った斎藤は読書したり、地中海沿岸の景観を眺めたりと、一人旅を満喫していた。

（あれがオリーブ園か。リヨンでは大雪だったが、ここはまるで春だ）

かたわらの乗客はフランスの海軍士官らしく、水雷教授書をめくっては、ときおり海岸線に目をやる。おたがいに意識しながらも会話を交えることなく、海軍士官はニースで下車した。旅情にひたっていた斎藤だったが、気がつくと停車駅のようすがおかしい。

（しまった。ここはマントンではないか）

単独行動で気がゆるんだのか、最初の訪問地だったモンテカルロをうっかり通過していた。モンテカルロ駅に引き返すと、構内にいる東洋人の姿が目に入った。その男の方からつかつかと歩み寄ってきた。

「失礼だが、お見受けしたところ、日本人と思われますが?」

「そうですが……」

「実は、日本に帰る途中でして。失礼ですが、お名前をお聞きしてよろしいですかな」

「海軍の斎藤といいます」

急に相手の態度が変わった。

「海軍ですか。で、階級は？」

「大尉です」

相手は背筋を伸ばした。

「私は石本といいます。陸軍大尉です」

二人の間にそれまでとは違った空気が流れた。男は石本新六《いしもとしんろく》といった。まったく偶然に邂《かい》逅《こう》した二人は、のちに第二次西園寺内閣で顔を合わすことになる。

明治二十年（一八八七）の元旦は、イタリアのラスペチアで迎えた。

さらにローマ、ヴェニス（ベネチア）を経て、一月五日午後十時、吹雪のウィーンにたどり着いた。翌日、公使館を訪れた斎藤は、近くのホテルに黒田清隆内閣顧問が滞在していることを知らされた。

「ミトロポール・ホテルですね？」

「はい、しかし、夕方には外出する予定になっております」

棚橋軍次《たなはしぐんじ》代理公使がこたえた。

黒田清隆の一行は前日にウィーンに着いていたが、この日からは随員六人のうち文部大臣秘書官の小牧昌業《こまきまさなり》、市川文吉《いちかわぶんきち》とともに、フローレンツ・スタインから約二週間の日程で憲法・政治に関する講話を聞くことになっていた。

「今夜は皆さんを公使館に招待し、日本食をご馳走します。斎藤大尉も出席なさいませんか?」

「ええ、喜んで」

いったんホテルに赴き黒田顧問に挨拶した斎藤は、晩餐の席でも黒田の話し相手になった。

「貴様とはウラジオまで一緒だったな。あれはいつだったかな?」

「明治十一年の夏ですから、かれこれ九年ほど前になります」

「もうそんなになるか」

黒田は記憶をたどる目になった。

「ところで、わしに随行している者は、皆フランス語かドイツ語しか話せんでな。貴様がイギリスに一緒に行ってくれれば都合がよいのだが」

手塩にかけた愛弟子でも現われたかのように、黒田は機嫌がよかった。黒田は、初代の伊藤内閣に列することができず、病気を理由にヨーロッパに出直し旅にでていた。この外遊については、黒田もまた日記を残している。同日付には、「斎藤大尉、昨羅馬《ローマ》より此地《このち》に来る、亦《また》同席」と記されてある。

翌七日、斎藤は黒田顧問に別れを告げると、午後九時発の汽車でウィーンを発った。ベルリンに着いたのは八日正午だった。午後には前夜ベルリン入りしていた西郷と再会した。

「ほう、ウィーンで黒田と会ったか。で、どげんようすじゃった?」

悪友の近況が気になるといった調子だった。斎藤は黒田の勤勉ぶりを少々誇大に伝えた。

「そうか。しっかり勉強しちょるか」

西郷海相は納得したようにうなずいた。だが、九日、海軍次官から電報が届くと、それまでの物見遊山的な表情は消え去った。

「なに、『畝傍』がシンガポールを出たあと、行方不明だと!」

西郷は珍しく声を荒らげたが、すぐに押し黙った。落胆すると、トレードマークの太い眉毛まで悲しげに見えた。

「畝傍」は、前年十月十八日にルアーブルを発ち、航海を続けていたが、十二月三日、寄港地のシンガポールを出港したのち消息が途絶えた。出港前、西郷はわざわざイギリスからルアーブルに渡り、同艦を見学していただけにショックを隠しきれなかった。

斎藤の記憶もまだ新しい。

「近代装備の新鋭艦だ。そう簡単に沈没するはずはない。いったい、何があったんだ」

自問自答した。嵐による遭難なのか、それとも人為的なミスによる事故なのか、失踪の原因がはかりかねた。

「畝傍」には、日本人よりもフランス人の船員らが多く乗艦していた。失踪事件が事実だとすると、海軍がらみの外交問題になりかねない。くしくも前年十月、英国船のノルマントン号が紀州沖で沈没し、西洋人はぶじ救命ボートに助けられたが、日本人乗客は全員溺死するという事件が起きていた。「畝傍」の失踪は、単に国家予算や海軍の財産を台なしにしたというだけでなく、フランスとの外交問題への発展が懸念された。

結局、「畝傍」は多くの謎を残したまま発見されず、明治二十二年には、青山墓地の一角に「畝傍艦碑」が建立される。

パリ公使館の代理公使だった原敬は、船員への保険金支払いなど補償問題に苦慮することになる。原にとっても、畝傍艦失踪事件はパリ在任中、最大の事件となった。

しかし、この時点では、まだ二隻の軍艦で捜索中としか伝わらなかったため、西郷海相一行は予定通りベルリンを軸に、キール軍港やメッペンの大砲試撃場などを視察してまわった。

ベルリン滞在中には、鉄血宰相として名を馳せたビスマルクとも会っている。

二月十四日、斎藤はふたたび西郷一行に別れを告げると、翌朝、ただ一人ロンドンをめざした。

ロンドンには、黒田清隆内閣顧問とその随員が滞在していた。

「パリからやってきたのはいいが、前にも言ったように、英語を話せる者がおらず、難儀しておったところだ。貴様がくれば鬼に金棒。ついでにアメリカまで随行してくれ。いいな」

「はっ、かしこまりました」

西郷従道からバトンタッチされたように、イギリスからは黒田一行の面倒をみることになった。二十六日、リバプールを解纜《かいらん》した汽船は、西に進路をとった。

三月八日、大西洋を渡った汽船は、ロングアイランド島のわきをすりぬけ、ニューヨーク湾へと進入していった。

「見えたぞ。あれだ！」

「でかいな。まさに世界最大の女神だ」

デッキに出ていた随員たちは、感嘆の声をあげた。

ベッドロー島（リバティー島）に天を穿《うが》つようにそびえている自由の女神像は、アメリカの独立百年を記念してフランスから送られたことは有名だが、建造されたのは前年の明治十九年（一八八六）のことである。

参考までに、パリにエッフェル塔が建てられるのは、フランス革命百周年記念と銘打った万国博覧会が開催される三年後のことで、斎藤が訪れたときはまだ工事も始まっていなかった。原敬は明治二十二年二月、万博を前に急ピッチで建設が進められていたエッフェル塔を眺めながら、後ろ髪をひかれる思いでパリを去る。

斎藤にとっては、半年ぶりのニューヨークである。女神に出迎えられた斎藤の胸に、初めて大陸を横断したときの熱い息吹がよみがえってきた。

「自由の女神か……」

黒田はワシントンで大統領に謁見し、三月十八日、帰国のためニューヨークへ向かった。

「斎藤大尉、貴様には世話になった。この恩は忘れん。今度は日本で会おう」

「黒田顧問も大願を成就できますように」

「何だ、総理にでもなれっていうのか。ははは、よかろう。貴様も早く出世しろ」

豪快に笑って列車の中へと消えた。

黒田顧問を見送った斎藤は、五月にはワシントン入りした谷干城《たにたてき》農商務大臣の一行を世話した。谷農相は六月に帰国したのち、「裁判管轄条約」に反対する意見書を提出して、七月に辞職する。谷の後任には土方久元《ひじかたひさもと》が起用されるが、九月十七日には、黒田清隆がこれに代わる。黒田は終盤にさしかかっていた伊藤内閣にぎりぎりで列するのである。

斎藤は、「西郷従道海軍大臣随行雑誌」という報告書を作成した。随行雑誌は「英国之部」と「仏国之部」から成り、イギリスについての記述は百二十六ページ、フランスについては百二十一ページにものぼっていた。随行雑誌は、その年九月に印刷され、海軍省内に配布された。軍事関連施設だけでなく海・陸軍の教育まで網羅したその内容は、海軍始まって以来の優れた海外報告書と評価された。

随行雑誌が配布された翌月、今度は海軍次官の樺山資紀《かばやますけのり》が渡米のために横浜を発った。一行は十一月四日、シカゴに着いた。例によって、斎藤はシカゴまで赴くと、ナイアガラ見学に案内し、ワシントンでは大統領謁見などを斡旋した。

随行の一人に山本権兵衛《ごんのひょうえ》（通称ごんべえ）がいた。当時、山本は海軍大臣伝令使・海軍少佐という肩書だった。斎藤より六歳年上で、このとき三十五歳になっていた。

樺山次官は十二月十日、ヨーロッパに向かった。ニューヨークで一行を見送った斎藤は、二十三日にワシントンに戻った。公使館には九鬼隆一公使がぶじ帰朝したことを伝える通知が届いていた。

「日本か。そういえば、そろそろ、自分にも帰国命令がでてもおかしくはない」

公使館付になったのは、明治十七年九月である。異国で四度目の年の瀬を迎えていた斎藤は、クリスマスで浮かれる街のにぎわいを眺めながら、厳粛でつつましい故郷の年の暮れを思い出していた。

明治二十一年（一八八八）を迎えた。二月のある日……。

「大尉、参謀本部から電報です」

電報と聞いて、突発事件でも発生したのではと緊張した。電報を読む斎藤を見ている公使館の関係者も不安顔である。

「何かあったのですか？」

「いや、帰国命令だ。ただし、御用がすむまでは滞米とある」

「そうですか、おめでとうございます」

斎藤は複雑な表情で宙を見やった。

二月十四日、内閣から公使館付兼勤被免の通知があり、五月十四日には海軍参謀本部に出仕するように命じられた。

「思えば、長いようで短い滞在だった」

日本では四月三十日に黒田清隆内閣が成立し、伊藤博文は枢密院《すうみついん》の初代議長に就任していた。六月十五日、後任駐米公使の陸奥宗光がワシントンに到着した。

「できればもう少し長くアメリカにいて、一緒に仕事をしてほしかったが、仕方あるまいな」

斎藤は慇懃《いんぎん》にこたえた。

「公使と働きたいのはやまやまですが、あくまでも私は海軍の人間でありますので」

「ほに、惜しいよの。君のような男なら、日本を担う政治家となれるのに」

陸奥はこの時点では、原敬と深く知り合ってはいない。仙台監獄とパリで顔を合わせてはいたが、それだけのことであった。もしも斎藤が外交官であれば、陸奥に引き立てられ、原の登場はずっと後になったかもしれない。

八月二十七日、斎藤はほぼ四年にわたる公使館勤務から解かれ、ワシントンをあとにした。帰国までのコースは、大陸横断列車でサンフランシスコまで行き、大型客船で太平洋を渡るのが普通だが、斎藤の好奇心はそれを許さなかった。

「どうせなら、完成して間もないカナディアン・パシフィック鉄道に乗って、西海岸に達してみたい」

そう決意した斎藤は、ケベック、モントリオール、オタワ、トロントをまわり、十月五日、バンクーバー発の貨物船で太平洋へと乗りだした。当時、カナダと日本の間では、チャーターされた貨物船が往復しはじめたばかりで、定期航路は確立されていなかった。

三、四千トンほどの貨物船バタビア号に乗り込んだ斎藤は、日本人操艦としては最初に太平洋を横断した「咸臨丸《かんりんまる》」を連想していた。荒波に翻弄される貨物船の片隅で、斎藤はチョンマゲ姿の侍と自分を重ねていた。船内では、海軍に提出する資料の作成に取り組んだ。斎藤がまとめた「鉄に関する研究」は「斎藤大尉の報告書」と呼ばれ、「西郷従道海軍大臣随行雑誌」と同様に高い評価を得る。

貨物船バタビア号は十月二十五日横浜に着き、翌日、斎藤は文明開化の進む東京の土を踏んだ。東京は、西洋と日本の文化がごった煮のように入り交じり、混沌《こんとん》とした喧噪の真っ只中にあった。斎藤は横浜を発って以来、四年半ぶりの東京にたじろいだ。

第五章　ロマンス

帰国後、京橋木挽町《こびきちょう》に下宿していた斎藤實は、故郷にいる母と弟を迎えるために家を借りた。十二月二十六日には、私鉄日本鉄道で上野駅を出発した。当時、鉄道は仙台までしか開通していなかった。鉄道が一関まで延びるのは明治二十三年四月、盛岡まで開通するのは同年十一月になる。斎藤は徒歩で岩手県入りした。

水沢が近づくにつれ、時間が逆行し少年に返っていくような感覚になった。街に入ると、胸が張り裂けそうになる。水沢は昔と変わらず孤高のまちだった。

明治二十二年（一八八九）が明けた。旧家で正月を過ごした斎藤は、母・菊治（キク）の上京を取り決め、親戚や友人に別れを告げると、一月十日、一足先に帰京した。

水沢から母と弟の省吾が上京してきたのは、三月九日のことだった。

借家は芝区田町五丁目にあった。念願の一家団欒が実現し、親子水入らずの生活が始まった。母と息子は、水沢風に味つけした料理を肴《さかな》に相酌を楽しんだ。菊治もまた、息子にひけをとらないほどの愛飲家だった。とはいえ、海軍勤務の斎藤が自宅でのんびり晩酌しながらくつろぐことはまれだった。四月二日から五日までは、東京湾で大演習が行なわれ、演習中、斎藤は審判官陪従として、軍艦「高千穂」に乗り込んでいる。

大演習の余韻も覚めない十七日、新艦「高雄」の砲術長兼水雷長・分隊長に任じられた。この「高雄」は二代目である。斎藤が横須賀に赴任したときは、まだ航海に必要な装備を整える艤装《ぎそう》が行なわれている最中だった。

横須賀鎮守府司令長官を務めていたのは仁礼景範中将、艦長心得として艤装を統督していたのは山本権兵衛少佐であった。

仁礼と山本はともに旧薩摩藩士である。仁礼は海軍兵学校長のとき斎藤の才能を見いだし、アナポリス海軍兵学校に留学した長男景一の面倒もみてもらっていた。山本も樺山資紀海軍次官に随行して渡米した際、斎藤の人柄に接し、その語学力と見識の高さに驚かされた。

「米英海軍の艤装に精通している斎藤大尉に来てもらえれば、ひと安心だ。どうか、国産の『高雄』を欧米なみに仕上げてもらいたい」

山本はそう言って歓迎した。

横須賀にいる間、斎藤は山本艦長と金沢牡丹園を散策したり、仁礼司令長官から晩餐に招かれるなど、親密の度を深めた。官舎には一人娘の春子がいて、一段とたくましくなった斎藤の顔を頼もしげに見つめていた。

「高雄」の艤装が進むなか、七月二十九日になって突然、斎藤はその年創設されたばかりの常備艦隊参謀を命じられた。八月十日に横須賀を発ち、十五日、青森港で常備艦隊の旗艦「高千穂」に乗艦した。

明治二十二年に創設された常備艦隊は、「高千穂」を筆頭に「扶桑」「浪速」「葛城」「大和」「武蔵」という六隻の巡洋艦から成り、総トン数は約一万五千五百七十トンであった。昭和に建造される世界最強の「大和」（排水量六万四千トン）、「武蔵」（同）と比較すると、一世にあたる明治時代の「大和」「武蔵」は千四百八十トンに過ぎない。

誕生したばかりの常備艦隊にとって、本格的な外洋航海は今回が初めてであり、ウラジオストクへの寄港も含まれていた。このため海外事情に精通し、かつてウラジオストクを訪れたこともある斎藤が参謀に抜擢されたのであった。大尉の身分で艦隊の枢機《すうき》に参画するのは、異例のことである。一時期、この艦隊を事実上の指揮を執った斎藤の手腕になぞらえて、斎藤艦隊と呼ぶ者もいた。

艦隊は九月二十六日にウラジオストクに着き、太平洋艦隊司令長官やシベリア艦隊司令官らを公式訪問した。斎藤は、このときも詳細な航海日誌をつけており、「大和」を釜山に直行させたり、「葛城」にポシェット湾の視察に向かわせるなど、参謀としての統率力をいかんなく発揮している。十月三日にウラジオストクを発った艦隊は、釜山、上海などを巡航し、途中で清国艦隊と遭遇した。

「水師《すいし》提督の丁汝昌《ていじょしょう》に敬意を表し、十七発の礼砲を放つように」

斎藤の指示で、海上に砲声が轟いた。清国と日本は険悪な関係が続いていたが、戦争状態でない以上、海軍としての礼儀はわきまえなくてはならない。

常備艦隊は長崎や鹿児島を経て、十二月二十日、品川湾に戻ってきた。四日後、黒田清隆に代わり、山県有朋《やまがたありとも》内閣が成立した。西郷従道海相、大山巌陸相は留任となった。

明治二十三年が明け、三月下旬から四月初めにかけ、明治天皇の統監による初めての陸海軍連合大演習が挙行された。

演習では、常備艦隊が西軍（司令長官・井上良馨《よしか》）、臨時編成された演習艦隊が東軍（同・福島敬典《よしのり》）となった。西軍には竣功して間もない「高雄」も列し、大佐に昇進した山本権兵衛が艦長として指揮を執っていた。

巡洋艦の艦長や東軍参謀が少佐や大佐で占められているなかにあって、大尉で西軍の参謀になっていた斎藤は、ここでも出色であった。四月中旬、神戸港で行なわれた海軍観兵式（のちに観艦式と呼ばれる）でも、斎藤は常備艦隊の参謀として任務を遂行《すいこう》した。

常備艦隊の参謀だった斎藤が肝を潰したのは、三陸・北海道沿海の巡航のときだった。八月から大船渡、釜石、山田、函館、室蘭、青森を回航してきた艦隊は、十月十日までに品川湾に集合するよう命令を受け南下した。ところが、十月五日、艦隊は三陸沖で暴風雨に襲われた。斎藤は列を解いて山田港に避難するよう指示したが、「高千穂」でさえ寄港するのは困難と思われた。荒波に翻弄されながら、艦隊はちりぢりになったまま、それぞれの裁量で品川湾をめざした。

七日、館山湾に入った「高千穂」は、そこに停泊している「扶桑」を発見し、さらに各艦の所在を確かめた。だが、「武蔵」に代わって常備艦隊に編入されていた「高雄」だけは確認できない。

「よもや、山本艦長に限って……」

斎藤の脳裏を山本権兵衛の精悍な顔がよぎった。翌日正午になって、その心配は杞憂《きゆう》に終わった。「高雄」は唐丹湾《とうにわん》（現・釜石市）にいると打電してきたのだった。

十三日、佐世保軍港司令官として赴任した艦長の後任として、山本権兵衛が乗艦してきた。艦長と常備艦隊の参謀という違いはあれ、二人は「高千穂」で仕事をすることになった。

明治二十四年（一八九一）七月二十三日、斎藤はほぼ二年間にのぼった常備艦隊参謀を免ぜられ、海軍参謀部（二十二年三月に参謀本部が廃止され、参謀部が置かれた）に出仕となった。

斎藤が参謀部にいたとき、横須賀鎮守府司令長官だった仁礼景範が、海軍大学校（明治二十一年七月、目黒に創設）の校長として東京に転任することになった。

仁礼は、娘の春子を進水してまもない軍艦「橋立《はしだて》」に便乗させ、品川に着いた。ひときわ眩しい振袖姿の女性が現われると、出迎えに出ていた将校らは色めき立った。

「さすがに、仁礼中将の令嬢だけある」

「ああ、まさに大和撫子だ」

吐息のような会話が伝わってくる。斎藤を見つけた春子が笑顔をつくったように見えた。

一瞬ためらった斎藤は、おぼつかない足どりを見て、あわてて寄った。

「どうぞ。これに」

英国人教師からジェントルマンとしての教育を受け、米国でレディー・ファーストの習慣を身につけていた斎藤は、とっさに手をさしのべていた。

驚いた春子は斎藤を見あげると、くすっと笑って手を伸ばす。相手の腕にすがるようにして陸に上がった春子は、改めて斎藤を見つめ直した。

「サンキュー」

斎藤は春子の視線とそれを見まもるまわりの目に射抜かれ、頰がほてった。

この話題は、たちまち海軍内でもちきりとなった。春子自身ものちに「このとき、伸べる手と支える手とがまさか結婚にまでなろうとは」と語っている。

これを機会に、二人のロマンスは静かに燃えあがっていった。

海軍参謀部に出仕するなり、斎藤は井上良馨参謀部長、名和又八郎《なわまたはちろう》伝令使に随行し、北海道・千島探検に出るよう命じられた。北海道・千島列島は北辺警備の最前線である。斎藤が主に英文で綴った「探検航海日誌」には、水産資源をはじめ住人の暮らしぶりや産業発展の度合、密猟の実態など綿密なデータが網羅されている。

一行を乗せた薩摩丸は八月七日、函館港に着いた。九日、意外な人物が訪れた。

「盛岡出身の栃内《とちない》と申します。斎藤大尉のことは、弟からお聞きしております」

「弟？」

「札幌農学校予科を終えてから、海軍兵学校に入った変わり者でございます」

男は栃内元吉《もときち》といった。

元吉は盛岡藩（南部藩）の藩校だった作人館、南部家が運営していた東京の共慣義塾《きょうかんぎじゅく》で原敬とともに学んだが、途中から北海道に渡り、屯田兵《とんでんへい》少佐などを務めていた。その弟の曽次《そうじ》郎《ろう》は、海軍兵学校を卒業してから頭角を現わし、日露戦争では「武蔵」と「須磨」の艦長を務める。さらに斎藤が海軍大臣のとき事務局長に抜擢され、加藤友三郎海相の下で海軍次官を務めることになる。大正九年、岩手県出身者としては斎藤、山屋《やまや》他《た》人《にん》につぐ三人目の海軍大将となり、第一艦隊司令長官に就任する。

斎藤は原敬や曽次郎の話を聞いたが、その時点では興味深い話のひとつでしかなかった。

札幌に向かう元吉と別れた一行は、「出雲丸」で函館を発し、十二日に根室に着いた。その後、色丹《シコタン》、択捉《エトロフ》、得撫《ウルップ》、新知《シンシル》の各島を中心に探索した。千島列島に続き、北海道の利尻島、礼文島、稚内なども巡視した。樺太千島交換条約（明治八年）により、樺太はロシア領、千島は日本領となっていた。樺太の南半分が日本に割譲されるのは日露戦争後である。この探検は、ロシアを意識した国境警備の方策を探るものだったことがわかる。二年後の明治二十六年秋にも、斎藤は「高雄」副長として、樺太のコルサコフや択捉、色丹を視察する。

海軍兵学校で斎藤と同期だった郡司成忠大尉は同年三月、群衆の歓呼を浴びて千島探検に出発していた。郡司は占守《シュムシュ》島に移住して北洋開拓の先鞭をつける。盛岡出身の横川省三も朝日新聞社の特派員して同行し、当時の探検熱を高めた。占守島まで至らなかったにせよ、斎藤は郡司よりも早く千島探検を敢行《かんこう》していたことは興味深い。

東北本線はこの年（明治二十四年）九月一日、青森まで全線開通した。北海道・千島探検を終えた一行が青森に着いたのは、鉄道開通の興奮もさめやらぬ十九日のことだった。さらに一行は、野辺地や大湊、八戸を巡回して、盛岡へとたどりついた。

「斎藤大尉にはご苦労だが、いずれは太平洋側に要港を設けなくてはならん。山田、大船渡、女川《おながわ》のうち、どの港が適しているのか、それを調べてもらいたい」

単独で三陸沿岸の探査を命じられた斎藤は、九月二十七日、盛岡駅で井上参謀部長を見送った。この年のダイヤ改正で上野までの直行ができ、盛岡からはほぼ十八時間で上京できるようになった。運賃は上野まで三円二十八銭。文明の利器とはいえ、庶民にはそう簡単に手の届く代物ではなかった。

盛岡といえば、米内光政《よないみつまさ》の生まれたまちである。このとき米内は盛岡高等小学校（現・盛岡市立下橋中学校）に通う十一歳の子供であった。米内は色街として知られた八幡町の、「坂の上」と呼ばれる一角で暮らしていた。

市内に宿をとった斎藤は二十九日朝、盛岡を馬で出発した。ただし前夜遅く、隣室に入った酔客が八幡町にでかけていく際に騒ぎたてた。眠りを破られ、ついついあくびが出てこまった。しかも、昨夜までの大雨のせいで道もぬかるんでいる。

欧米での生活が長かった斎藤は、江戸時代にタイムスリップした気分になった。

「これでは、まるで弥次喜多ではないか」

このときの旅程のもようは、「東海道中膝栗毛」になぞらえ、軽いタッチで日記に綴っている。斎藤のユーモア精神がこんなところにもうかがうことができる。

盛岡からは、馬もしくは徒歩で宮古、山田、大槌を踏破し、十月七日、花巻に達した。数日間、郷里の水沢で過ごすと、十三日に一関を離れ、翌日の夕刻に盛入《さかり》りした。

十六日早朝、郡長の板垣政徳《いたがきまさのり》が訪れた。斎藤の目にはやけに眼光の鋭い男と映った。板垣の四男、征四郎《せいしろう》は、昭和になって陸軍大臣となり、盛岡中学の三級先輩である海軍大臣の米内光政と日独伊三国同盟などをめぐり激しく対立することになる。その征四郎はまだ六歳の子供で、沼宮内（岩手町）で祖父から漢学のスパルタ教育を受けていた。

大船渡湾の視察を終えた斎藤は、気仙沼、石巻を経て女川湾を調査し、二十一日、仙台から帰京した。赤羽で乗り換え品川で下車、参謀部長に挨拶を済ませ、ほぼ三ヵ月ぶりに帰宅した。

帰京からほぼ一週間後、斎藤は国防上の要港として、「山田、大船渡、女川の三港のうち大船渡がもっとも優れている」旨の復命書を井上参謀部長あてに提出した。しかし、最終的には青森県の大湊が要港として選ばれ、明治三十五年になって大湊水雷団が開設される。その三年後、鎮守府につぐ要港部に格上げされ、北方警備の拠点となる。

海軍参謀部に戻った斎藤は十二月十四日、少佐職務心得となり、第三課員を命じられた。

ある日、仁礼景範中将から招待を受けた。自宅を訪れると、いつになく仁礼はそわそわと落ち着きがない。咳払いをして、姿勢をただした。

「突然で恐縮だが、春子をもらってはくれまいか？」

斎藤は気が動転した。まさか結婚の申し出などと思ってもいなかったのだ。

「春子も気に入っておる。どうだ、引き受けてくれんか」

斎藤は顔をさげたまま、丁重に言った。

「まことにありがたい話ではありますが、私のような無骨者が、仁礼家のお嬢さんをもらうわけにはまいりません。どうぞ、この話はなかったことに。母もお断わりするにきまっております」

固辞した。ただでさえ汗かきの斎藤は、額から流れ落ちる大粒の汗を拭うのに懸命だった。

「ほかに約束した女でもいるのか？」

「いえ、めっそうも……」

「そうか、しかし、どうしてもいやだと言うなら、しかたあるまいな」

仁礼は惜しむように言ったが、その口調には別の作戦を思いついたような自信が覗《のぞ》いていた。数日後、斎藤は山本権兵衛から呼びだされた。山本は強い調子できりだした。

「斎藤、貴様はいくつになった」

「三十四ですが」

「いい年ではないか。いくら仕事熱心といえ、いつまでも独身でいるわけにはいくまい。だいいち、世間体もよくない。ここらで所帯をもってはどうだ」

山本は仁礼から斎藤を説得するよう依頼されたのだった。斎藤はまたしても尻込みした。

どう考えても、不釣合な縁談である。

「仁礼家は華族、私は平民であります」

斎藤家は明治維新後に帰農したため、戸籍上は士族ではなく平民になっていた。

「家柄だと。斎藤ともあろうものが、そんなものを気にするとはおかしいではないか。ここは強情《ごうじょう》を張らず、男らしく仁礼中将の申し出を受けてはどうだ。それとも、仁礼中将の娘では不服と申すのか」

「いえ、私なんぞにはもったいないと」

「それなら、話は簡単だ。断わる理由はない」

最初は頑として聞き入れなかった斎藤も、しだいに劣勢に立たされてきた。なぜ自分が反対しているのかさえ、わからなくなってきた。品川で握った華奢《きゃしゃ》な手の感触がよみがえり、春子の笑顔が眼前に迫ってくる。山本の説得は続き、ついに斎藤は折れた。

「そうまでおっしゃるのであれば、母とご相談のうえ、後日、正式にお答えしたいと存じます。そのときは何とぞ、お力添えを」

「わかった。これで決まったな」

縁談はその後、とんとん拍子で進んだ。

「まさか、春子お嬢さんと一緒になるとはな」

胸を熱くしながら運命の不思議を思った。斎藤と春子の縁談が決まると、やっかんだり、疑問の声を挟む者まで出てきた。

「仁礼どんはいかなる考えなるや。あげん、よそのもんに、大切なる一粒種の令嬢を嫁にやらるるとは、どげんもんじゃろ」

食ってかかるように、山本権兵衛に不満をもらす同郷人もいた。これを聞いた山本は、相手の意見を一蹴《いっしゅう》した。

「今日の世の中に、よそのもんなどというのは、耳ざわりもはなはだしい。どこの出身の者でも将来見込みのある人物ならば、大切な一人娘を嫁にやる気になるのはあたりまえだ。仁礼どんが斎藤大尉を見込まれたのは、一朝一夕《いっちょういっせき》のことではない。少尉補として扶桑艦に乗り組んでいた頃から、将来有為《ゆうい》の人物として惚れ込まれていたのである。その鑑識《かんしき》には、権兵衛も感服いたしした。自分の見るところにおいても、斎藤はあっぱれの人物で、将来かならず海軍に重きをなす人物であると確信する。決して心配するにおよばぬ」

薩長出身者が君臨していた当時の政治風土のなかで、山本がこのように進歩的な見識をもつに至ったのは、それまでの境遇と無関係ではない。

山本は明治四年に海軍兵学寮に入学したが、征韓論を唱えていた西郷隆盛が鹿児島に引き揚げると、休暇をとって帰郷した。しかし、山本は西郷から「日本海軍の将来のために勉強しろ」と諭《さと》され、悄然《しょうぜん》として兵学寮に戻ってきた。

西南戦争が勃発し、西郷軍が政府陸軍の前に屈したとき、山本は西郷をはじめ日本の将来を担うはずだった優秀な青年たちを見殺しにした罪意識にさいなまれた。だが、いつまでも悲嘆してはいられなかった。長州が実権を握る陸軍は、ドイツに倣《なら》いその力を増大させている。長州の独走を食いとめるには、英国に倣った薩摩の海軍を増強して対抗するしかない。そのためには、優れた人材を積極的に登用し、実力を蓄えなくてはならない。山本にとって、出身地を気にしている暇などなかったのである。

薩摩出身といえば、原敬もまた薩摩出身の中井弘の娘、貞子《さだこ》を最初の妻にしている。くしくも、原と斎藤はともに薩摩の妻を娶《めと》ることになったのである。

明治二十五年（一八九二）二月五日、麻布区芝北新門前町十番地の新居（借家）で、山本権兵衛夫妻の媒酌により、斎藤と春子の結婚式が内輪で行なわれた。

結婚式は、華族である仁礼家の一人娘を嫁がせる華燭の典とは思えないほど、質素でささやかなものであった。

式には、新郎新婦、媒酌の山本夫妻、斎藤の母菊治、春子の両親ら十二人が出席した。斎藤の親戚は国元に住んでいたことから、東京在住の数人だけが招かれた。明治維新がなかったら、永遠に出会うことのなかった新郎新婦は、羨むような視線を浴びながらも、晴れがましい表情をそっと伏せていた。

春子は明治六年三月三十日生まれだから、まだ十八歳の少女であった。これに対し、斎藤は三十四歳になっていた。二人には十六歳の年齢差があるが、原敬にしても最初の妻、貞子とは十三歳、のちに再婚する浅との間には十五歳の開きがある。

火鉢の炭火がはじけるなか、式は山本権兵衛夫妻の媒酌で、手順通りに進められた。三々九度の杯を飲み干す春子の横顔を眺めた斎藤は、その可憐な表情に胸が締めつけられた。

「何があったとしても、一生、この女を大切にしていかなくてはな」

おごそかな雰囲気のなかで、そのように誓った。結婚式が素朴でこぢんまりとした理由のひとつは、質実剛健を旨とした薩摩気質を堅持する仁礼家の家風にあった。春子の母、寿賀子は、厳格な躾《しつけ》で知られた婦人であり、薩摩の名門だからと見栄を張ったり、華族だからといって特別な嫁入り支度をすることもなかった。

春子は一人娘だが、四歳年上の長男景一のほか、年下の次男景助、三男景明、四男景雄がいた。仁礼家は代々、「景」という文字を名前に採っていたことがわかる。

東京で生まれた春子は、次男が誕生すると父、景範の妹のもとで育てられた。赤ん坊のときから虚弱体質で、しかも牛乳が嫌いだったことから水飴で栄養をとる始末だったという。七歳のころから、盲人で満寿という名の男師匠について琴を習い、日本舞踊の稽古もさせられた。このほかにも生け花や茶の湯、習字、絵画などの教えを受けている。十五歳ごろになると、ベルダンというフランス人の斡旋で中古のピアノを購入し、遊び友達とレッスンに励んだ。

学校は、芝にあった南海小学校をふりだしに、川村女学校、明倫女学校（どちらの女学校も家塾のようなものだった）を経て、鳥居坂にあった東洋英和女学校に入学した。同女学校の校長はミス・カートメルというアメリカ人で、女性蔑視や男尊女卑が色濃く残っている当時にあって、画期的な女子教育をほどこした。

少女から習い続けていた英語は、同女学校時代にみるみる上達した。それ以上に西洋の新しい考えが春子の目を広い世界に向けさせた。そうなると日本人としての伝統的な文化や美徳の大切さを理解しながらも、昔ながらの古い考えにしがみついているありきたりの男たちが色あせて見えてきた。

薩摩武士としての誇りが高い親戚や知人、兄弟たちも、まだまだ男性中心の考えから抜けだしていない。欧米の進歩的な考えを学びながら、一方では武家社会のような生活を送っていた春子にとって、そのギャップは大きかった。それだけに欧米のマナーを身につけていた斎藤のスマートな姿は、古い価値観に凝り固まっている男性のなかでひときわ際立った存在に映った。

「結婚するなら、この人」

春子は、ひそかにそう決めていた。

何しろ恋愛結婚がタブー視され、親が決めた相手なら、好きであろうとなかろうと一生献身的に尽くすという女性像が尊ばれていた時代である。憧れの相手と結ばれた春子は、それだけで幸運だと思った。

結婚後も、「国際人としての素養にかかせない」という夫の理解により、英語の勉強が続けられることになった。

新居の家賃は十二円だった。立派な門構えの家で、玄関側の二畳のほかに六間あった。敷地内には土蔵もあったというから、借家といってもかなり大きな部類に入る。これを裏付けるように春子は、「私ども夫婦と母との三人暮らしとしては広すぎるほどでした」と回想している。

夫が出かけるとき、良家の子女として厳しい躾をうけた春子は、三つ指をついて送りだした。また、襖や障子をあけるときは、かならず両膝をついてから両手であけた。

麻布区芝北新門前町の新居から、春子の両親が住む芝区三田綱町まではわずかに四百メートルほどしか離れていなかった。斎藤は毎朝、海軍参謀部に出勤する途中、仁礼家に立ち寄り、律義に挨拶していった。

夫を送り出した新妻が困ったのは、義母の方言だった。東京で生まれ育った春子は、標準語とされた東京の山の手言葉を話していた。もちろん父母が話す薩摩弁も理解できた。だが、水沢弁は異質の言葉だった。

「春子さん」

と呼ばれて返事をするのはいいのだが、それから先が聞きとれない。帰宅した斎藤に通訳してもらってから、「ああ、そういう意味だったのね」と初めて納得するというぐあいであった。

食事にしても、小食の春子に対して、菊治はおなかがいっぱいになるまで食べた。料理の味付けや食べる好みも違った。食習慣だけでなく作法の違いもまた、春子をとまどわせた。早い時間に帰宅すると、斎藤は母と一緒に晩酌するのを楽しみにしていた。

二人が水沢弁で楽しそうにしゃべっていると、つい距離を感じてしまう。もっとも、すぐに気をつかって、斎藤は標準語に変えて、たわいもない話をしていることを告げて安心させた。

新婚早々、海軍の飲み仲間が祝福と称して訪れたことがあった。仁礼家にいたときから、海軍の関係者がひっきりなしに訪れていたから、別に驚くことではなかったが、いつまでたっても帰ろうとせず、かといって泊まろうともしない。気がつくと、朝になっていた。あわてて居間にいくと、二人はまだ杯を交わしていた。さすがの春子もこれにはあっけにとられた。

新婚のころ、斎藤は妻を呼び捨てることができなかった。「お春さん」とか「お春」とか、つい遠慮してしまうのである。

「いいんですのよ。そんなふうに〝お〟をつけなくても。自然に呼んでください」

そう言われて、斎藤は照れてこまった。

斎藤の結婚を電撃的に受けとめたのは、日本を離れていた海軍兵学校の同期生たちだった。しかも相手は、仁礼中将の一人娘である。なかには「してやられた」という気持ちを抱いた同期生もいた。二人の門出を祝う賀状は、三十通ほど残されている。なかでも香港にいた坂本俊篤からの手紙は、簡潔な文面ながらその驚きぶりが読みとれる。

賀状の日付は三月二十八日、斎藤が九州沿海演習地に出張した日であった。演習を終えて帰京した五月二十日以降、春子から手渡されたのだろう。

「坂本さんって、おもしろい方ですね」

春子は口をすぼめて笑う。最初、意味がわからなかった斎藤も、手紙に目を通すなり高笑いした。文面は、「来月二日当地出発就帰途候　留守中ノ三珍　地震　解散　兄ノ結婚」と三行にわけて綴られていただけだった。

「俺たちの結婚が地震、国会解散と並ぶ三珍とはな。おそれいった」

地震とは前年十月二十八日、美濃・尾張地方を襲い、潰滅的な被害をもたらした大地震を意味し、解散とは十二月二十六日の第二議会における初の衆議院解散を指す。解散の引き金となったのは、海軍予算をめぐる閣内の軋轢《あつれき》だった。

斎藤が結婚したのは、目前に迫った総選挙（二月十五日）を前に、政府による選挙大干渉がくりひろげられ、高知県など各地で流血の騒ぎが起きていた時期にあたる。選挙後、政府干渉の責任をとるかたちで、火付け役となった品川弥二郎内相が三月十一日に辞任、五月二日には波乱含みのまま、第三回特別帝国議会が召集されていた。

政府の選挙干渉をめぐって国会が紛糾するなか、斎藤は六月三日、海軍参謀部の職を解かれ、「高雄」の副長心得となった。ほぼ十一ヵ月ぶりに陸から海に戻った斎藤は、本来なら水を得た魚《うお》のように職務に専念できたはずだが、何しろ結婚してからまだ四ヵ月しか経っていない。新婚早々の転勤に少々まごついた。

「どうぞ、家のことは心配なさらず、存分に働いてくださいませ。軍人の妻となった以上、めったに会えないことは承知しております」

そのようにやさしく送りだされ、「さすがは、仁礼中将の娘。すべてわきまえている」と感心したものの、航海の間、家には言葉の通じない嫁と姑しか残らない。女中と人力車夫を一人ずつ雇い入れてはいたが、二人の話相手にはなるとは思われなかった。

斎藤が品川に戻ったのは、七月二十六日のことだった。翌日、樺山海相、高島陸相が辞表を提出し、政局は急変を告げた。三十日には松方正義《まさよし》首相が辞表を奉呈して、選挙干渉問題で揺れ動いていた松方内閣は倒壊した。

にわかに、斎藤の周辺もあわただしくなってきた。斎藤は海軍内部に流布している情報を春子に伝えた。

「えっ、お父さまが海軍大臣ですって……」

「まだ、決定ではないが、たぶんお引き受けすることになるだろうな」

「そうなったら、どういたしましょう」

突然のことに、春子は浮き足立った。

「別に変わらないさ。これまでと同じように生活すればいいんだ」

恬淡《てんたん》とした斎藤の態度に、春子は改めて夫の度量の広さを感じるようにうなずいた。

八月八日、第二次伊藤内閣が成立し、海軍大臣に仁礼景範が就任した。

「斎藤、貴様は運のいい男だな」

そんなふうに言って羨望する同僚もいたが、斎藤はやはり淡然としていた。

第二次伊藤内閣では山県有朋（司法）、黒田清隆（逓信）、井上馨（内務）、大山巌（陸軍）、後藤象二郎（農商務）、河野敏鎌（文部）など藩閥の領袖《りょうしゅう》が会したことから元勲内閣と呼ばれた。また、陸奥宗光が外務大臣となり、不平等条約改正に本格的に取り組むことになる。仁礼景範海相は、斎藤が参謀部勤務時代に残した答申を参考に造艦計画を立案することになった。

明治二十六年（一八九三）年が明けた。

松方内閣崩壊の原因となった軍艦新造費は、第四回議会でも猛反対を受け、伊藤内閣は窮地に立たされた。しかし停会中の二月十日、天皇は詔勅《しょうちょく》を下し、一転して予算案は可決されるに至った。議会が閉会すると、政府は詔勅にもとづき臨時行政事務取調委員会を設置し、海軍改革や官吏削減、一割の減俸といった作業に着手した。

閉会から十日後の三月十一日、仁礼は改革にともなう官吏削減や減俸などの責任を痛感し、西郷従道に海相の椅子を譲った。

「さすがは仁礼どのだ。あれだけの大役をこなしていながら、いさぎよく退くとは」

斎藤は引き際の良さに感服した。わずか七ヵ月の大臣就任ではあったが、春子も「これで、ほっとしました」と安堵の表情を浮かべた。五月十九日、海軍改革の一環として海軍参謀部が廃止され、新たに海軍軍司令部が置かれた。

斎藤は六月以降、朝鮮やウラジオストク、樺太、択捉、色丹などを回航し、十一月中旬に横須賀に着く。十二月四日、海軍少佐へと昇進し、人事課兼軍務局の課僚となった。

「また、本省務めですね」

斎藤は、本当は海の方がいいんだが、と話そうと思ったが、妻のうれしそうな顔を見て言いかねた。それに春子の笑顔を見ているだけで、幸せな気分になってくる。いつしか目を細めている自分に気づいて、あわてていかめしい顔をつくる斎藤であった。

第六章　日清戦争

深い闇の底を列車が疾走していた。やがて訪れる凶暴で残虐な世界を暗示しているように、列車は激しく揺れ続けた。

「脱線しなきゃいいが……」

九死に一生を得たアメリカでの衝突事故の悪夢が蘇《よみがえ》ってきた。

明治二十七年（一八九四）六月二十二日午後九時五十五分、外務省の加藤増雄、陸軍大尉の青木宣純とともに新橋を発った斎藤實は、窓に浮かぶ自分の不安な形相を眺めていた。

「日本はこれまで、国際社会においては慎みぶかく謙虚にふるまっていた。だが、それも時間の問題となったな」

神戸で山陽鉄道に乗り換えた一行は二十四日、広島を経て宇品《うじな》港に至り、「住ノ江丸」で出港した。

このとき、「住ノ江丸」だけでなく、「熊本丸」「酒田丸」など八隻の運送船が船団を組み、下関をめざしていた。

翌朝、船団は下関と目と鼻の先の六連島《むつれじま》沖に集合を終えた。端艇《たんてい》（ボート）で「浪速」に乗り移った斎藤は、すぐさま艦長に対面した。

「軍務局の斎藤であります。西郷海軍大臣より内訓を受け、直接命令伝達使としてまいりました」

「ごくろうであったな。私が艦長の東郷だ。さっそく大臣命令を聞こう」

「浪速」の艦長は、東郷平八郎大佐であった。東郷は斎藤少佐から命令の大要を聞くと、静かにうなずいた。

「いよいよ、決戦か」

「浪速」の使命は八隻の運送船を護衛し、京城《けいじょう》（ソウル）に近い仁川港《インチヨン》まで航行させることにあった。さらに斎藤は、仁川にいる警備艦や将校への訓令を伝える使命も帯びていた。午前八時、「浪速」を先頭に八隻の運送船が六連島沖を出発し、対馬海峡へと乗りだした。これまでも何度か、斎藤は朝鮮への回航を行なっている。だが今度は違う。いつ実弾が飛んでくるかわからない。

斎藤は海峡の彼方を睨んだ。

朝鮮半島をめぐって、日清両国は険悪の度を深めていた。その直接的な原因となったのは、東学党の乱である。東学党は、西学である天主教（キリスト教）に対抗し、十九世紀初めに生まれた新興宗教であったが、「斥倭洋倡義《せきわようしょうぎ》」、つまり日本人と西洋人を退け正義を唱える攘《じょう》夷論《い》を掲げ、農民一揆としての性格を強めていた。

この年五月、全羅道の東学党が朝鮮全土を席巻《せっけん》するようになると、追い詰められた閔《びん》氏政権は袁世凱《えんせいがい》に援軍を求めた。清国は渋ったが、最終的に出兵を決意した。これに呼応するように、日本政府は六月五日、陸海軍を統制する大本営を設置し、陸軍と海軍に出動準備を発令した。

ただちに広島の第五師団の一部を動員して混成旅団が編制され、大鳥圭介公使は横須賀から軍艦「八重山」に搭乗し、三百人の海兵とともに朝鮮へ向かった。清兵は八日以降、牙山《アサン》に上陸、日本兵は十二日以降、仁川に上陸し、両軍は一触即発の情勢にあった。

輸送船団は二十七日、仁川にたどり着いた。仁川港には、「武蔵」「八重山」の日本軍艦のほか、フランス、アメリカ、ドイツ、ロシアの船舶も錨を降ろし、両国の動きを固唾を呑んで見まもっていた。さっそく輸送船に乗っていた混成旅団の後続部隊が上陸を開始した。

斎藤は領事館に赴き、京城の情勢を至急電報で伝えるよう指示し、陸軍将校と非常通信の方法を協議したうえ、同じ内容を「八重山」艦長にも通達した。

大臣命令の伝達や情報収集をすませた斎藤は、二十九日には帰国の途に就《つ》いた。午前十時、前方に清国の軍艦「鎮遠」「平遠」を発見した。艦内に緊張が走った。

「各自、戦闘部署に就け!」

戦闘配置につくと、念のため礼砲を放った。それに応えて清国側も礼砲を返した。戦闘は回避され、両国の軍艦は何事もないようにすれちがった。

「あれを見ろ！」

「おう、『大島』ではないか」

通り過ぎた清国軍艦の後方を、日本の軍艦「大島」が追跡しているのが見えた。「鎮遠」は七千トン以上、「平遠」は二千トン以上の巨艦だったが、「大島」はわずか六百四十トンに過ぎない。牙山で清国の動きを偵察していた「大島」は二艦が出港するなり、追尾していたのだった。

「さすがは、日本帝国海軍だ」

乗組員の声が弾み、一気に士気があがった。しばし手旗信号で牙山の状況などを聞き出したのち、仁川に向かう「大島」に別れを告げた。斎藤が東京に帰り、西郷大臣に復命したのは、七月四日のことだった。

日本政府は十六日、治外法権の撤廃を盛り込んだ「日英通商航海条約」（新通商条約）の調印にこぎつけた。ロシアとイギリスは極東政策をめぐって確執があり、朝鮮でもロシアと親密な閔氏と大院君《だいいんくん》の一派が政権争いを展開していた。

イギリスの後ろ盾を得た日本は、その余勢をかって二十三日、大院君をかつぎだしてクーデターを起こし、閔氏一派を追い出して新政権を樹立させた。

二十五日朝、佐世保から仁川に向かっていた「浪速」「秋津洲」「吉野」の艦隊が、豊島沖で増援兵輸送の護衛に向かう「済遠」「広乙」の北洋艦隊の一部と遭遇した。日本側の発砲によって交戦となり、日清戦争の火蓋《ひぶた》が切って落とされた。

豊島沖の海戦は日本の勝利となったが、この際、清国兵士約千二百人を乗せたイギリス船「高陞号《こうしょう》」までを撃沈してしまった。この報を聞いて伊藤博文首相は狼狽した。

「とんだことをしてくれたものだ……」

イギリスとの友好関係に亀裂が入れば、やっとのことで調印にこぎつけた新通商条約の苦労が水の泡となるだけでなく、清国との戦争もおぼつかなくなる。伊藤首相が頭を抱えるのもむりはなかった。政府は事実関係を調査するため、急きょ、「高陞号」船長らが移送されてきた佐世保で査問会を開くことにし、その人選を行なった。二十九日、閣議から戻った西郷海相は斎藤を呼び、事情を説明した。

「……というわけで、法制局長官の末松謙澄《すえまつけんちょう》と君を佐世保に派遣することが決まった。詳しいことは、外務大臣から聞いてくれ」

斎藤は、陸奥宗光外相の部屋に赴いた。

陸奥は具合が悪く、氷で頭を冷やしながら横になっていた。ワシントン在勤のときから懇意だった斎藤は、忌憚《きたん》のない意見を述べた。

「その後の報告で、国際公法には何ら遺憾《いかん》の点はなかったことがわかっております。わざわざ私が行く必要はないと思いますが」

陸奥はしかめ面をする。

「とにかく閣議で決まったことだから、行ってくれ。末松も、もうすぐここに来るはずだから」

斎藤と陸奥が遠慮なく話をしているところに、外務次官の林董《はやしただす》がやってきた。二人の関係を知らない林は、旧友のように親しげに話しこんでいる姿に驚いた。陸奥が訊《き》いた。

「どうした？」

「じつは、宣戦布告をどのようにしてやったらいいのか、意見をうかがおうかと」

「わかった。用件を済ませてから聞こう」

末松がやってきた。陸奥は痛みをこらえながら言った。

「お、来たか。さっそくだが、斎藤と一緒に佐世保に行ってくれ」

戦局が気になる斎藤は、こんなときに出張するのは本意ではなかった。

「末松さんだけでじゅうぶん、私は行かなくてもよろしいでしょう」

「いや、僕にはいっこう見当がつかないから、ぜひ行ってもらわないと困ります」

末松は少々むきになっていた。

「まぁ、とにかく行ってくれ」

陸奥は痺《しび》れがきれたように声高に言った。結局、斎藤と末松、法制局参事官の斯波淳六郎《しばじゅんろくろう》の三人で、その日のうちに出発した。

朝鮮では、仁川から進軍していた日本軍が成歓と牙山の清国軍に対し、明け方から攻撃を開始していた。勝敗は二時間ほどで決し、清国軍は敗走した。この勝利の報は、たちまち日本に届けられた。最初の戦闘は四日前の豊島沖海戦だったが、国民の間には陸軍の戦勝の方が先に伝えられたのである。

勝利に狂喜する民衆の姿は、車中からも見受けられた。末松は陸軍を買っているのか、毒づくように言った。

「まったく海軍はむちゃなことを平気でやる。国際公法を無視しては文明国の一員になることなどできん。そんなことも知らずに」

さすがの斎藤もむっとした。

「すべては審理してからです」

そう言って相手の苦言をそらそうとしたが、末松はなおも執拗に、「高陞号」撃沈を海軍の失態と決めつけてなじった。

当時はまだ、尾道までしか汽車が走っていなかった。尾道から先は船で門司へと渡り、門司から佐賀まで汽車、佐賀からは人力車で佐世保に行くのが、もっとも早い方法だった。

佐世保に着いた斎藤は、「高陞号」のトーマス・ライダル・ガルスウォルスェー船長や救助した乗組員を移送してきた「八重山」艦長らから事情聴取した。

斎藤は、情景を思い描きながら概要をまとめた。

二十五日朝、牙山に向かっていた「高陞号」は、豊島沖で日本艦隊と清国艦隊の交戦にでくわした。しかし、清国の「済遠」と「広乙」の二艦は大損傷を受けたため、「高陞号」は頼みの綱を失った。「高陞号」を発見した「浪速」は、信号をもって進行停止を求めた。「高陞号」船長は随行を承諾したが、清国将官はこれを許さず、再度の警告にもかかわらず従わなかった。

「高陞号」は明治十六年（一八八三）に建造された運送船で、ロンドンにある汽船会社の所有だったが、このときは清国政府の傭船《ようせん》となっていた。

東郷艦長は、清国の援軍を牙山に上陸させては日本軍の存亡にかかわると判断し、イギリス国旗を掲げてはいたが、あえて攻撃を命じた。「高陞号」が沈没したのちボートを出し、船長ら三人の外国乗組員を救助したが、清兵や大砲、弾薬は船とともに海中に没した。

斎藤は得意の英語で、「高陞号」の船長から日本に有利な証言を導きだした。また、関係者に対する審問の結果からも国際法上、特に問題はないと判断された。東郷艦長の処置に誤りがなかったと知って喜んだのは、それまで海軍をあしざまに言っていた末松だった。

一行が帰京したのは、宣戦布告から八日後の八月九日だった。翌日には末松法制局長官の名で、陸奥外相に事件報告書を提出した。幸いイギリス政府はそれ以上責任を追及しなかったため、懸念されたような外交問題に発展することはなかった。

出鼻をくじかれた清国は、態勢を立て直すために平壌《ピョンヤン》に兵力を結集させた。

日本側は、野津道貫中将率いる第五師団と桂太郎中将率いる第三師団を中心に第一軍を編制、枢密院議長だった山県有朋《やまがたありとも》が司令官に任命された。

第一軍は九月八日、広島の宇品港から仁川へ向けて出征した。これに歩調を合わせるように、同日、「大本営の広島進駐」が発表された。当時、広島は日本を代表する軍事基地となっていた。江田島《えたじま》には、明治二十一年八月に東京から移転した海軍兵学校があり、呉には翌年七月、佐世保とともに開庁した呉鎮守府があった。

呉軍港では、朝鮮半島との間を往来する艦船がひっきりなしに出入りしていたほか、呉鎮守府の所轄だった宇品港は、陸軍の将兵を戦地に送ったり、前線で負傷した兵士らを運び入れる輸送船の発着港になっていた。

大本営の広島進駐を進言したのは伊藤首相だったという。その前日、斎藤は信じがたい思いで辞令を手にしていた。

「私のようなものが、侍従武官とは。あまりにも恐れ多い」

侍従武官とは天皇のそばで奉仕する将校を指し、このとき初めて置かれることになった。当初は戦時のみの制度だったが、二十九年に改めて設置され、昭和二十年に廃止されるまで存続する。侍従武官に任じられたのは、陸軍から武官長を含め三人、海軍からは斎藤少佐と川島令次郎大尉の二人だった。斎藤は三十五歳、少々のことでは動じなかったが、さすがに今回の大抜擢には身が縮む思いだった。

「春、こうなった以上、一身を捧げてお仕えするつもりだ。万が一のことを考え、しばらく実家に身を寄せてほしい。母にも水沢で暮らしてもらうことにする」

春子は静かにうなずいた。

この年、斎藤一家は新居から麻布龍土町《あざぶりゆうどちよう》の借家に転居したばかりだった。引っ越しの手続きをすますと、斎藤は十三日、陛下に供奉《ぐぶ》して東京を出立、広島へと赴いた。

天皇陛下は十五日、広島城の第五師団司令部に置かれた広島大本営に到着した。

平壌では、未明から攻撃を開始した日本軍と、これを迎え討つ清国軍との間に激闘がくりひろげられていた。この戦いでも勝利した日本軍は十六日、平壌に無血入城した。

翌日、増援部隊を護衛中の清国北洋艦隊と日本軍の連合艦隊が黄海《こうかい》で遭遇、日清戦争の行方を決定づける大海戦が始まった。黄海海戦は、汽船による艦隊どうしの戦闘としては史上初めてのものであり、帆船時代に終止符を打つ歴史的な海戦となった。

日本海軍は開戦を前にした七月十九日、常備艦隊と西海艦隊とで最初の連合艦隊（司令長官・伊東祐亨《すけゆき》中将）を編制していた。連合艦隊は、旗艦「松島」を筆頭に、本隊となる「厳島」「橋立」「扶桑」「千代田」「比叡」「赤城」「西京丸」と第一遊撃隊の「吉野」「高千穂」「秋津洲」「浪速」の十二隻、計三万六千七百トン。これに対する清国の北洋艦隊（水師提督・丁汝昌）は、旗艦「定遠」をはじめ十四隻、計三万四千四百トンだった。

清国は巨艦を要していたため排水量では拮抗《きっこう》していたが、速度では劣っていた。何より両国の勝敗を分けたのは、火力と戦術の違いであった。清国は重砲では日本より上まわっていたが、小口径の速射砲では日本の六十七門に対し六門とあまりにも少なすぎた。

九月十七日昼過ぎから始まった海戦では、スピードで勝る連合艦隊が終始単縦陣を敷きながら、単横陣で構えていた北洋艦隊に突撃し、速射砲の雨を浴びせた。海戦は四時間以上にのぼり、「経遠」「致遠」「超勇」の三艦が相次いで撃沈、「揚威」「広甲」は大破し、「定遠」「鎮遠」「済遠」も大損害を受けた。東洋の無敵艦隊として君臨していた北洋艦隊は、わずか半日で潰滅状態となり、旅順へと敗走した。連合艦隊も損傷を受けたものの、一隻の沈没も出さずに済んだ。この勝利によって、黄海の制海権は日本が握った。

大本営に勝利の報が届いたのは、二日後の十九日、深夜のことだった。

「いかがいたしましょう?」

係から電報を受け取った斎藤は、返答にこまった。就寝中に天皇陛下を起こすことなど前例がない。しかし、今は事情が違う。一刻も早く知らせた方が陛下もお喜びになるに違いない。斎藤はしばし瞑目した。

広島大本営の建物は原爆で焼失したため、現存していない。記録によると、木造二階建ての質素な建物で、天皇の御座所は二階正面の部屋があてられ、御湯殿や御召替所、軍議室も設けられていた。一階は各部局ごとに部屋割りされていた。御座所は居間と寝室の区別がなく、就寝の時間がくると侍従がベッドを出してしつらえたという。

侍従長と侍従の詰所は二階の端にあった。天皇陛下は、「斎藤、斎藤」と気軽に呼んで用件を申しつけたという。それだけ斎藤に全幅の信頼を置いていた。

「わかった。私からお伝えしよう」

斎藤は意を決し、御座所へと向かった。戦勝の知らせを聞いた天皇はいたく感激し、さっそく将兵慰問使を特派することを決めた。

「斎藤、行ってくれるな」

「かしこまりました」

翌二十日、斎藤は陸軍の中村覚中佐とともに、出征軍慰問使として連合艦隊へ遣わされることになった。

準備を整えた斎藤は二日後には、「姫路丸」で宇品を出発した。途中、「高陞号」の沈没地点にさしかかったとき、戦争の非情さを訴えるように、檣《ほばしら》が波間に漂っているのが見えた。

二十五日に仁川に着いた斎藤は、さらに連合艦隊が入港するという大同江へ向かい、二十八日、旗艦「橋立」で連合艦隊司令長官の伊東祐亨中将に、慰問の聖旨《せいし》を伝達した。

その後、十月二日まで各艦を巡視し、それぞれの損傷の度合を検分したり、海戦のもようなどを詳細に聞きとった。侍従武官として戦地慰問の大役を果たした斎藤が、広島大本営に復命したのは九日のことだった。

ここで、黄海の海戦にまつわる奇談に触れておこう。この奇談は、内閣書記官長の伊東巳《み》代治《よじ》が綴った「霊鷹記」に紹介されている。要約すると、斎藤が慰問使として大同江を訪れた際、「高千穂」艦長、野村貞大佐から「海戦の最中、一羽の鷹が、『高千穂』の檣にとまったまま去ろうとしないので捕まえた」との不思議な話を聞き、大本営に持ち帰り天覧に供した結果、「高千穂」と命名してお飼いになったというものである。

伊東は、この奇談を神武天皇の故事をひきあいにして、霊鷹の物語にまで高めているが、実際には事実と異なるようである。斎藤の日記では、「高千穂」艦長が献じた鷹は十一月二十九日、「長門丸」で届けられ、十二月五日になって「有明」と命名されている。

天覧というと、大本営には大陸の珍しいものがつぎつぎと運ばれてきた。十二月一日付の斎藤の日記には、「旅順口・大連湾より駱駝二頭宛を送り来り天覧に供す」とある。日記にはないが、天皇は乗馬の心得がない侍従の堀河康隆にラクダに乗るよう命じて、四苦八苦している姿を見てお笑いになったという。

日清戦争が日本に有利に展開するなか、明治二十八年（一八九五）が明けた。一月十日、第二師団が宇品港から出港した。見送りにいった斎藤は、軍人としての一抹《いちまつ》の寂しさを感じながら大本営に帰った。

ある日、非番の斎藤のもとに、同じ侍従武官の広幡忠朝《ひろはたただとも》陸軍大尉がやってきて、徹夜で呑み明かした。そのまま、大本営に出向いたが、あたりには酒の匂いが漂っていた。天皇は突然、二人に蹴毬《けまり》をするように命じた。

二人は一睡もしていない。毬を蹴るたびに酔いが戻ってきて、足元がふらつき、ついにはダウンしてしまった。天皇はその様子をほほえましく眺めるだけで、特別とがめるようなことはしなかった。その後も何度か、斎藤は御前で蹴鞠をしているが、内心は複雑な心境であった。

二月二日、日本軍は威海衛《いかいえい》を占領、十二日には北洋艦隊が降伏し、提督・丁汝昌は自決した。願いが通じたのか、二十日、斎藤はほぼ半年間にわたる侍従武官を免ぜられ、「和泉」の副長を命じられた。斎藤は新兵のように胸が騒いだ。

「これで、やっと前線へ出られる」

ところで、斎藤は広島で奉仕していた間も、春子にこまめに手紙を出している。

春子も実家にじっとしていられなかったらしく、母の寿賀子とともに広島に赴き、約半年間、篤志看護婦として働いている。負傷兵の多くは輸送船で広島に運ばれており、斎藤も広島予備病院などを訪れ、平壌の戦いで負傷した将兵を見舞っている。

「和泉」副長の辞令を受けた二月二十日は、下関で講和会議が始まった日でもあった。

講和会議では、伊藤首相と陸奥外相が全権となり、天津からやってきた李鴻章《りこうしょう》と交渉を開始した。斎藤は二十三日に横須賀に着くが、翌日、清国全権の李鴻章が、講和会議の会場「春帆楼《しゅんぱんろう》」から宿泊先に帰る途中、日本人に狙撃され顔面を負傷するという暗殺未遂事件が発生した。外国からの非難を恐れた日本は、それまでのかたくなな態度を改め、停戦に向けて譲歩を試みる。


その間、斎藤は「和泉」の艤装《ぎそう》に追われていた。

「和泉」は明治十七年にイギリスで建造された鋼鉄巡洋艦（排水量約三千トン）で、チリ国がエスメラルダ号として使用していたものを、日本政府が前年十一月に購入したものであった。「和泉」は約一ヵ月間にわたり艦内の装備や大砲発射などの試験が続けられたのち、三月二十一日に西海艦隊に編入され、五日後に清国出征を命じられた。

「和泉」は三十日、広島を初めて訪れた皇后陛下に敬意を表し、満艦飾で宇品に入港した。

斎藤は大本営で天皇陛下に「和泉」の状況を奉上した。

この日、下関では清国との間で停戦条約が成立し、西海艦隊の作戦も中止になった。

「休戦か……」

斎藤は、駆け出す寸前に目的地を見失ったような気分になった。

四月十七日、日清講和条約（下関条約）が調印され、日本は遼東半島や台湾、台湾に接した澎湖島《ほうことう》の割譲に加え、賠償金二億両（テール・約三億円）を手に入れることになった。

「和泉」はその前後、西海艦隊の一員として征清大総督の小松宮彰仁親王《こまつのみやあきひとしんのう》の護衛のため旅順を往復している。戦争が終結していたため、斎藤にとっても気楽な航海であった。

だが、日本の威信を砕く外交問題がすぐに発生した。三国干渉である。ロシアはドイツ、フランスとともに遼東半島を返還するように迫り、ロシアとの戦争に勝ち目がないと判断した日本はこれを受け入れた。

当面の問題は台湾だった。

台湾にすれば、日本への割譲はまさに寝耳に水だった。戦場にもなっていないのに、一夜明ければ清国から日本の領土になっている。そんな理不尽なことを承諾できるはずがなかった。

今度は台湾での戦争が懸念された。

五月二十一日、征清大総督を護衛して神戸港に着いた斎藤は、思いがけない人物の登場によって狐につままれた思いになった。

「中尾（雄《ゆう》少佐）といいます。『和泉』の副長を命じられ、本日、赴任いたしました」

午後四時頃、後任の副長と名乗る将校が乗り込んできた。

「ごくろう」

そうは言ったものの、自分は辞令を受けていない。糸の切れた凧のような気持ちでいると、大本営から電報が届いた。部下も当惑している。

「今度はどちらへ？」
「常備艦隊の参謀、とある」
「それはおめでとうございます」

海軍将校にとって、艦隊司令長官になるのが夢である。艦隊参謀はその最短距離に位置する。士官たちは送別会を設け、斎藤の栄転を祝った。

「和泉」副長の引き継ぎを終えた斎藤は二十三日、宇品港に停泊中の常備艦隊旗艦「松島」に乗り込んだ。当時の艦隊司令長官は有地《ありち》品之允《しなのじょう》中将、司令官は東郷平八郎少将、参謀長は出羽《でわ》重遠《しげとお》大佐だった。

翌日、艦隊は台湾に向かって出征した。

台湾では二十五日、清朝を宗主国とし唐景崧《とうけいすう》を総統にした「台湾民主国」の設立が宣言された。日本政府は樺山資紀《かばやますけのり》大将を台湾総督に就けるとともに、抵抗の構えをみせる清国軍との戦闘に備え、北白川宮能久《きたしらかわのみやよしひさ》親王の率いる近衛師団を台湾に派遣した。常備艦隊の役目は、その近衛師団を援護することにあった。

上陸作戦は二十九日に決行され、近衛師団は清国軍と戦闘しながら進軍した。日本軍は破竹の勢いで進み、三日目には基隆《キールン》を占領した。斎藤にとって、初めて体験する実戦であった。

唐景崧総統ら民主国の首脳は大陸に逃走し、日本軍は六月七日、台北に無血入城した。七月二十六日、旗艦が「吉野」に移され、これにともなって斎藤も乗り移った。

清国軍の総崩れによって、台湾平定は順調に進むように思われた。八月六日には台湾総督府条例も定められている。だが、地元民によるゲリラ攻撃が激化した。事態を重くみた日本政府はさらに支援部隊を送るが、日本兵はマラリアや食糧不足の追い打ちを受けて苦戦を強いられる。

十月二十二日、台南を占領した日本軍は、一応の平定を終えたとして引き揚げを開始する。二十八日、「吉野」は、マラリアにかかり危篤となった北白川親王を東京湾まで護衛することになり、台湾を離れた。しかし、北白川親王は同日のうちに逝去していた。

その後も台湾での抗日運動は続き、植民地政策が軌道に乗るのは、明治三十一年、陸軍の児玉源太郎《こだまげんたろう》が台湾総督となり、斎藤と竹馬の友だった後藤新平が民政長官に就任してからである。

第七章　米西戦争

明治二十九年（一八九六）が明けた。

斎藤實は前年末から、芝区三田綱町にある仁礼邸の一角に仮住まいを構えていた。一時、水沢に帰省していた母も上京し、春子とともに一家三人の生活が再開していた。

そんなおり、太平洋の彼方から訃報が届いた。写真技術を修得するため渡米していた弟の省吾が五月六日、ハワイで客死《かくし》したのである。まだ、二十九歳の若さだった。

「軍人の自分が異国の地で死ぬのはわかる。あいつは軍人ではない。にもかかわらず……これからというときに、よくよく運のないやつだ」

斎藤は、またしても身内の死に目にあうことができなかった。五月十一日、水沢で葬儀が行なわれ、斎藤は母、春子とともに参列した。春子にとっては、初めて見る夫の故郷であった。葬儀がなければ、新緑のまぶしさが目にしみただろうが、悲しみに包まれた今は、美しい山河さえ深い陰影を帯びて迫ってきた。

このとき春子は、よもや水沢が自分の臨終の地になるなどとは考えもしていなかった。夫に先立たれていた春子は昭和二十年三月、空襲の激しくなった東京から疎開すると、戦後も水沢に居残り、昭和四十六年まで暮らすことになる。

十月二十四日、斎藤は常備艦隊参謀の職を免ぜられ、軍艦「富士」の回航委員を命じられた。戦艦「富士」は、イギリスのテームス・アイアンワークスで建造されていた甲鉄戦艦で、この年三月に進水し、航海に必要な装備を行なう艤装《ぎそう》が進められていた。

釜山において常備艦隊の旗艦「松島」を退艦して帰京した斎藤は、十一月六日に内閣からイギリス出張、十一日には海軍省から「富士」副長を命ぜられた。回航委員のうち、委員長の三浦功大尉らは先発隊として一足先に渡英しており、斎藤は副長として総勢二百三十人を引率することになった。

十二月五日午前九時、回航委員は汽車で新橋を発し、横浜に着いた。横浜には、一行を乗せる日本郵船の「山口丸」が停泊していた。

「それでは、ここでお別れいたします。お手紙を心待ちにしております」

「山口丸」まで見送りにきた春子は、はにかみながらもしっかりとした口調で言った。二人は海軍でも評判のおしどり夫婦として知られていた。春子の手記によると、この日午後三時頃に帰宅した彼女は、夫の無事を祈願するため近くの神社を参拝してまわっている。

横浜港を抜錨した「山口丸」は、神戸に立ち寄っただけで、日本を離れ、香港、シンガポールへと寄港した。斎藤が香港に上陸するのは、「筑波」による練習航海で立ち寄って以来、十七年ぶりのことだった。

このときの印象は、シンガポールから春子にあてた手紙で知ることができる。香港の発展ぶりに、斎藤は目を見張った。なかでもビクトリアピークの斜面を往来するケーブル・カーには驚いたらしく、「傾斜鉄道を敷き針金をもって客車を上下させている」と表現している。愛妻家の斎藤は東京にいる春子のために、紀行文のように異国の様子を伝えている。

といって、回航委員の職務を怠っていたわけではない。事務局長の山本権兵衛少将にも寄港地から数通の報告書を送っており、コロンボ港から発信した報告書には、シンガポールでの出来事として、マニラからやってきたスペインの輸送船についても触れている。

その輸送船には、病兵や多数の士官、およびその家族が乗っており、逃げるように本国に向かっていた。斎藤は現地人から説明を受けたが、「スペインはマニラで日本と戦争しつつある」といったとんちんかんな答えしか返ってこなかった。

実際には、フィリピンでは革命武力闘争が起こっており、三百年以上に及んだスペイン統治に終わりを告げようとしていた。大航海時代、無敵艦隊として世界の海を支配したスペインだったが、二年後に勃発する米西戦争でフィリピン諸島やグアムなどを手放し、歴史の表舞台から退くことになる。

明治三十年（一八九七）の元旦は、コロンボで迎えた。

正月といえば、日本人には特別の思いがあるが、「山口丸」の船長や機関長など高級船員は外国人であったこともあり、元旦に関係なく早朝のうちにスエズへ向けて出港した。

これに怒ったのは、「山口丸」の火夫や「鎌倉丸」の回航員だった。同船には、やはりイギリスで建造中の郵船会社汽船「鎌倉丸」を日本に運ぶための船員たちが乗り合わせていた。彼らは酔った勢いで外国人の高級船員にくってかかり、その騒ぎは翌日になってさらにひどくなった。ついには外国人船員が負傷しただけでなく、機関室が破壊されだした。

「こうなっては、仕方あるまいな」

それまで寛大に見まもっていた斎藤は、これ以上の騒ぎは航海にさしつかえると判断し、狼藉を働いた者たちを取り押さえさせた。

「山口丸」はスエズ運河を経て、一月十四日、ポートサイドを出港した。斎藤は出発に先立ち、山本軍務局長にこの暴動に関した報告書を差しだしている。

三十日、ロンドンに着いた一行は先発委員の出迎えを受けると、その足でヴィクトリア・ドックの「富士」を巡視した。まわりから嘆息がもれた。

「まさに、富士の山だ」

一行はロンドンのガワー街八十番に下宿するとともに、必要な荷物は「富士」の艦内に移した。ある土曜の午後、ドックにいる「富士」に散歩姿の紳士が訪ねてきた。

紳士はアドミラル・ドウグラスと名乗った。斎藤は名前を聞くなり、目の色を変えた。

「海軍兵学校の大恩人だ。すぐにお通ししろ」

ドウグラスは明治六年七月、斎藤が海軍兵学校に入校する三ヵ月前に、英国人教官のリーダーとして赴任した。当時はまだ少佐だった。二十四年ぶりの再会とあって、二人は感極まった。歓待されたドウグラスはまだ夢心地だった。

「諸君が、このような一万数千トンの軍艦回航のために、英国にやってくることなど、あのころは夢想さえしなかった」

たくましく成長した教え子を前に、ドウグラス提督は涙を浮かべていた。

またある日、八十歳を過ぎたと思われる古老がやってきた。応対した野間口兼雄大尉は、半信半疑の顔で斎藤に訊いた。

「イーストウッドとおっしゃる方がお見えになっていますが、ご存じでしょうか」

即座に斎藤は答えた。

「ああ、その方は、我々があだ名で〝東森さん〟と呼んでいた准士官だよ」

野間口は斎藤の記憶の良さに驚くとともに、ドウグラスと同じように昔話に花を咲かせる斎藤の姿に接しながら、人の恩を忘れない奇特さに打たれた。

「富士」は、テムズ河畔のヴィクトリア・ドックを離れて試運転に入り、二十日には、加藤高明全権公使が試運転に立ち会っている。試運転を終えると、下流にあるチルバリー・ドックで仕上げ工事が進められた。

この間、三月三十日には、ヨーク公（のちのジョージ五世）の拝謁があり、四月七日から二日間は、英国の紳士淑女、陸海軍の将校、在留日本人を招いて艦内を公開している。この際、バラエティ・エンターティメントと題された余興が、芸達者な乗組員によって行なわれた。石川五右衛門《いしかわごえもん》の芝居など日本的な出し物とあって、英国人からやんやの喝采を浴びた。

「富士」でのアット・ホームぶりは、たちまちロンドン中の新聞に掲載され、ちょっとした日本ブームを巻き起こすことになった。四月十九日に行なわれた一般公開では、一万五千人もの見学者が訪れる盛況ぶりで、一躍、「富士」はロンドンの話題をさらった。艦長や士官はロンドン市長夫妻の午餐に招かれたほか、メトロポール・ホテルで開かれた日本人協会の晩餐会では、斎藤が来賓を代表し英語でスピーチしている。

英国に滞在中、最大のイベントは英国女王即位六十年祝典だった。

祝典は六月二十一日からほぼ一週間行なわれ、日本からも有栖川宮威仁《ありすがわのみやたけひと》親王殿下や伊藤博文（当時の首相は松方正義）らが参列した。祝典のハイライトは、二十六日、ポーツマス港近くのスピットヘッドで挙行された英国艦隊大観艦式だった。観艦式には外国の軍艦も招待されており、「富士」はじめ、アメリカやロシア、フランス、ドイツ、イタリアなど十四ヵ国の代表十四隻が参列することになった。ところが、「富士」はまだ完全な姿ではなかった。

「まだ、ドックでの大砲工事が終わっておりません。いかがいたしましょうか」

「工事を続けながら、参列するしかあるまい」

斎藤の機転により、引き続き八十人ほどのエンジニアたちを艦内に寝泊まりさせて工事を続行することにした。

「富士」はイタリア戦艦レパント（一万五千九百トン）には及ばなかったものの、精鋭艦として外国軍艦のなかでもひときわ目をひいた。

歴史的な観艦式に参加した「富士」は、八月十七日に至ってすべての工事を終えた。後発隊が英国に着いてから、はや半年が過ぎていた。この間、斎藤はポーツマスでもポートランドでも、忙しい合間をぬって春子への手紙をしたためている。

「いよいよスエズだ」

乗組員は合言葉のようにスエズを口にした。従来通り、喜望峰《きぼうほう》を回るコースをとったのでは、経費や日程がかさむ。スエズ運河を経て日本に向かうのは当初からの計画ではあったが、これまで通過した巨艦としては、英国のアガメムノンやセンチュリオン、ロシアのリューリック（日露戦争で撃沈）、ニコライ一世（日露戦争後、日本海軍の手にわたり「壱岐《いき》」と改称）など、いずれも一万一千トンに満たないものばかりで、「富士」クラス（約一万二千六百トン）が通過した前例はなかった。

山本権兵衛軍務局長はその成功を危ぶんだが、回航委員長の三浦功大佐が加藤公使に依頼して運河会社への照会を行ない、通行可能なことがわかった。斎藤もまた、「山口丸」でスエズを通過した際、運河は改良されていて「富士」でも支障がないことを、ポートサイドから報告している。

処女航海となった「富士」は、ジブラルタル海峡から地中海に入り、九月三日にポートサイドに着いた。翌四日午前五時半、水先案内人と運河会社の副頭スミスを乗せた「富士」は、曳船一隻に曳航《えいこう》されながら、四ないし五ノットの微速力で進んだ。

デッキには乗組員が出て、今にも船底がつくのではと不安な視線を水面に落としていた。政府の首脳以上に「富士」のスエズ運河通航を懸念し、その成果を注目していたのは、英国海軍の将校たちだった。このため念には念を入れ、砲弾の積む位置まで計算したほか、首尾のバランスを保つために、前部のバラスト・タンクに約三十トンの水を満たすなど細心の注意を払っていた。

運河の中程にあたるイスメリヤで停泊した「富士」は、翌五日に後半の通航に入り、午後三時、ぶじにスエズに到着。当時の世界新記録を樹立し、航海史のエポックを飾った。

アデン、コロンボ、シンガポールを経て香港に着いたとき、斎藤は「富士」より二、三日前にシンガポールを出港した船が暴風雨に遭ってことごとく大破していることを知らされ、胸をなでおろした。

十月二十四日に香港を発った「富士」は快晴に恵まれ、波の穏やかな東シナ海を北上した。

「富士が見えるぞ！」

十月三十一日朝、「富士」の乗組員はそれぞれの思いを嚙みしめながら、薄闇に浮かぶ富士山を見やった。投錨した横須賀には春子と母の菊治が来ていた。

「大役、お疲れさまでした」

斎藤の元気な姿に接した春子は、少女のような小柄な体に精一杯喜びを表わしながらも、軍人の妻らしくわきまえた態度で夫を出迎えた。

十一月二十六日、斎藤は天皇陛下に拝謁し、「富士」の写真二十二枚を献上した。

「富士」の回航は、若くして艦上生活に別れを告げる斎藤にとって、生涯忘れられない思い出のひとつとなる。艦尾に記された「ふじ」の二文字も斎藤の筆跡によるものだった。

のちに四谷に建てられた邸宅の書斎には、「富士」の着色画が掲げてあったほか、戸棚に斎藤自身が貼った海軍生活中の写真三十枚中、「富士」に関するものが四枚も含まれてあった。また、回航員は斎藤を中心に「富士会」という親睦会を結成し、毎年集まっては親交を温めた。

「富士」は姉妹艦の「八島」とともに日露戦争の主力艦として活躍し、のちに運用術練習艦となる。大正十三年三月、仁川に寄港したとき、朝鮮総督だった斎藤はわざわざ京城から出向き、艦内を見てまわっている。回航からすでに二十七年が経っていた。六十代後半に入った斎藤にとって、一線を退いた巨艦との再会は胸にこみあげるものがあった。

「富士」の回航は、斎藤の青春そのものを象徴するエポックでもあったのである。

回航を終えた斎藤は十二月一日、海軍中佐に任ぜられ、一ヵ月も経たない二十七日には大佐へと昇進した。これは官制改正にともなう特別措置で、少佐が長かったことからその期間を通算し、中佐を飛び越すかたちで大佐へと駆けあがったのだった。

同時に「秋津洲《あきつしま》」艦長を命ぜられた。

明治三十一年（一八九八）を迎えた。

新年の挨拶をすませた斎藤は、五日は横須賀へ赴き、「富士」から「秋津洲」へと移った。「秋津洲」は、日清戦争のために生まれたような巡洋艦（約三千二百トン）だった。横須賀造船所で竣功した四ヵ月後には、「吉野」「浪速」の二艦とともに豊島沖海戦で奮戦し、黄海海戦でも活躍した。台湾では、斎藤が参謀として乗り込んだ「松島」とともに共同作戦をとっている。初めて艦長として乗り込む軍艦としては、申し分のない精鋭艦であった。

三月下旬には、横須賀から神戸に着くなり、難破した「幸亭丸」、「栄徳丸」の漁船船員を救助する命令を受けた。伊豆諸島に急行した「秋津洲」は、鳥島でぶじ船員を収容し、小笠原諸島の父島を経由して横須賀に戻った。艦長としての最初の功労が人命救助というのは、いかにも人間味あふれた斎藤にふさわしい逸話である。

四月に入ると、世界の勢力地図を塗り替える国際紛争が勃発した。米西戦争である。キューバをめぐって衝突していたアメリカとスペインは、ついに砲火を交え、戦闘はフィリピン諸島にも波及した。この戦争は植民地を舞台としたものだったが、二十世紀への転換を象徴する戦争となった。

早くから両国の関係悪化を知っていた斎藤は、戦争が始まる前に現地に着きたいと願い、待機先の佐世保で準備を整えていたが、出航命令はなかなか下りなかった。

四月三十日、ようやく東京から常備艦隊司令官宛に電報が届けられ、在留邦人保護のために「松島」「浪速」「秋津洲」の三艦が派遣されることになった。だが五月一日、米国東洋艦隊がマニラに攻め入り、スペイン艦隊を潰滅状態に陥れた。斎藤は翌日の夜、この報に接した。

植民地支配の実権を争うスペインとアメリカという大国同士の戦いは、日本海軍にとっても格好の研究材料になるはずである。それだけに、斎藤は一刻も早く現地へと駆けつけたかった。

三日午後三時、斎藤は常備艦隊の司令官、河原要一少将から訓示を受けた。

『『秋津洲』はマニラ、『浪速』は香港、『松島』は澎湖島に向かうように」

内心しめたとほくそ笑んだ。

「よし、わが艦が一番乗りだ」

午後六時、「秋津洲」ら三艦は佐世保を発した。三艦は途中までは列を成して航行し、それぞれの目的地に到着したあとは、一定の期間を置いて交互にマニラ付近を警護することになった。

二艦と別れた「秋津洲」は南下を続け、途中、便乗していた神戸の写真技師によって記念撮影を行なっている。八日には酷暑が厳しくなったため総員白服に着替えた。この日はまたスペイン国旗を掲げたスクーナー（西洋式帆船）四隻を見かけている。

九日午前、スービック湾からバターン半島沖を通航していたところで、海戦の名残りをとどめるマストなどが浮遊しているのを発見した。午後になって、マニラ湾口にさしかかった「秋津洲」は、とりあえず情報収集のため、コレヒドール島と目と鼻の先のマリヴェレスに入港した。

斎藤にもたらされた情報は、意外なものだった。

「マニラ市街とコレヒドール島は、今なおスペイン側の手中にあるだと。マニラはまだ、完全にはアメリカ軍に掌握されていないのか」

海戦は終わったものの、陸上ではまだ両国が睨みあっていた。

「今夜は非常警戒で臨むように」

斎藤はただちに命令を発した。「秋津洲」は、不気味に静まり返った南国の港で、身を潜めるようにじっと朝を待った。十日、「秋津洲」は警戒態勢を敷いたまま、マニラ湾へと入っていった。

湾内には米国艦隊の旗艦オリンピアをはじめ、ボルティモア、ボストンといった五千トン級の巡洋艦が停泊し、米国艦以外にもフランスやイギリス、ドイツなどの軍艦が確認できた。マニラ港に着いた斎藤は、さっそく艦長としてそれぞれの軍艦を公式訪問することにした。米国艦隊はカヴィーテに集結していたため、小蒸汽船でオリンピアまで赴き、司令官ジョージ・デュウェー少将に日本海軍の意図を説明した。翌日には、スペイン艦隊司令長官を訪問し、同様に在留邦人保護の協力を仰いだうえ、十二日にはスペイン側の臨時野戦病院を見舞った。

日本領事館で昼食をとった斎藤は、領事からマニラにおける日本人の居留民は数十人と意外に少ないことを知らされ安堵した。

「秋津洲」に緊張が走ったのは、十八日午前のことだった。国籍不明の軍艦が近づいているとの情報が入ってきたのだ。

「全員、戦闘配備につけ！」

正午になり、湾口に黒煙が見えた。米艦ボストンはただちに抜錨し、迎撃の態勢で湾を突っきった。やがて、その軍艦は「浪速」であることがわかった。「浪速」は「秋津洲」と任務を交替するために、十三日に香港を発ってきたのだった。「浪速」はカヴィーテ沖で米提督に礼砲を発してから、午後四時前、マニラ沖に投錨した。斎藤は「浪速」に出向き、情勢の推移を報告した。

いったんマニラ市内に赴いた斎藤は、スペイン艦隊司令長官や市長、知事のもとに告別の名刺を置くと、士官らと和泉屋で写真を撮った。各国領事や各艦長から郵便物や手荷物を託された「秋津洲」は二十一日、二週間近く滞在したマニラを離れ、三日後、香港に着いた。

香港には二日間滞在しただけで、すぐにマニラへと引き返した。二十九日午前、マニラに入港するなり、斎藤は「浪速」艦長と打ち合わせを済ませ、夕刻には台湾方面へと向かった。六月一日、「秋津洲」は澎湖島の馬公港に入った。その後福州を往復したのち、馬公でさらに一週間ほど停泊した。当時、馬公には「海門」と「葛城」の軍艦が停泊しており、「葛城」には、加藤友三郎大佐が艦長として乗り込んでいた。

「秋津洲」が三度目にマニラに着いたのは、二十四日のことだった。だが、前回までの静寂は一変し、近郊からは砲声がやまない。

「ついに、総攻撃が始まったのか」

砲声の聞こえる方角に目を凝らした　その砲声はアメリカ軍とスペイン軍との戦闘ではなく、スペインとフィリピン革命軍との間に交わされていたものだった。

米西戦争が勃発する前までは、アギナルド率いる革命軍がスペイン軍と果敢に戦っていた。

スペイン軍と対峙《たいじ》していたアメリカ軍は、革命軍を支援することで膠着《こうちゃく》状態を打開しようとした。勢いを得た革命軍は、優勢のうちに戦闘を展開し、六月十二日には「独立宣言」を発した。

斎藤がマニラに着いたのはそれから十二日後のことで、激戦の最中だった。港には避難してきたスペイン商船数隻が、欧米各国の軍艦に取り囲まれるようにして、日章旗など第三国の国旗を掲げて留まっていた。

七月十一日夕刻、ドイツ艦隊の先任参謀ヒンツェが来艦した。ヒンツェは斎藤に会うなり、鋭い口調で言った。

「交戦国の軍艦が中立国の軍艦に対して臨検を行なうことは許されないと信じるが、アメリカ艦隊はドイツ艦の入港に際してこれを行なった。貴艦の入港に際しても、同様の行為があったものと思われるが、これに対するご意見をうかがいたい。もし同意するのであれば、この覚書《おぼえがき》に署名をお願いしたい」

さしだされた英文の書面に目を通した。趣旨は「中立国の軍艦の入港に際し交戦国の軍艦が臨検を行なうは国際公法に反する行為なりと認め抗議する」というものだった。アメリカとドイツの不仲を知っていた斎藤は即答を避け、翌十二日朝、ドイツ旗艦カイゼルを訪れた。司令長官のディートリッヒは上陸して不在だったため、参謀ヒンツェに面会した。

斎藤は書面での回答を拒絶し、口頭で日本海軍としての立場を表明した。

「中立国軍艦および公用船舶は、商船と同じく臨検捜査を受けるものではない。そのことに関しては異論はありませんが、現在のマニラ港湾のように、武力占領直後、初めて入港する艦船に対し、安全なる航路および錨地《びょうち》を指定する場合などに、占領国の海軍官憲が士官を送った時は、中立国軍艦は投錨前といえども、これを受けることは臨検行為ではなく、好意的な訪問とみなすべきだと考えます」

ヒンツェが唇をゆがめたことは言うまでもない。斎藤は米西戦争のときだけでなく、これ以降二・二六事件で暗殺されるまで親米英の立場を貫く。

十七日午後、「浪速」が香港から到着した。前日から激しくなった砲声は、その日になってマニラ市全域で轟《とどろ》いていた。

斎藤にすれば、戦争が山場を迎えたこの時点で、マニラを去るのは不本意だった。「浪速」は郵便物も運んできた。そのなかには、春子の手紙も入っていた。行く先々で斎藤が春子に手紙を出したように、春子も艦上の斎藤へ宛てて思いのたけを綴った。

春子が斎藤に手紙を出すとき、宛名は「こひしきまこと様御許へ」と記され、“with my best love　H.S”と添えられていた。

結婚してから七年目。春子は二十五歳、実は四十歳になろうとしていたが、二人はまるで恋人気分でも味わうように海を越えたラブレターのやりとりをしていたのである。

十九日、出港を前にして、アギナルドの使者というフィリピン人（混血人）が訪れ、香港まで一人を便乗させてくれるよう求めてきた。しかし、戦争が終結していないこの時点でアギナルドの申し出を受け入れた場合、あとでもめごとが起きないとも限らない。

「残念だが、外人客は日本領事の許可を得なければ乗艦できないことになっている」

斎藤は艦長の判断で便乗を断わった。

「秋津洲」は香港を経て、二十七日に澎湖島に着くと、射撃演習などで日を送った。

八月十八日、斎藤はマニラからやってきた「浪速」から、スペイン軍が二日前に降伏したことを知らされた。

「終わったか……」

斎藤は、東南アジアにおける新しい潮流を感じた。

「秋津洲」はさらに一ヵ月ほど台湾近くの澎湖島で過ごすと、九月十一日に「松島」とともに出港し、四日後、佐世保に入港した。引き続き夏期演習を行ない、長崎に入った斎藤は十月一日、「厳島」艦長を命じる電報を受け取った。


パリ講和会議（十二月十日調印）の結果、アメリカはプエルトリコやグアム、フィリピン諸島を獲得し、南洋諸島はドイツが購入した。

独立宣言を発していた革命軍は翌年一月、フィリピン共和国を宣言し、アギナルドが初代大統領に就くが、アメリカはこれを無視し、一九〇一年三月、最後まで抵抗していたアギナルドを捕らえ、翌月にはアメリカの支配下に入れる。

結果的にフィリピンは、スペインからアメリカの統治に代わっただけであり、米西戦争で実現するかに見えた独立は、またしても踏みにじられた。

フィリピンは、スペイン統治時代の不平等な大土地制度を残したまま、アメリカナイズされる道を歩むことになる。

第八章　日露戦争

しのつく雨が容赦なく街路を叩きつけていた。あたりは晩秋の気配が色濃い。

「ひどい雨。まるで、参列者にいじわるしているみたい」

春子はすねるようにつぶやいた。

「空をうらんでも始まらない。それより、足元に気をつけた方がいい」

夫妻はおたがいをかばうように、建物の中に入った。

明治三十一年（一八九八）十一月三日、天長節のこの日は、朝から激しい雨が降りしきっていた。「富士」での遙拝式に参列した斎藤はその夜、春子と連れ立って、帝国ホテルで開かれた大隈重信の天長節奉祝夜会に出席した。

大隈は六月三十日、念願の総理に就任し、板垣退助内相と二人三脚で政局を担当した。しかし、尾崎行雄文相が共和演説事件で辞任するなど内閣の不統一を招き、十月三十一日に辞表を提出していた。わずか四ヵ月という短命政権だった。その晩は、辞表提出直後とあって、参加者は腫れ物に触れるような顔つきで臨んでいた。

「今度もまた、海軍大臣には西郷さんがお就きになるのかしら」

「それは、総理しだいさ」

　家路についた夫妻は、そんな会話を交わしていた。

　奉祝夜会から五日後の十一月八日、第二次山県有朋内閣が成立した。それまで海軍大臣に就いていた西郷従道は内務大臣となり、海軍大臣には爵位のない山本権兵衛中将が大抜擢された。

「よもや、軍務局長が大臣とはな」

　斎藤も度肝を抜かれた。十日朝、電報が自宅に配達された。差出人は秘書官となっており、至急本省に赴くよううながす内容だった。

「また、本省務めになるのでしょうか？」

　斎藤は、デスクワークよりも艦上勤務の方が好きだった。そのことを知っている春子は、喜んでいいのか慰めていいのかわからず、慎重な言いまわしで訊いた。

「たぶん、そういうことだろうな」

　直ちに内閣を訪れ、山本に面会した。

「大臣就任、おめでとうございます」

「堅苦しい挨拶はなしだ。君にも協力してもらわなくてはならんからな」

「はっ、どうぞ、何なりと」

「そう言ってもらえれば、心強い。さっそくだが、君には海軍次官に就いてもらう」

息がとまった。山本大臣のもとで働くことに異論はないが、次官といえば大臣につぐ権限をもつ。かろうじて息を吐くように言葉をつむいだ。

「それは……無理でございます。とても自分のようなものが次官など」

「もう決めたことだ。君しかおらん」

斎藤は固辞した。

「大佐の分際で、次官になった前例はありません」

「その通りだ。おそらく君が最初で最後になるだろうな」

山本は平然としていた。斎藤はなおも必死になって辞退しようと試みた。業《ごう》を煮やした山本は一喝した。

「何でもいいからなれ！　わかったな」

斎藤は重荷を背負った姿勢で引きさがると、午後には「厳島」を訪れ、副長に事情を説明した。翌朝、「厳島」を去り海軍省に向かった。

「この船とは、たった一ヵ月の付き合いだったが、いずれ、また帰ってくるさ。自分には艦上勤務が性に合っている」

その願いもむなしく、斎藤は二度と艦上に戻ることはなかった。

斎藤の次官抜擢は、山本の海軍大臣就任以上に、世間をあっといわせた。歴代の次官はいずれも少将で就いている。佐官（少佐・中佐・大佐）で次官になるのは、前代未聞のことだった。しかも斎藤の場合は、大佐になってまだ一年も経っていない。海軍省では斎藤は若輩であった。それが並み居る先輩の将校をだしぬき、次官の椅子を射止めたのである。海軍全体が新進気鋭の大臣・次官コンビの話題で沸騰した。

このとき、山本は四十六歳、斎藤は四十歳になったばかりだった。薩摩出身の山本はともかく、岩手出身の斎藤を次官に登用したことは、それまでの藩閥政治に新風を吹き込む画期的な人事を意味した。

明治三十三年五月二十日、海軍省の新官制が公布され、次官は総務長官と名称が変わったうえ、総務長官は中・少将に限ると定められた。斎藤は同日付で総務長官に任命され、大佐から少将に昇進した。山本が言ったように、佐官での次官は斎藤が最初で最後になった。

このころ、清国では義和団による暴動が深刻化し、北京の各国公使館が包囲される事態となった。通報を受けた斎藤は横須賀の東郷平八郎に、すぐに派遣できる艦名を電報で問い合わせた。東郷は佐世保鎮守府司令長官から常備艦隊司令長官に就いたばかりだった。

欧米各国は孤立した居留民保護のため、天津に停泊中の軍艦から陸戦隊を編制し北京へと派遣した。日本もまた、現地にいた砲艦「愛宕《あたご》」から兵を出し、列国と歩調をとることになった。

義和団信徒は紅巾や黄巾を身につけ、刀や鉄砲でも死なないという拳法を信奉して突撃したため、陸戦隊は苦戦を強いられた。六月に入ると、義和団だけでなく清国正規軍までが戦闘に加わったため、日・英・米・露・独・仏・伊・墺の八ヵ国による連合軍は、苦境に立たされた。

速やかに援軍を送り出せるのは日本しかない。

政府は各国の賛同を得て、六月十五日の閣議で陸軍部隊の派遣を決定した。日本軍の到着で態勢を整えた連合軍は、七月に天津、八月に北京を陥落させた。連合軍は寄せ集めだったこともあって、好き勝手に掠奪の限りをつくしたが、このときの日本軍は統制と規律の高さで、列国の模範となった。

北清事変が一段落していた九月十五日、立憲政友会が結成され、初代総裁の伊藤博文は十月十九日、山県有朋に代わり四度目の内閣を成立させた。伊藤内閣でも山本権兵衛が海相に留任したことから、斎藤も引き続き総務長官（次官）に留まった。

十一月二十二日、春から病臥していた仁礼景範が逝去《せいきょ》した。享年七十。

「きっと、黒田さまがさびしがって、お連れになったのかもしれませんわ」

春子は悲しみをこらえながら言った。

「そうかもしれんな」

その年の八月、薩閥の筆頭だった黒田清隆が亡くなっていた。

十二月二十二日、東京市疑獄事件の責任をとって逓信大臣を辞任していた星亨《ほしとおる》の後任に、盛岡出身の原敬が就任した。このとき原は大阪毎日新聞社社長を辞め、政友会の初代幹事長を務めていた。

「あのときの男ではないか」

西郷従道一行と欧州を巡遊したとき、斎藤はパリ公使館で原と出会い、旅費を工面してもらったことがあった。

「ただものではないと思ってはいたが、まさか東北から初の大臣とはな」

彗星のように登場した原に、斎藤は同じ岩手出身者として衝撃を受けた。

明治三十四年（一九〇一）が明けた。伊藤内閣は、増税案でもめた第十五議会を天皇の詔勅で乗りきったものの、渡辺国武蔵相が財政計画に反対したことから、伊藤は五月二日、辞表を奉呈した。身内の反乱で自壊した伊藤内閣にかわり、六月二日、第一次桂太郎内閣が成立した。

桂内閣でも山本が海相に留任したため、斎藤は山県、伊藤、桂と三内閣で総務長官を務めることになった。

明治三十五年一月三十日、ロンドンにおいて日英同盟が調印された。

「あれから三十年、ようやく日本はイギリスと対等につきあうことができたか」

斎藤は感慨ひとしおだった。海軍兵学寮に入学した当時を思うと、隔世の感があった。

だが、ロシアにすれば、日英同盟は挑戦状を突きつけられたようなものだった。おりしもこの時期、シベリア鉄道が完成し、大量の兵士や兵器を極東まで運搬できる体制を整えていた。そして列国の批判にもかかわらず、相変わらず満州を占領し続けていた。

日英同盟で後ろ盾を得た日本は、駐清公使を務めていた小村寿太郎《じゅたろう》外相が中心になって清国政府に圧力をかけた。

四月になると、ロシアはしぶしぶ「満州還付に関する露清協定」に調印し、六ヵ月ごと三期に分けて撤兵を行なうことを表明した。

明治三十六年二月六日、斎藤はロシア公使夫妻主催の晩餐会に招待された。この晩餐会は、太平洋艦隊司令長官のために開かれたものだった。公使はのちにポーツマス講和会議に列席するローゼン、司令長官は日露開戦当初の長官となるスタルク中将であった。

斎藤の心中は複雑であったが、いつものようにポーカーフェイスで臨み、何事もないように歓談した。

四月になって、さらに緊迫の度を増す事態が発生した。ロシアは清国と締結した満州還付協約に従って、六ヵ月ごとに三段階に分けて撤兵することを約束し、前年十月の第一期撤兵を実施していたが、この月に予定していた第二期撤兵を突然見合わせたのである。

さっそく日本政府は、早急に撤兵を行なうよう勧告したが、ロシア側はこれを無視する態度をとった。二十八日、斎藤は山本海相から呼びだされた。

「また、鎮守府をまわってきてくれんか」

斎藤は三月に佐世保、呉両鎮守府などを巡視してきたばかりだった。

「ただし、今回は釘を刺してきてほしい」

山本は、いつになく厳しい口調で言った。

翌日、海軍省の将官に対し、山本海相から特別訓令が言い渡された。三十日朝、斎藤はこの大臣訓令を各鎮守府に伝えるため東京を離れた。

佐世保、呉と巡回し、五月五日には舞鶴鎮守府で東郷平八郎長官に会った。舞鶴鎮守府は日本海側の警備を固めるために二年前に開庁した鎮守府で、東郷は初代長官を務めていた。

六月十二日、極東の視察に訪れたロシアのクロパトキン陸相が、ウラジオストクで軍隊を検閲したのち、東京を訪問した。翌日、斎藤は山本海相の代理として、クロパトキンを答訪した。クロパトキンは、日露戦争で極東軍総司令官として指揮を執るが、奉天会戦で敗軍の将となる。

クロパトキンが東京を去ったあとの二十三日、最初の御前会議が開かれた。会議では、正式にロシアと交渉を進めることを決め、「満州においては多少譲歩をしてもよいが、韓国についてはいかなる事情があっても譲与しない」との基本方針を固めた。

日露協商の交渉は小村外相と駐日露公使ローゼンが全権となり東京で進められた。両国の主張はかみあわず、平行線をたどった。

この間にもロシアの東洋艦隊は、朝鮮海峡で大演習を行なうなどのデモンストレーションをくりひろげていた。日本側も臨戦態勢で訓練を続けるとともに、十月十九日、東郷平八郎を常備艦隊司令長官に抜擢した。

十二月五日、官制改正によって総務長官はふたたび次官となった。五日後、開会中の第十九通常議会で、衆議院議長の河野広中《こうのひろなか》が朗読した政府弾劾の奉答文が決議されるという珍事(奉答文問題)があり、衆議院が解散になった。

解散中、イギリス公使館付武官から電報が入った。斎藤は山本海相に電文の内容を示した。

「アルゼンチンの軍艦二隻が売りに出ていて、年内に完成するとのことですが……」

「現時点では、大臣の立場で訓令するわけにはいかんな」

「それでは、あくまでも私の名前で」

「悪いが、そうしてくれるか」

あとで問題が起こったとしても、次官の勇み足ということで責任をとればいい。斎藤は内密に交渉を進めるよう武官に指示した。暮れになって、いよいよ交渉が熟した。

「何とかしたいが、大蔵大臣の内諾を得ないことにはな。お前、行ってくれんか」

斎藤は曾禰荒助《そねあらすけ》蔵相を訪れた。あいにく曾禰蔵相は盲腸炎にかかり、病床で喘《あえ》いでいた。患部にあてている氷嚢《ひょうのう》も痛々しい。

「ぜひ、お話ししたいことがある。通してくれ」

「なりません」

秘書官は斎藤の前にたちふさがった。

「どんなに苦しんでいられても、ぜひお会いしなければならない重大用件である」

押し問答がわずらわしいのか、曾禰蔵相は苦痛をこらえながら言った。

「ここへ来るなら、会ってもよろしい」

枕元まで歩み寄った斎藤は、軍艦購入について了解を求めた。

「軍艦じゃと。この前、チリのを断わったばかりではないか」

喝破された。斎藤は前回とは事情が異なることを熱っぽく語った。が、曾禰蔵相は頑として聞き入れようとしない。それどころか、「なんだ。海軍は戦《いくさ》をする決心か」と突っ込んでくる。

斎藤も開き直った。

「戦になるかどうかはわかりませんが、適当なものがあって、ぜひそれだけの戦力を加える必要があるとなったら、何をおいてもやらねばなりません」

曾禰蔵相は眉を曇らせた。

斎藤はなおも時局の重大性を説いた。最初、相手にしなかった曾禰蔵相も、しだいに斎藤の言い分に傾いてきた。

「今、ちょうど荒井（賢太郎）主計局長が来ている。おい、荒井を呼んでくれないか」

部屋に入ってきた荒井もまた、事情を聞くなり険しい表情になった。

「難しい話ですね。そのような金は、大蔵省だけでは足りますまい。日銀はどうかわかりませんが」

「それじゃ、貴様、行って調べてこい」

荒井を待つ間も、曾禰は苦患の皺を眉間に刻んでいた。しばらくして戻ってきた荒井は、曾禰に耳打ちした。曾禰は意外な顔をした。斎藤を見るなり薄く笑った。

「ぜひ、やらなくちゃならんというのなら、何とかしよう」

斎藤は最敬礼して、その場を離れた。

お墨付きをもらった斎藤は、ロンドン在住の武官に交渉を急ぐように指示した。十二月二十八日、緊急支出の勅令が公布され、三十日に売買契約が成立した。このとき購入したアルゼンチン軍艦二隻は、イタリアで建造されていた一等巡洋艦（七千七百トン）で、購入費、回航費、保険料を合わせた約千六百万円の予算額が認められた。

緊急支出が決まった二十八日、従来の常備艦隊が解かれ、第一艦隊、第二艦隊、第三艦隊に再編制された。さらに第一・第二艦隊とで連合艦隊が組織され、東郷が司令長官として総指揮を執ることになった。艦隊は佐世保に集結して、万一の事態に備えた。

軍艦購入とともに、燃料の確保が海軍の緊急課題になっていた。当時の燃料はまだ、石炭であった。ところが、日本炭は煙が多く火力で劣るという弱点があり、有事には向かなかった。斎藤は英炭の購入を進める一方で、国内にある無煙炭の確保にも努めた。

ローゼン公使と小村寿太郎外相との交渉はいよいよ暗礁に乗り上げ、決裂寸前に達した。戦雲が頭上にのしかかるなか、明治三十七年（一九〇四）を迎えた。

元日、アルゼンチンから購入した軍艦二隻の日本名が発表された。新艦は「春日《かすが》（旧名リバダビア）」「日進《にっしん》（同モレノ）」と命名された。

この二艦をいかに安全に速やかに、建造地のイタリアから日本まで回航するか、それが新たな問題となった。前年暮れ、山本海相はドイツにいた鈴木貫太郎《かんたろう》中佐やパリにいた竹内平太郎大佐らに、「春日」と「日進」の回航を命じる極秘の電報を送っていた。

「春日」「日進」の回航は、宣戦布告の時機とも関係している。海軍の首脳は、日本の命運を託す思いで二艦の無事を願った。「極秘のうちにドイツを去れ」との指令を受けた鈴木は、ドイツ人の知人に「フランス旅行をしてくる」とだけ告げ、二艦が建造されているイタリアのジェノバに向かった。

一月四日、ジェノバに着いた鈴木は、軍艦に大砲は据えられているものの、電線の敷設工事などはまだまだ終わりそうもないのを見てあせった。しかも甲板はイギリス人、機関はイタリア人というぐあいに、担当部署によって国籍がまちまちで、下級員に至っては烏合《うごう》の衆という印象を受けた。日本人は、フランスに滞在していた三人が「日進」、ドイツにいた四人が「春日」に乗ることになっていた。

同じ宿には、ローマからやってきたロシア公使が泊まって、日本側の動きを監視していた。最悪の場合、ロシアは軍艦二隻を増加したことを口実に、拿捕《だほ》や戦闘行為にでるかもしれない。それより何より、航海の途中で開戦となった場合には、みすみすチュニス近くのビゼルトに集結しているロシア艦隊の餌食になることは目に見えていた。

一刻の猶予もならない。工事は出航後も続けることとし、とにもかくにも弾丸や火薬などを積載し、出港できる手筈を整えた。新聞には、イギリス人記者に頼んで「二十日出港」と発表させ、八日夜、ひそかにジェノバを後にした。斎藤は、九日の日記に「日進・春日ゼノアヲ発シ本邦ニ向フ」と記したが、気が気でならなかった。

案の定、ロシア艦隊は先まわりをして地中海で待ち構えていた。幸いマルタ島を通過したあたりから、イギリスの巡洋艦キングアルフレッドがロシア艦隊を牽制しながら日本艦を先導した。乗組員は日英同盟の威力をまざまざと知った。

途中、「春日」が故障するアクシデントがあり、一時間遅れでポートサイドに着いた。しかし、イギリスの会社が石炭の積み込みに際し、先に到着していたロシア艦隊を後まわしにしたため、日本艦の方が優先的にスエズ運河に入ることができた。紅海を出る頃には、もう追いつけないと知ったロシア艦隊はフランスの軍港に寄ったあと、スエズへと戻っていった。

国内では、一月十二日に開かれた御前会議で最後通牒を行なうことを決め、翌日、政府は満州からの撤兵をうながす最終の修正案をロシア政府に送った。

「『日進』『春日』は、今どこにいる？」

山本海相は、寄港地に向けて続けざまに電報を打たせた。

「日進」と「春日」は一月二十七日、相次いでコロンボに着いた。シンガポールには、「日進」が二月一日に入港し、三日遅れで「春日」がたどり着いた。ところが、石炭人夫のストライキという思わぬ事態に遭遇して足どめを食うことになった。艦長は桟橋で積むようせきたてたが、沖積みを主張して譲らない業者側と対立し、痺れをきらした人夫たちが帰ってしまったのである。

「なに！　まだ、シンガポールを出ていないだと。何をのらくらやってるんだ」

山本海相は激怒した。怒りは竹内大佐への手厳しい電報となった。

「石炭積み緩慢なり、鈴木にも伝えよ」

外務大臣もまた、「四日の夜半まではどんなことがあっても積み終えよ」と督促の電報を送った。ようやく業者と折り合いがつき、石炭を積み込むと、どうにか四日午後六時にシンガポールを出航することができた。このストライキは、帰航を遅らせるためにロシア側が仕組んだものともいわれているが、真相は定かではない。

同じ二月四日、宮中表御座所で御前会議が開かれ、宣戦の聖断が下った。その夜、海軍省で重大な会議があった。山本海相から出席するよう告げられた斎藤は思案げに言った。

「いや、じつは、今夜ウッドから招かれていまして、私が参らないと、変にとられはしないかと心配であります。さしつかえないかぎり、行った方がいいと思われますが……」

山本海相はうなずいた。

「それもそうだな。会議は聞いておいてやるから、行ったらよかろう」

斎藤は何くわぬ顔で、アメリカ陸軍武官ウッドの晩餐会に出向いた。予想は的中していた。赤坂葵町のウッド邸に集まっていた各国の駐在武官は、日露開戦の時機をめぐって議論を交わしていたのである。

「今夜、斎藤次官が来るか来ないかで、戦いが切迫しているかどうかの見分けがつく」

その意見でまとまっていた。

来るか、来ないか。おとりにかかる獲物でも待つような雰囲気のなかに、斎藤が夫人の春子をともなって到着した。見ると、相変わらず飄々《ひょうひょう》とした態度で、温厚な笑顔もいつもと変わらない。

「どうやら、開戦はまだまだ先のことらしい」

誰もがそう思い込んでしまった。

春子はもうすぐ三十一歳になろうとしていたが、欧米人の目には、少女のように可憐に映った。初めて夫妻の姿に接した外国人のなかには、娘でも連れてきたものと早合点する者もいた。たちまち緊迫したムードがほぐれ、晩餐会は一気にはなやいだ。斎藤にすれば、機密を保持しただけだったが、各国の駐在武官からはのちに、「あの晩は、すっかり君にしてやられた」と愚痴をこぼされることになる。

翌五日、政府は協商の交渉中止と独立自営のために自由行動をとることを決め、第一軍に動員令、連合艦隊に発進命令が下った。六日になって、ロシア政府に日本政府の決定を通告、ここに至って国交は完全に断絶した。

この日、連合艦隊は佐世保を出港した。

朝鮮半島の仁川沖では、軍艦「千代田」がただ一隻、ロシア軍艦二隻と睨み合っていた。ただちに、「千代田」は仁川を出て黄海に向かってきた艦隊と合流した。八日から九日にかけて、仁川沖のロシア巡洋艦ワリヤーグ、コレーツと砲火を交え、二隻を撃沈した。

旅順に向かった艦隊もまた、八日から攻撃を開始し、レトウィザン、ツェザレウィッチの二戦艦と巡洋艦パルラダに大損害を与えた。この先制攻撃によって旅順の太平洋艦隊は港に立てこもり、沖合の日本艦隊と対峙《たいじ》することになった。仁川、旅順の海戦によって、日露戦争の火蓋たは切られた。

二月十日、二日遅れで宣戦が布告され、翌日、宮中に大本営が設置された。

大本営は日清戦争のとき初めて設置されたが、このとき海軍は脇役に回されていた。その背景には、維新以来続いていた長州の陸軍、薩摩の海軍という反目があった。山本海相は、陸主海従の大本営条例（明治二十六年制定）の改正を強く要求してきたが受け入れられず、ようやく日露関係が逼迫《ひっぱく》していた前年末に改正にこぎつけていた。海軍は日露戦争で初めて陸軍と対等になったのである。

先制攻撃に打って出た海軍は、旅順港に立てこもった太平洋艦隊を封じ込めるため、二月から五月にかけ、三度にわたって閉塞《へいそく》作戦を実施した。閉塞とは、石やセメントなどを詰め込んだ老朽船を港口に沈めることで敵軍艦の出入りを阻止する戦術である。しかし閉塞作戦は、小回りがきく敵の水雷艇や巡洋艦の攻撃にあって苦戦を強いられた。

二回目の閉塞の際には、広瀬武夫少佐ら二人が戦死を遂げた。広瀬は中堅将校としては初めての戦死者だったこともあり、軍神として崇《あが》められる。

緒戦で戦果をあげた海軍だったが、日露戦争を通して最大の被害を出すことになる五月十四日を迎えた。午前零時過ぎ、旅順沖を「笠置」「千歳」「吉野」「春日」「富士」の順で航行していた出羽艦隊は、濃霧のため戦艦の位置を見失った。やがて「春日」と「吉野」が激突し、「吉野」はひとたまりもなく沈没してしまった。

イタリアから「日進」とともに回航されてきた「春日」は、二月十六日に横須賀に着き、訓練を終えて四月初めに艦隊に配属されていた。二艦はともに四月十三日の第七次旅順口攻撃で初陣を飾り、新鋭艦としての威力を発揮していた。その矢先の事故である。

悪天候による味方どうしの衝突事故に加え、明け方になって主力戦闘艦である「初瀬」

「八島」が敵の仕掛けた機雷に触れ、相次いで沈没した。また、「宮古」も機雷の餌食となり、通報艦「竜田」は光緑島で座礁した。それらの訃報は、一日遅れで大本営に達した。

大本営のショックは大きかった。

「主力艦六隻のうち、一気に二艦も失うとは」

斎藤はつぎつぎと届く悲報に愕然《がくぜん》となった。しかも、「初瀬」には春子の兄、景一少佐が分隊長として乗り込んでいた。

「いや、まだ、戦死と決まったわけではない。何としても、生きていてくれ」

斎藤は一縷《いちる》の望みを抱きながら、十六日、仙石貢《せんごくみつぐ》（のちの鉄道大臣）の結婚披露宴に春子とともに出席した。祝辞を述べる斎藤の心情は複雑だった。夜、会場の上野精養軒を出た夫妻は、提灯行列の波にでくわした。それは、大陸で快進撃を続ける陸軍の連勝を祝うものだった。

「兄が無事でありますように」

春子はつぶやくように言って、そっと両手を合わせた。

斎藤は提灯の明かりに照らされながら、重苦しい気分で戦勝に酔いしれる民衆を眺めていた。春子はまだ、兄の乗った軍艦が沈没していることを知らない。提灯行列に手を合わせるけなげな姿は、斎藤の目に残酷な光景に映った。翌十七日、「初瀬」の生存者の姓名が電報で伝えられた。

「やはり、駄目だったか……」

名簿のなかに仁礼景一の名前はなかった。十八日、追い打ちをかけるように、砲艦の「大島」と「赤城」が衝突して沈没、駆逐艦「暁《あかつき》」が機雷に触れて沈没という凶報が入ってきた。わずか四日ばかりで、戦艦、巡洋艦二隻ずつを含む六隻もの戦力を失ってしまった。

この日、斎藤は大本営での御前会議に列席したが、終始、沈鬱《ちんうつ》な雰囲気に包まれた。

「戦争が始まったばかりというのに、このままでは国民の士気にかかわる」

大本営参謀部では、「八島」の沈没を極秘事項とし、発表を控えることを決めた。

翌十九日、「初瀬」「吉野」の沈没が公示された。夕刻、斎藤は意を決し、春子に景一の戦死を明かした。

「覚悟はしていましたが、それにしても、さぞ無念であったことでしょう……」

あとは言葉にならなかった。午後七時半、夫妻は仁礼家に赴き、訃報を伝えた。

海軍が旅順口攻めに手間取っているころ、陸軍の第一軍は鴨緑江《おうりょっこう》を突破して南満州へと進軍し、遼東半島に上陸していた第二軍も破竹の勢いで北上を続け、ロシア陸軍が集結している遼陽をめざしていた。

旅順攻撃を目的にした第三軍は六月六日、遼東半島に上陸した。同日付で、司令官の乃木《のぎ》希典《まれすけ》は陸軍大将、山本海相と東郷平八郎は海軍大将、斎藤は海軍中将に昇進した。

旅順は十年前の日清戦争では一日で陥落させている。このとき作戦に加わっていた乃木は、今回も十日もあれば攻略できると読んでいた。その甘い見通しが悲劇を生むことになる。

八月十日、旅順港に立てこもっていたロシア第一太平洋艦隊は、朝から掃海艇をくりだし、機雷の除去作業を続けていた。

監視艇から「敵艦隊出港の動きあり」との連絡を受けた連合艦隊は、旗艦「三笠」を先頭に旅順へ向かった。午後零時半、戦闘開始を告げる軍艦旗が「三笠」に掲げられた。

ロシア艦隊は、旗艦ツェザレウィッチを含む戦艦六隻、巡洋艦四隻、駆逐艦八隻、病院船の順で黄海へと出てきた。日本の封鎖網を強行突破して、ウラジオストクへ移動しようという作戦である。

最初に砲撃を開始したのは、イタリア生まれの「春日」だった。「春日」には二万メートル先まで砲弾が届く最新式の砲が据えられており、一万二千メートルまで近づいたところで砲門を開いた。

戦闘距離に入ったほかの艦も、相次いで攻撃に移った。黄海海戦である。

両国の旗艦がまず大きな損傷を受けた。明暗を分けたのは、ロシアの旗艦に乗っていた司令長官ウイトゲフト少将の戦死だった。司令長官を失った太平洋艦隊は陣列を乱し、旅順に引き返したり、ウラジオストク、さらには上海などへちりぢりになって逃走を始めた。沈没した軍艦こそなかったものの、太平洋艦隊はもはや艦隊の体をなさなかった。

「敵艦隊は潰走し、現在、駆逐艦や水雷艇がこれを追跡中とのことです」

連絡を受けた大本営は沸きかえった。十四日には、上村彦之丞《ひこのじょう》中将率いる第二艦隊がウラジオストク艦隊と蔚山《うるさん》沖で激突、リューリックを撃沈するなど多大な損害を与えた（蔚山沖海戦）。これにより、黄海と日本海の制海権は日本海軍が握った。

これに呼応するように、第三軍は八月十九日、旅順要塞に対する第一回の総攻撃を行なった。しかし、突撃した日本兵は堅牢な近代要塞に据えられた機関銃の餌食となって、いたずらに屍の山を築いていった。二十四日までの総攻撃に参加した約五万人の将兵のうち、実に三分の一近い約一万五千人もの死傷者を出したのである。

満州軍（第一軍、第二軍、第四軍）も八月二十八日に遼陽への総攻撃を開始した。結果的にロシア軍の撤退というかたちで勝利するが、この遼陽会戦でも日本側は参加将兵約十三万五千人のうち約二万四千人もの死傷者（ロシアは二十二万五千人のうち死傷者二万人）を出していた。

乃木率いる第三軍は、九月から十月にかけて二回目の総攻撃を行なったが、前回同様、犠牲者を増やすだけだった。なかでも「二〇三高地」は酸鼻《さんび》をきわめた。

事態を重くみた満州軍総参謀長の児玉源太郎大将は、自ら旅順に赴き覆面将軍として指揮を執った。第三回総攻撃は十一月二十六日から開始され、一進一退の死闘をくりひろげたうえ、十二月六日になって二〇三高地を占領、旅順港に停泊していた太平洋艦隊をようやく潰滅させた。

明治三十八年（一九〇五）が明けた。

元旦と同時に、ロシアのステッセル将軍が旅順の開城と降伏を申し出、五日には水師営《すいしえい》で乃木大将との会見が行なわれた。

旅順攻略に続けとばかり、満州軍は甚大な損害を出しながらも、奉天《ほうてん》の大会戦で勝利し、三月十日には奉天を占領した。しかし戦力は限界に達していた。いつどこで戦争を終わらせ、講和を有利にもっていくか。その鍵は海軍が握っていた。

「日本の命運は、バルチック艦隊との決戦にかかっている」

海軍首脳部もその意見で一致していた。

バルチック艦隊の正式名称は、ロシア第二太平洋艦隊という。ロシア海軍省がバルチック艦隊の編制を発表したのは、前年四月のことで、予定では七月に出港することになっていた。しかし、第二太平洋艦隊が、実際にバルト海（バルチック）のリバウ港を出発したのは、十月に入ってからだった。この大幅な遅れが日本側に有利に働いた。

この艦隊は急ごしらえとあって、乗組員の質も悪く、士気も劣っていた。その端的な例が、ドッガー・バンク事件である。デンマーク沖の北海を航行していた艦隊は、イギリスの漁船団を日本の水雷艇と間違えて一斉攻撃し、一隻を撃沈してしまったのである。

イギリスは地中海艦隊に出動準備を命じるなど、ロシアとの対決も辞さない態度をとった。この問題はロシア側が賠償金を支払うことで決着するが、あやうく日露戦争は世界大戦の引金となるところであった。

バルチック艦隊は喜望峰を経由する本隊とスエズ運河を経由する支隊に分かれ、一月初めにインド洋のマダガスカル島で合流した。ここで乗組員は、旅順が陥落し第一太平洋艦隊が潰滅したことを知らされる。

このため艦隊は二月中旬にリバウ港を出航した第三艦隊（ネボガトフ司令長官）の到着を待つことになった。慣れない南国で足どめを食った乗組員たちの不満は一気に高まった。満足な食事が与えられなかったうえ、マラリアや赤痢、腸チフスなどの病気も蔓延した。風紀は乱れ士気はいちじるしく低下した。ついには巡洋艦ナヒモフで水兵の反乱まで発生した。

追い討ちをかけるように、本国からは「血の日曜日事件」の報が届いた。一月二十二日（ロシア暦九日）、デモ行進中の民衆に軍隊が無差別発砲し、大量の死傷者を出した事件である。第一次ロシア革命の発端ともなった同事件は、故国を遠く離れた乗組員たちの不安を助長させた。バルチック艦隊は、日本に着く前から浮き足だっていたのである。

マダガスカルにあった第二太平洋艦隊は三月中旬、第三艦隊の到着を待たずに出港した。斎藤の四月八日付の日記には、「敵の第二艦隊新嘉坡《シンガポール》沖ヲ通過ス」と記されている。現地に派遣されていた情報員は、大本営に隻数と艦名を正確に打電していたのである。

十四日、艦隊は仏領インドシナのカムラン湾に入った。五月九日には第三艦隊が合流し、バルチック艦隊は五十隻にふくれあがった。その五日後、艦隊はカムラン湾を出発、ウラジオストクめざし北上の途についた。

「対馬海峡か、それとも津軽海峡か……」

迎え撃つ連合艦隊にとって、バルチック艦隊がどちらのコースをとるかが最大の問題だった。大本営も情報の収集と分析に追われた。二十日過ぎになると、バルチック艦隊は台湾付近に迫っていることが明らかになった。

東郷司令長官からは、「二十六日正午までに敵影を見なければ、連合艦隊は夕刻より北海方面に移動し、朝鮮海峡には残部を留め置く」との方針を伝えてきた。

まんじりともせずに、二十六日の朝が明けた。

「次官、上海からの至急報です」

斎藤はもぎとるように飛電を手にした。二十五日午後十時五十五分上海発の電報には、「義勇艦隊五艘　石炭船三艘」が上海の呉淞《ウースン》に到着したことが記されてあった。

斎藤の鼓動が高鳴った。

「まちがいない。バルチック艦隊は対馬海峡にやってくる」

斎藤は頬を紅潮させながら、山本海相や伊東祐亨軍令部長らに電文を示した。たちまち軍令部は勝ちどきでもあげるように興奮の渦となった。ただちに連合艦隊に「対馬海峡で待ちかまえるよう」打電された。

バルチック艦隊敗北の理由はさまざまにあげられているが、輸送船や仮装巡洋艦を上海に寄港させたことは致命的な失態となった。かりに太平洋コースをとった場合、途中で石炭船による補給が必要になる。ウラジオストクまで補給なしで航海するには対馬海峡を通るしかない。ロジェストウェンスキー司令長官は、みすみす日本側に艦隊の進路を教えてしまったのである。

五月二十七日朝、日本海は霧に包まれていた。バルチック艦隊は対馬海峡にさしかかっており、連合艦隊司令部にも「敵艦隊見ゆ」の知らせが入っていた。

この当時、日本とロシアとの無線電信の性能には、雲泥の差があった。バルチック艦隊には、七百マイル（約千百二十キロ）先まで届く最新式のテレフンケン式無線機が積まれていたのに対し、連合艦隊の装置ではせいぜい八十マイル（約百二十八キロ）の交信しかできなかった。

バルチック艦隊は、早くから連合艦隊の無線を傍受しており、日本海で待ちかまえていることを知っていた。もしもロシア側がこの強力な無線機を使って日本側の無線を妨害していたら、たちどころに連合艦隊は通信不能に陥るところだった。しかし、ロシア側はこの撹乱《かくらん》作戦をとろうとはしなかった。

連合艦隊にはいくつもの幸運が重なった。結果的にロシア側は日本をみくびった行動をとったことで墓穴を掘るのである。

午前六時半には、鎮海湾にいた旗艦「三笠」率いる主力部隊も出撃し、東郷平八郎司令長官は大本営に次のように打電した。

「敵艦見ゆとの警報に接し、連合艦隊は直ちに出動し之を撃滅せんとす、本日天気晴朗なれども浪高し」

サイは投げられた。午後一時三十九分、連合艦隊は黒煙を吐くバルチック艦隊と遭遇した。同五十五分、「三笠」のマストに信号旗が掲げられ、強風に翻った。それは、「皇国の興廃此の一戦にあり、各員一層奮励努力せよ」を意味するZ旗であった。

加藤友三郎参謀長が、バルチック艦隊の旗艦スワロフとの距離を測らせた。すでに八千メートルまで接近していた。東郷司令長官は左に回るよう指図した。

加藤参謀長は甲高い声で叫んだ。

「取舵一杯！」

「えっ、取舵」

艦長の伊地知彦次郎大佐は、一瞬、自分の耳を疑った。

連合艦隊は、北進するバルチック艦隊に突っ込むかたちで一列になって進んでおり、決戦が始まる寸前に東に急転することは、みすみす敵に腹を見せることを意味する。しかも艦隊の陣列を乱さず方向を変えるには、ある一点で曲がる順次回転をとらなくてはならない。バルチック艦隊はその一点に狙いを定めさえすれば、次から次とやってくる戦艦をうちのめすことが可能になる。あまりに無謀な賭けだった。

午後二時八分、ロジェストウェンスキー司令長官は、小躍りしながら一斉砲撃を命じた。たちまち砲弾の雨が「三笠」の頭上に降り注いできた。

集中砲火を浴びた「三笠」は多くの敵弾を受けたが、致命的な損傷には至らなかった。バルチック艦隊が正確に照準を合わせていたら、連合艦隊は全滅していたかもしれない。回頭を済ませた「三笠」がまず応戦し、相次いで横一列になった艦隊の砲が火を吹いた。距離は六千四百メートル。バルチック艦隊の頭を押さえるように陣列を敷いた連合艦隊は、一気に戦局を有利に導いた。

世に言うT字戦法が功を奏した瞬間である。敵前で急回転するこの奇襲戦術は、盛岡出身の山屋《やまや》他人《たにん》が円戦術として考案したものであった。このとき山屋は大佐として、「笠置」艦長を務めていた。のちに連合艦隊司令長官を務め、大正八年には斎藤に次いで、岩手県出身者として二人目の海軍大将になる（皇后雅子陛下の母方曽祖父でもある）。

勝敗は、最初のほぼ三十分ほどで決した。

旗艦スワロフはじめ、主力艦が相次いで大損傷を受け戦闘不能に陥った。夕闇に包まれる頃には、ロシア戦艦五隻のうち四隻までが撃沈されていた。午後七時半、東郷司令長官は主力艦の砲撃中止を命じ、かわって駆逐艦や水雷艇を出撃させた。

この襲撃に加わった「電《いなずま》」（第一艦隊第二駆逐隊）には、盛岡出身で二十五歳になる中尉が乗り込んでいた。のちに岩手出身者として三人目の首相になる米内光政である。

五月二十八日、バルチック艦隊は降伏し、ロジェストウェンスキー司令長官は捕虜になった。結局、ロシア側は三十八隻のうち二十一隻が撃沈もしくは自沈し、戦艦ニコライ一世やアリヨールなど六隻が捕獲された。残りは上海やマニラに逃げ込み、清国や米国によって武装解除され抑留された。ウラジオストクまでたどりついたのは巡洋艦と駆逐艦合わせて三隻にすぎなかった。

連合艦隊も損傷を受けてはいたが、撃沈されたのは水雷艇三隻だけだった。文字どおりの完勝であった。

日本海海戦の日本勝利は、トップニュースとして世界中をかけめぐった。余談だが、東郷平八郎が国際的に有名になり、フィンランドでは「トーゴー」ビールまで誕生したことはよく知られている。

六月九日、ルーズベルト大統領から正式に日露両国政府に対し、講和交渉開始の勧告文が手渡された。日本側は四月二十一日の閣議で日露講和条件を決定しており、六月三十日にはさらにその内容を修正した。

日本軍は講和交渉を有利に進めるために七月七日、防衛の手薄な樺太《からふと》への上陸作戦を決行し、三十一日には全土を占領した。

講和会議は八月十日、アメリカ・ニューハンプシャー州のポーツマスで始まった。全権委員は、日本側が小村寿太郎外相と高平小五郎駐米公使、ロシア側が前蔵相のウィッテと駐米大使に赴任したばかりの前駐日公使ローゼンだった。

会談は十七回にも及んだが、交渉は難航し、一時は決裂寸前となった。両国の主張が真っ向から対立したのは、樺太割譲と賠償金問題だった。交渉が暗礁に乗りあげた時点で、政府は戦争を続行すべきかどうかを論議したが、最終的にこれ以上日本側に戦う力はないとの判断をくだした。二十九日、両国は、日本が賠償金支払いの要求を放棄するかわりに、ロシアが樺太の南半分を日本に割譲することで妥協をみた。

九月五日、両国全権が講和条約（ポーツマス条約）に署名し、戦争に終止符が打たれた。しかし今度は、戦勝国でありながら賠償金もとれないと知った国民が怒った。

同日、日比谷公園で開かれた講和反対国民大会では、民衆の抗議行動がエスカレートし、内務大臣官邸、警察署、交番、教会、電車などをつぎつぎと焼き払い、東京は無政府状態に陥った。日比谷焼き打ち事件である。

翌日、政府は東京府内に初の戒厳令を敷き、軍隊を出動させた。

講和会議後、小村外相は病気で寝込み、かわって随員の政務局長が仏文原本と英文謄本をもって一足早く帰朝することになった。政務局長が帰国する数日前、斎藤次官のもとに珍田《ちんだ》捨己《すてみ》外務次官が訪れた。話が済むと、斎藤は野間口兼雄秘書官を呼んだ。

「軍艦『扶桑』を横浜に回航するよう、横須賀鎮守府に訓令してもらいたい」

野間口は、何のことかわからないまま指示に従った。政務局長が横浜に着いた当日、斎藤はさらに野間口に山本海相に会いに行くよう命じた。山本はあたりを憚《はばか》りながら、野間口に告げた。

「これから家へ帰って晩めしをすませたら、水交社《すいこうしや》（海軍士官の社交場）へ行ってもらいたい。外務省の石井（菊次郎）が条約の書類を持って、横浜から『扶桑』の小蒸気で水交社にくるはずだから、それを外務省まで護衛していってもらいたい。軍服では目立つから商人服がよかろう」

講和条約に反対する右翼は政府高官の生命だけでなく、条約原本そのものまで狙う可能性がある。そう懸念した外務省と海軍は共同作戦をとっていたのである。

不穏な空気のなか、水交社で落ち合った野間口と石井は人力車に乗り、憲兵の警戒している道はわざと避けて数寄屋橋、日比谷公園を通り外務省へとたどり着いた。条約原本が無事に届けられるまでには、斎藤と珍田両次官が立てた綿密な連携プレーがあったのである。

講和条約は十月十五日をもって正式に公布され、翌日、平和克復の詔勅が発せられた。

第二部

第一章　海軍大臣

海が海に見えない。まるで、鉄でできた都市が現出したようであった。

十月二十三日、横浜沖で凱旋観艦式が行なわれ、斎藤實は御召艦となった「浅間」の艦上で山本海相や東郷司令長官らとともに供奉《ぐぶ》した。観艦式は、準備委員長となった斎藤次官の演出により、連合艦隊だけでなくイギリスやアメリカの艦船も加わり、百六十隻以上という空前絶後の規模でくりひろげられた。

「壮観であるな」

天皇陛下も満足そうだった。

十二月二十日、大本営は二年ごしに解散され、その翌日、横須賀に停泊中の旗艦「朝日」で連合艦隊の解散式が行なわれた。この日、桂首相はポーツマス講和条約の責任をとるかたちで辞表を奉呈し、後任には政友会総裁の西園寺《さいおんじ》公望《きんもち》を推挙していた。

山本権兵衛は斎藤に辞意をもらした。

「ついては、君に大臣をやってもらう」

山本は斎藤より六歳年上である。五十代半ばにさしかかるこれからが、むしろ軍政家として油の乗りきった時期にあたる。

「何をおっしゃいます。私のような若輩が海軍を率いることなど、とうていできません。せめて次期内閣だけでも留任していただきたいと存じます」

「いや、わしはやめる。今こそ海軍は若返りが必要だ」

山本の意志は固かった。後任となると、山本海相のもとで七年二ヵ月も次官を務めてきた斎藤をおいてほかにはいない。結局、斎藤はここでも断わりきれなかった。

明治三十九年（一九〇六）が明けた。

一月六日、西園寺公望に組閣の大命が下り、翌七日、西園寺内閣（第一次）が成立した。

斎藤は午後三時過ぎ、ほかの閣僚とともに参内《さんだい》し、晴れて海軍大臣に就任した。

大臣の椅子はひとたび政局に波風が立つと、海上に浮かぶ小舟のようにいつ転覆してもおかしくない代物である。次官でいるうちは補佐役に徹していればよかったが、大臣となるとそうはいかない。斎藤は義父の轍《てつ》を踏むことのないよう自分に言い聞かせた。

西園寺内閣には、パリで知り合った原敬が内務大臣として二度目の入閣を果たしていた。

「ご覧のように、すっかり白髪頭になってしまってな」

「いや、わしこそ腹が突きでてしまった」

顔を合わせた二人は、まずは恰幅のよくなったおたがいの体型に時の流れを感じた。斎藤は八日に事務引き継ぎを行ない、住み慣れた次官室から大臣室に移った。後任の次官には、日本海海戦で参謀長を務めた加藤友三郎が抜擢された。加藤は広島出身で斎藤より三歳年下だった。また、山本前海相は軍事参議官に任命された。

斎藤は大臣就任とともに官舎に移り住んだが、このころに高輪《たかなわ》に私宅を定めている。斎藤夫妻は、原敬夫妻がそうであったように子宝に恵まれなかった。子供好きの夫妻は養子縁組を考えていたが、年が明けてから豊川良平の五男、斉《ひとし》をもらいうける話がとんとん拍子でまとまった。三月二十日には、養子披露宴が官舎で開かれた。

豊川良平は、岩崎弥太郎の親戚(ともに土佐出身)で、三菱の大番頭として手腕をふるった人物である。斉はこのとき九歳で暁星《ぎようせい》小学校に通っていた。

西園寺内閣は、政友会と薩長藩閥との呉越同舟の色合いが濃かった。このため日露戦争での祝賀ムードが落ち着くと、寄合い所帯の弊害が出てきた。

それが顕著になったのは、第二十二議会だった。政府は桂内閣の約束に従い、鉄道国有法案を提出したが、加藤高明外相はこれに反対した。原内相の説得にもかかわらず、加藤は三月三日に辞任した。三菱と姻戚関係がある加藤は、九州鉄道を経営している三菱の肩をもたなければならない事情があった。同法案は貴族院で修正が加えられ成立するが、身内のごたごたを招いたことで、新内閣の脆弱《ぜいじやく》さを印象づけた。

斎藤は海相の立場から、陸軍との融和を図ろうと努めていた。五月一日には、陸海軍の将校ら二百五十人ほどを水交社に招き、晩餐会を開いている。さらに、陸海軍の親睦や協和を深める「陸海軍集会所倶楽部《くらぶ》」の設置を提唱している。この年十二月には具体案を作成し、寺内陸相にも協力を求めた。明治天皇はこの案を御嘉納《ごかのう》（進言を喜んで受け入れること）したが、諸般の事情によって実現しなかった。

西園寺内閣の主眼は、戦後経営にあった。

なかでも満州（中国東北部）経営は、最大の懸案事項になっていた。講和条約によって日本は樺太南半分の割譲とともに、韓国における権益の承認、旅順や大連など遼東半島南西端の租借《そしやく》権、長春・旅順間の鉄道の譲渡を受けた。旅順や大連は関東州と呼ばれ、長春——旅順間を中心とする鉄道は、南満州鉄道株式会社が経営した。満鉄である。

西園寺首相は議会終了後に満州を視察し、満鉄の創立委員長に児玉源太郎を挙げた。児玉は満州軍総参謀長を務め、戦後は陸軍参謀総長になっていた。ここで満鉄の総裁を誰にするかが問題になった。

「植民地政策に精通した後藤が適任だろう」

児玉は即座に後藤新平を推挙した。

後藤は日清戦争当時、陸軍次官だった児玉によって臨時陸軍検疫部に起用され、台湾総督府の総督時代には衛生顧問に抜擢された。その後、民政局長を経て、民政長官を務めていた。後藤は満州経営について、満鉄を中心にした文装的武備を提唱しており、その独創的な考えが政府首脳の関心をひいていた。

原内相はさっそく電報を打ち、後藤を帰国させた。しかし、西園寺首相から総裁就任を依頼された後藤の答えは、「見込み違いでは」とすげなかった。

このため、児玉自ら説得に乗りだしたが、後藤がためらっているうちに、児玉は脳卒中で急逝してしまった。後藤は恩人の遺志に応えるため、八月一日に原を訪れ、満鉄総裁の椅子に座ることを承諾した。それ以降も人事をめぐるトラブルがあり、後藤が正式に満鉄初代総裁に就任したのは、十一月十四日になってからだった。

海軍にとっては、日露戦争で損失した戦力の補充・整備が早急の課題だった。日本海海戦でこそ被害が少なかったものの、全体を通してみると、「初瀬」「八島」の戦艦など約四万五千トンもの戦力を失っていたのである。

斎藤は次官当時から進めていた苦肉の策を続行せざるを得なかった。その策とは、沈没したロシアの軍艦を引き揚げ、日本の軍艦として再利用するというものである。

明治四十一年六月、呉に立ち寄った斎藤は、故障続きの軍艦「石見《いわみ》」の内部を巡視した。「石見」とは、日本海海戦で降伏したロシア戦艦アリヨールの日本名である。

いかめしい顔を予期していた乗組員たちは、目をまるくした。

「大臣自ら、そんな格好をなさるとは……」

驚いたことに、斎藤は掃除服姿で現われたのだった。最初は面食らった乗組員たちは、すぐに目から鱗《うろこ》でも落ちたように粛然となった。巡視を終えた斎藤は、服装と同じように飾らない口調で、「大砲や水雷は撃てなくても、艦は早く動けるように」と訓示した。

それから一ヵ月もしない七月四日、西園寺内閣は総辞職に追い込まれた。

この総辞職については、当時さまざまな憶測が飛び交ったが、のちに公開された『原敬日記』によって、真相は赤旗事件にあることが明らかになった。同事件は六月二十二日、神田錦輝館《きんきかん》で社会主義者たちの集会が開かれた際、参加者と警官とが乱闘になり、数名が拘引されたというものである。扇動したのは、警察のスパイであったという説もある。

原内相は社会党の結成を認めるなど、社会主義運動に寛大な態度をとっていたが、官僚派を牛耳っている山県有朋からは、「社会主義者の取り締まりが手ぬるい」として反感を買っていた。西園寺は山県による露骨な内閣潰しに嫌気がさしたのである。

七月十三日、斎藤は桂太郎の邸宅に呼ばれた。桂は単刀直入に言った。

「陸軍大臣は、引き続き寺内正毅《まさたけ》にやってもらう。ついては、君にも留任してもらいたい」

斎藤は慎重な言いまわしで訊いた。

「新閣僚の顔ぶれをお聞かせ願いますか?」

「よかろう」

桂から明かされた閣僚のなかに、後藤新平の名前があった。

「やはり、噂は本当であったか……」

とたんに胸が熱くなった。

翌日、長閥系官僚で占められた第二次桂内閣が成立した。初代満鉄総裁だった後藤新平は、逓信大臣に就任した。これにより原・斎藤の岩手コンビに続いて、今度は竹馬の友である水沢コンビが誕生した。

二度目の政権担当となった桂内閣は十月十三日、国民に勤倹をもとめる「戊申詔書《ぼしんしょうしょ》」を発布した。これは戦後の人心が浮華《ふか》に流れ、世相が軽佻浮薄《けいちょうふはく》になっているとして、国民の引き締めをはかったものだった。その陰にはかつて「軍人勅諭」（明治十五年一月）の作成に関与した山県有朋の意向があった。

「軍人勅諭では、忠節、礼儀、武勇、信義、質素という五つの徳目が軍人精神の柱とされ、天皇への絶対的服従が貫かれていた。この精神主義が日本独特の軍国主義の礎となっていた。戊申詔書には、もうひとつ別の狙いがあった。それは、山県が毛嫌いしていた社会主義運動を封じ込めることだった。

戊申詔書案が閣議に提出されたとき、斎藤は国際情勢に詳しい小村寿太郎外相とともに「その詔書は天皇陛下を煩《わずら》わすだけであり、不必要ではないか」と主張した。趣旨説明に立った平田内相は必死になって詔書の必要性を説いた。ついには泣きださんばかりに訴えて同意を求めた。

大正十四年四月、第一次加藤高明内閣によって、共産主義者の取り締まりなどを目的にした「治安維持法」が成立したとき、朝鮮総督をしていた斎藤は十七年前の戊申詔書を思い出し、悔やむことになる。

十月十八日、旗艦コネチカット以下十六隻の戦艦から成る米国大西洋艦隊が東京湾に入ってきた。帝国ホテルで開かれた晩餐会で挨拶に立ったオブライエン米国大使は、「五十五年前来朝したペリー提督は何らの歓迎も受けず、むしろ日本国民から嫌忌をこうむったが、合衆国の真意は、その当時も今日も同じく平和の確立にあることに変わりはない」と述べ、喝采を浴びた。

十月二十日、斎藤海相の主催による晩餐会が築地の水交社で開かれた。この席で、斎藤は日米両国関係の永続を願う挨拶を行なった。翌二十一日、新宿御苑で開かれた東郷軍令部長主催の園遊会では、春子夫人も接待役として参加し、日米親善に一役買っている。

大西洋艦隊は二十五日に横浜を発ち、歴史的な日米交歓は終わった。翌日、かつてオランダに留学し幕府の海軍副総裁を努めた榎本武揚が逝去した。海軍の草創期を担った榎本の死は、ひとつの時代が終わったことを告げる象徴的な死となった。

明治四十二年十月二十六日、その日は榎本一周忌でもあった。閣議を終えた斎藤は、山本権兵衛を訪れ、歓談していた。午後三時、三井の原浩一から電話があった。

「大臣、一大事です。伊藤公爵がハルビンにおいて暗殺されました。川上総領事、田中満鉄理事、森秘書官も負傷したもようです」

「暗殺されただと……」

斎藤は山本邸を辞して桂首相のところに急行した。

協議は外務省に移して行なわれた。その結果、斎藤は佐世保第一予備艦の「磐手《いわて》」に出航準備、大連を出発していた「秋津洲」には、至急大連に引き返すよう命じた。

日露戦争直後、第二次日韓協約によって朝鮮は日本の保護国となり、韓国統監府が設置された。伊藤博文はその初代統監として朝鮮に赴任したが、この年六月に統監を退き、枢密院議長となっていた。

韓国併合を望んでいた桂首相はこの時期を見計らい、伊藤に満州視察とロシア訪問を口実に、ロシア蔵相で東洋事務主管でもあるココフツェフとハルビンで会談するよう要請した。伊藤はこれを受けて、十月中旬に日本を離れていたのである。会見を斡旋したのは、満鉄総裁のときココフツェフと親しかった後藤新平逓相だった。

十月二十六日、東清鉄道の特別貴賓車でハルビンに降り立った伊藤は、その直後、韓国の民族独立運動家である安重根《アンジュングン》の銃弾に斃《たお》れたのである。

十一月一日、伊藤の遺骸を乗せた「秋津洲」が横須賀に着いた。斎藤は横須賀に赴き遺骸を迎えるとともに、特別列車に同乗して帰京した。遺骸は霊南坂の官邸に運ばれた。三日後、伊藤の国葬が日比谷公園で挙行され、斎藤はほかの閣僚とともに会葬した。

伊藤暗殺は、韓国併合に口実を与えることになった。明治四十三年五月、桂首相は第二代統監の曽禰荒助《こうてつ》を更迭し、かわって寺内正毅《まさたけ》陸相を兼任させた。六月には韓国の警察事務を統監府に移し、強力な憲兵警察網を張り巡らした。

八月二十九日、韓国併合条約が交付され、韓国は朝鮮と改称された。十月一日には、朝鮮総督府が開設され、初代総督には寺内が就いた。朝鮮の人たちは日本に対する憎悪を募らせ、排日・独立運動を激化させていく。

第二次桂内閣では韓国併合とともに、もうひとつ歴史に汚点を残す大事件を引き起こしている。大逆事件である。

大逆事件の発端は五月二十五日、信州の明科《あかしな》製材所の職工長、宮下太吉が爆弾を製造していたとして検挙された明科事件にまでさかのぼる。この事件をきっかけに、政府は湯河原にいた幸徳秋水《こうとくしゅうすい》を逮捕するなど、全国的な規模で社会主義者の摘発をくりひろげた。

詳しい経緯は省くが、明治四十四年一月十八日、現在の最高裁判所にあたる大審院《だいしんいん》は、二十四人の被告に死刑（翌日、十二人は無期懲役に減刑）を言い渡し、一週間もしない二十四日に幸徳ら十一人が、翌日には管野スガが死刑に処された。

強硬路線をとってきた桂内閣だったが、さすがに国家権力を乱用した大逆事件によって足元がぐらつく。野党から責任を追及された桂首相は、政権授受を確約した「情意投合」によって、いったんは政友会との提携にこぎつけ、内閣の延命をはかる。

だが、大逆事件に加え、第二十七議会開会中にもちあがった「南北朝正閏《せいじゅん》問題」（南北朝どちらの天皇が正統かという論議）などで追い詰められ、ついに辞職を決意した。

この間、斎藤は軍艦の進水式列席を兼ねて呉や佐世保、神戸などを視察している。

興味深いのは、斎藤は海軍大臣として初めて潜水艇と飛行機に接していることである。潜水艇は日露戦争後半から試験的に建造されており、実用段階に入りつつあった。斎藤が潜水艇を最初に見たのは前年七月、神戸に立ち寄ったときだったが、この年三月二十九日には、呉鎮守府と江田島海軍兵学校を視察したついでに、体験試乗まで行なっている。

飛行機もまた、揺籃期《ようらんき》を迎えていた。前年十二月には、徳川好敏《よしとし》陸軍大尉が代々木原で国内初の飛行に成功し、その後も試験飛行が続けられていた。斎藤が試験飛行を初めて見たのは、四月二十九日朝、所沢においてである。エンジンを唸らせ天空を舞う姿に、斎藤は目を見張った。

「このようすだと、飛行機が実戦に登場するのも、そう遠いことではないな」

潜水艇や飛行機が次の戦争で使われることを、斎藤は確信していた。

八月二十五日、桂内閣は総辞職し、桂は後任に西園寺公望を推挙した。

このころ健康を害していた斎藤は、今度こそ海軍大臣の椅子を去ろうと決意していた。二日後には住み慣れた大臣官舎を離れ、四谷仲町に建造してあった邸宅で移転開きを行なった。四谷の私邸は、明治四十二年秋ごろには竣功していたが、斎藤自身は官舎住まいが続いていたため、たまに顔をだす程度だった。斎藤はこれ以降、朝鮮総督として赴任した期間を除き、昭和十一年二月二十六日に暗殺されるまで、ここに住むことになる。

移転開きを行なった斎藤は、ようやく肩の荷をおろしたような気分で、千葉県一宮にある別邸へとでかけた。斎藤はリューマチを患っており、長期静養をしようと思っていたのである。ところが、二十九日、斎藤は西園寺に会見を申し込まれ、一番列車で上京した。

駿河台で会った西園寺は開口一番、留任を求めた。

「陛下も、ご希望しておられる」

「お気持ちはわかりますが、健康がすぐれません。また、ここらで新進を登用すべきであると存じます」

そう言って固辞したが、西園寺も必死だった。内閣を存続できるかどうかは陸軍大臣と海軍大臣の人選にかかっているといっても過言ではない。斎藤とは親英米という考えで一致しているし、海軍の伝統である文民統制（シビリアン・コントロール）にも理解を示している。

西園寺はそのことを諄々《じゅんじゅん》と説いた。最終的に斎藤は説得に応じた。

翌三十日、第二次西園寺内閣が成立した。この内閣を実質的に仕切っていたのは、内務大臣に返り咲いた原敬であった。

桂太郎と親しい後藤新平は逓相のポストを追われ、翌日には後藤が務めていた鉄道院総裁も原が兼任することとなった。後藤は満鉄、鉄道院ともに初代総裁を務め、国内の線路の幅を大陸並みに広げる「広軌《こうき》」を主張していたが、緊縮財政と鉄道普及優先の考えから「狭軌《きょうき》やむなし」の立場をとっていた原とは意見が合わなかった。

陸相は、初代朝鮮総督に就いた寺内正毅にかわって石本新六が抜擢された。

「はて……」

斎藤はその顔に見覚えはあったが、すぐには気がつかなかった。じつは斎藤が西郷従道海相とともにヨーロッパを巡遊していたとき、モンテカルロ駅で話しかけてきた男がいたが、それが石本であった。

「あれは明治十九年の暮れ、お互いにまだ大尉のときだったな」

斎藤はしばし旧懐にふけった。

第二次西園寺内閣で、斎藤が最初に直面したのは、辛亥《しんがい》のこの年、中国を席巻していた辛亥革命であった。

「清国に暴動あり」

斎藤は連絡を受けるなり、海軍次官だったときに勃発した「北清事変」(義和団の乱)を思い浮かべた。当時、陸軍は各国と歩調をとる関係から戦時体制で派兵したが、海軍では居留民保護の延長として平時編制で対処した経緯がある。

「よもや、戦争にはならないとは思うが……」

中国方面の警備にあたっていたのは、川島令次郎少将率いる第三艦隊だった。斎藤は川島と連絡をとりあいながら、居留民の保護を優先させることにした。

政府としては、清国政府、革命軍のどちらにも加わらず、事態の進行を見まもることにした。ただし、陸軍は十一月になって北京、天津に四中隊、十二月に二中隊を派遣し、それまで駐屯していた三中隊合わせて九個中隊が警備にあたることになった。

この重要な時期に、外交一筋に生きてきた小村寿太郎が死去した。ウマが合っていた斎藤は、友人に先立たれたような寂しい気分になった。

明治四十五年一月一日、革命軍は、孫文を大総統とする仮政府を南京に樹立した。このため清国政府は、退官していた袁世凱《えんせいがい》を総理大臣に復権させ起死回生をはかるが、逆に袁世凱は革命党との妥協をはかり、二月十日には孫文に代わって中華民国の初代大総統に就任した。

幼い宣統帝《せんとうてい》は退位し、清国は滅亡した。ラスト・エンペラーとなったこの宣統帝（姓は愛新覚羅）こそ、のちに満州国の首班として担ぎ出される溥儀《ふぎ》である。溥儀は皇帝の座を追われたのち、天津の日本租界で傷心の日々を送っていた。

斎藤は、清国倒壊という歴史的事件に立ち会いながら、日本が戦闘に加担することなく収束したことに安堵した。

四月はじめ、石本新六陸相が病死した。石本の死は、斎藤だけでなく西園寺内閣にとっても、大きな痛手となる。後任の上原勇作は山県有朋の息がかかっており、やがて内閣崩壊の引金となる二個師団増設問題をもちだすのである。

この年は訃報が相次いだ。

六月二十日午前九時、登庁していた斎藤に春子から電話があった。

「お母さまが危篤です」

たちまち、目の前が真っ暗になった。

菊治は、斎藤がアメリカから帰国した翌年に水沢から上京して以来、日清戦争で帰郷した時期はあったものの、二十年以上にわたって東京暮らしが続いていた。息子との晩酌を何より楽しみにしていたが、斎藤が海軍次官に就いたころから腎臓を患うようになり、心臓も弱っていた。

あわてて帰宅した斎藤だったが、母はすでに事切れていた。享年七十三。

「遅かったか……」

斎藤は重心を失ったように、その場にしゃがみこんだ。母の臨終だけには立ち会いたい。そう願っていながら、海軍大臣としての職務に就いていたばかりに、わずかの差で間に合わなかったのである。

葬儀は二十三日、水沢で行なわれた。

母の死から一ヵ月が過ぎた七月二十日、斎藤は横須賀の機関学校へ赴き、卒業証書（当時の卒業式は七月だった）を授与した。

卒業式が終わるなり、宮中にいる財部彪《たからべたけし》次官から電話が入った。当日の朝、新橋駅を発つとき、斎藤は天皇陛下の病気を知らされたため、急きょ財部次官を宮中に伺わせていたのである。

「よもや、容易ならざるご容体とは……」

驚いた斎藤は予定を変更して直ちに帰京するなり、天機伺いのため参内した。

天皇は、七月十日には東京帝国大学の卒業式に臨席したが、その後体調を崩し、十九日夜から意識が朦朧《もうろう》となっていた。二十日になっても熱がさがらず、同日夜、官報号外で天皇陛下が尿毒症にかかり重体である旨が発表された。

さらに斎藤を悩ますように、養子の斉（当時十五歳）までが高熱を発した。斎藤は宮中に参内する合間をみて、斉を赤十字病院に入院させた。それからというもの、斉の容体を心配しながら、宮中に詰める日が続いた。

秘書官の山梨勝之進（のちの海軍大将）はあるとき、侍従から話しかけられた。

「各大臣は、連日睡眠の暇もなしに宮中に詰めていて、いずれも相当の疲れを見せているのに、斎藤さんだけは欠伸《あくび》ひとつされないで平気でいらっしゃいます。海軍大臣の強いのには驚きます。徹夜を続けながら欠伸もされないのですから」

山梨はそのことを斎藤に告げた。

「いや、昔は一週間寝なくても平気だった。今でも三日は寝なくてもだいじょうぶだがね」

斎藤は目を細めたが、口元からは笑みが消えた。

七月二十九日午前十一時、各国務大臣は病床にある天皇への拝謁を仰せつけられた。原内相らとともに御寝所に赴いた斎藤は、昏睡している陛下の顔を拝し、胸が痛んだ。亡くなった母の幻影が瞼によみがえった。

午後十一時四十三分、治療のかいもなく天皇・睦仁が崩御《ほうぎょ》した。享年六十一。皇族会議のうえ、崩御の時間は三十日午前零時四十三分として発表することとなり、斎藤は、同五十分から正殿で行なわれた新帝の神器渡御の式に参列した。式が終わると、崩御ならびに践祚《せんそ》の告示が発せられた。

午後五時、枢密院会議が内閣で開かれ、斎藤も出席した。新年号として「天興」「興化」「大正」の三案が奏上されたが、最終的に「大正」とすることで一致、直ちに改元の詔勅が発せられた。この日、七月三十日から大正元年が始まった。

八月十六日、赤十字病院で療養していた斉が退院した。斉は日増しに増える父親の白髪が気になっていたが、人に言えない心労を察して押し黙った。

明治天皇の御大喪は九月十三日から、青山葬場殿で始まった。この日、乃木希典《のぎまれすけ》陸軍大将夫妻の殉死があり、世間を驚かせた。斎藤は、京都・桃山で御埋葬の儀が終わる十五日まで海軍代表陪柩員の任を務めた。

翌日、上京した斎藤は乃木大将夫妻の遺骸を拝し、武人としての最期に深い感慨を覚えた。

明治から大正への転換を乗りきった第二次西園寺内閣だったが、この混乱に乗じるように倒閣の動きが激しくなってきた。

その黒幕となったのは、天皇制国家の永続を願い、政党政治に不信を抱いていた山県有朋だった。山県は上原陸相に対し、西園寺が進めていた行財政整理に真っ向から対立する「二個師団増設」という無理難題を押しつけさせた。

上原陸相が正式に提案したのは、十一月二十二日の閣議の席上だった。このとき斎藤はリューマチに加え、つい一週間前に発した腎臓結石のために寝込んでいた。十月十六日に海軍大将に任ぜられていた斎藤だったが、病いには勝てなかった。

政府と陸軍との正面衝突は続き、上原陸相は十二月二日に至って辞表を奉呈した。

陸軍の協力が得られない西園寺内閣は五日、総辞職に踏みきった。斎藤が進めてきた海軍充実計画が一部とはいえようやく日の目を見ようとした矢先、またしても振り出しに戻されてしまった。

「陸軍には、こまったものだ」

それがいつわらざる心境であった。

西園寺内閣が倒れた後、元老会議は誰を後継にするかでもめにもめた。結局は、無難なところで、桂太郎を担ぎ出すことでまとまった。十二月十七日、桂太郎に組閣の大命が降下した。

「また、藩閥政府か」

国民の大半はそんな反応だった。

大正という新しい時代を迎えていながら、政治だけは明治と変わらない古い体質にしがみついている。これでいいのか。そのような声が、藩閥打倒の世論へと高まった。

一週間前から一宮別邸に引きこもっていた斎藤の周囲もにわかにあわただしくなった。その日のうちに上京した斎藤は、翌日には伊集院五郎軍令部長らと対応を練った。正午過ぎにやってきた桂は、例によって留任を求めた。斎藤は即答を避けた。

「ご返答は、書面で出させていただきたい」

「それはごもっとも」

西園寺内閣を倒壊に追い込んだのは陸軍である。陸軍は、行政整理で浮いた財源が海軍の充実費に充てられるのを知って、陸相による閣僚内クーデターを起こした。陸軍に権限をもつ桂は、すんなりと海軍の了承を得られるとは思ってはいなかった。

斎藤は書面でもって答えた。

「病躯《びょうく》を顧みず押して就職したいところだが、海軍充実案が大正二年度より実行されない場合には、とうてい留任することはできない」

要請をはねつけられた桂は翌十九日、ふたたび説得にやってきた。

「御上は御若年にわたらせられる。どんなにか御軫念《しんねん》遊ばしておいでだろう。私としても、何も好き好んでやるのではないのだから、そこを察して協力してもらいたい」

桂は、恐懼《きょうく》しながら大正天皇のために留任してほしいと泣きついた。斎藤は皇太子の時分から大正天皇の寵遇《ちょうぐう》を受けていた。大正天皇にとって最初の議会も迫っている。

「弱ったな」

斎藤は頭を抱えた。午後九時、再度、桂邸に赴いた斎藤は、苦患の表情を浮かべながら海軍充実計画の延期と留任を承諾した。

この日、歌舞伎座では「閥族打破、憲法擁護」をスローガンにした憲政擁護演説会が開催されていた。憲政擁護会は、時事新報の主筆など明治ジャーナリストたちが政党関係者に呼びかけて実現したもので、政友会からは尾崎行雄や岡崎邦輔、国民党からは犬養毅《いぬかいつよし》が名を連ねていた。

いったんは留任を承諾した斎藤だったが、海軍内部には異論があった。

「海軍充実計画が容認されない以上、あくまでも留任を拒絶するべきだ」との強硬論である。

その背景には、長州閥の陸軍に対する海軍の根強い不信感があった。この機会を利用して陸軍の横暴を牽制してはどうか、そのような声が強まった。二十日、斎藤は海軍首脳部と協議した結果、前日の言を翻し、一転して留任拒否に出た。いわゆる海軍ストである。

これを受けた桂は窮余の一策にでた。桂はこのとき内大臣（内大臣府は明治四十一年一月に設置）兼侍従長を務めており、宮中に権限をもっていた。

二十一日午前十時、御召により参内した斎藤は、勅語を賜わり留任を仰せつけられた。優《ゆう》諚《じょう》である以上、断わるわけにはいかなかった。三十分後、宮中御座所において新内閣の親任式が行なわれ、第三次桂内閣が成立した。

第三次でも後藤新平は逓信大臣（兼鉄道院総裁・拓殖局総裁）に起用され、ふたたび斎藤とともに閣僚に名を連ねることになった。

桂が天皇を利用して首相に就いただけでなく、海相を留任させるにあたっても詔勅を利用したことから、国民の怒りはピークに達した。いったん火がついた憲政擁護運動（第一次護憲運動）は、桂内閣打倒という具体的な目標に向かって先鋭化する。大正政変の幕開けであった。

大正二年（一九一三）を迎えた。

一月十七日、憲政擁護全国同志記者大会が東京・築地精養軒で開催され、桂内閣退陣を要求して気勢をあげた。追い詰められた桂はその三日後、新政党組織計画を発表し、民衆の矛先をかわそうとした。しかし、いったん回りだした時代の歯車は元には戻らなかった。

二月五日、休会していた第三十議会が再開され、政友会と国民両党は内閣不信任決議案を提出した。このとき登壇した政友会の尾崎行雄は、「玉座を以て胸壁となし、詔勅を以て弾丸に代えて政敵を倒さんとする……」との有名な演説を行ない、天皇制を私物化している桂を弾劾した。

ただちに議会は五日間の停会となった。第三十議会は一月二十一日から十五日間の停会があったばかりで、今度が二度目の停会となった。

さすがの斎藤もげんなりした。斎藤は、病躯を押して桂首相とかけあい、やっとのことで海軍充実費の一部内定にこぎつけていた。その海軍充実費も議会で審議されないことには成立しない。斎藤は隔靴掻痒《かっかそうよう》の気分だった。

二月十日、議会再開の朝、山本権兵衛は桂邸に出向いた。

「山県とあなたとは新帝を擁し、勢威をもてあそんで天下の禍いをひきおこした」

そのように罵倒して辞職を迫ると、政友会本部に西園寺を訪ね、政府糾弾を激励した。海軍大将が、政党の本部に激励に訪れることなど、前代未聞のことだった。

議会再開を控え、警視庁では五千人近い警察官を議事堂のまわりに二重三重に配置させ、警戒網を敷いていた。これに対し、護憲派の民衆は議事堂周辺にぞくぞく集結した。

議会は再開されたが、すぐに三日間の停会となった。これを知った群衆の一部が暴徒化し、新聞社や交番などを襲撃しては焼き打ちした。夜になっても騒動は治まらず、東京は無政府状態となった。東京で火がついた騒動は、関西へも飛び火していった。

翌十一日、満身創痍《まんしんそうい》の桂内閣は総辞職した。わずか五十日余の短命内閣であった。

その日のうちに宮中で元老会議が開かれ、最初に推された西園寺は病気を理由に辞退し、山本権兵衛を推挙した。西園寺から説得された山本は、政友会の協力を仰ぐことを条件に組閣を承諾した。

十二日、山本に組閣の大命が下った。ただちに斎藤は官舎において山本に会見した。

「今回だけ留任して、わしを助けてくれ」

山本が先手を打った。斎藤は返答に窮した。かつて海軍大臣、海軍次官として絶妙のコンビを組んだ間柄である。だが、政治は大局的な観点から見る必要があった。

翌日、次のような意味の書簡を送った。

「今回の内閣辞任は尋常の更迭《こうてつ》と同視することはできません。新内閣の成立によって人心の融和、局面の転回を促すべきであり、できるかぎり新しい適任者を挙げることが必要だと存じます」

持論を明かしたうえで、島村速雄《はやお》中将を推薦した。

斎藤が危惧《きぐ》していたように、桂内閣を倒壊して意気あがる護憲派は、「桂から山本への首のすげかえは、長州閥（陸軍）から薩摩閥（海軍）に代わるだけにすぎない」として、今度は山本を新たな標的にしていた。

山本との提携を知った政友会でも、これを支持する原敬らとあくまでも閥族打破を唱えて反対する尾崎行雄らとが対立した。

山本の組閣は完全に宙に浮いた。最大のネックは海軍と政党が手を結ぶというやっかいな構図にあった。いわば水と油を一緒にしようという試みである。産みの苦しみは続いた。

海軍と政友会。一見、奇妙な取り合わせだが、そこには薩摩というキーワードが存在する。

原は早くから薩摩の指導者たちと接し、その考え方や気質などを知悉《ちしつ》していた。また、朝敵と蔑まれた盛岡（南部）藩出身だったこともあり、西南戦争を境に長州閥に主導権を握られた悲哀も理解できた。藩閥打倒をめざしていた原だったが、その過程として政党政治に理解を示す海軍と結びつく必要性を認識していたのである。

「今、山本内閣の擁立に失敗すれば、ふたたび山県の息がかかった官僚派内閣が出現することになる。これは政党政治の確立のために必要なのだ」

原はそのように説いたが、閥族打破に凝り固まった尾崎行雄は耳を傾けようとはしなかった。むろん、原自身は「世間の誤解を招く」として山本内閣に加わる気はなかった。事実、山本にその旨を伝えた。が、「君がならないのなら、自分もやめる」と強く説得されたため、「一段落した時点で辞める」ことを条件に承諾したのである。

斎藤もまた、政友会との提携を理解していたが、護憲を叫ぶ民衆運動に応えるためにも、一線から退き後任に椅子を譲るべきとの考えを崩さなかった。しかし、やはり山本の再三の説得を受けて留任を決意する。

二月二十日、第一次山本内閣が成立した。

親任式と同時に薩摩と関係が深い（薩人によって引き立てられた）高橋是清《これきよ》、奥田義人《おくだよしと》、山本達雄の三人が政友会に入党したため、閣僚のほとんどが政友会で占められた。ここに、政友会閣僚の上に海軍大将が首相に就くというきわめて特異な内閣が船出した。

第二章　シーメンス（ジーメンス）事件

「いずれ、時機を見て退任するとしよう」

斎藤實は第一次西園寺内閣で海軍大臣に就いてから、第二次桂、第二次西園寺、第三次桂と留任を続けてきていた。四十七歳で大抜擢された少壮大臣も、今では五十四歳になっていた。大過なく務めてきた斎藤もここらが潮時だとわきまえていた。

大正政変の真っ只中、火中の栗を拾うようにして誕生した第一次山本内閣だったが、世情が落ち着くにしたがって、しだいに国民の信頼を高めていった。

大正三年（一九一四）が明けた。

一月十二日、桜島が大噴火した。その規模は鹿児島湾にある大隈半島と陸続きになるほど激しいものだった。

「何かの前触れでなきゃいいが……」

故郷から遠く離れた薩摩出身者も不安に陥った。山本首相や閣僚たちもその思いは同じだった。二十一日、休会明けの議場で、山本首相、高橋蔵相、牧野外相の施政方針演説が行なわれ、翌日からは衆議院予算委員会が開かれた。

「いよいよ、海軍充実費の追加予算が審議の俎上《そじょう》に載《の》る」

斎藤は、いやがうえにも緊張が高まった。

二十三日を迎えた。朝刊に目を通した人々は、耳慣れない「シーメンス（ジーメンス）」という会社名と「贈賄事件発覚」という文字が紙上に躍っていることに驚いた。最も大々的に報じていたのは、時事新報であった。新聞記事はイギリス・ロイター通信社が発した電報に基づくものであった。時事新報社以外にも同通信社と契約していた新聞社はあったが、通信料金の関係もあっていずれも軽く扱っていた。

電文は次のようなものだった。

「ベルリンの報道にいわく、カール・リヒテルなる者、シーメンス・エンド・シュッケルト会社東京支店より書類を窃取せるかどで、二ヵ年の懲役を申し渡されたるが、同人は審問の際、同会社が注文を取らんがため、日本の海軍将校に贈賄したる旨を申し立てたり。この申し立ては世人の視聴を聳動《しょうどう》せり。

リヒテルの弁護士の言によれば、リヒテルが窃取したる書類は、シーメンス会社がすべての海軍に関する注文については三割五分、無線電信に関する請負については一割五分のコンミッション（手数料）を贈与せんことを、日本海軍省の官憲に申し込みたることを示すもののごとくなるが、法廷において朗読せられたる唯一の書類は被告よりシーメンス会社重役にあてたる書簡にて、該書簡には、窃取せる書類より引用せる文句若干あり……」

電文には、ロイター通信社員の推測も少なくなかった。実際、のちに事実にそぐわない部分が明らかになる。しかし、海軍と政友会の粗探しをしていた野党にとっては、そんなことはどうでもよかった。同日午後一時過ぎ、衆議院予算委員会の場で、立憲同志会の島田三郎は時事新報を手に登壇した。

「今朝配布された新聞に多く出ていますが、私の見たところで一番詳しく出ております時事新報に掲載されている事実だけを陳述して、後からその要点の質問をしたいと思います」

長々と時事新報の記事を引用したのち、

「これはじつに重大な事件で、現在国民は海軍がにわかに艦隊を増すということについて、いかなる目をもって見るか。海軍の軍紀を大いに疑わざるを得ない。不幸にして私は現在政府の御方といっては悪いが、政府のある御方は信じない。一般の事について言及すれば、このようなことを取り締まる責任のある警保局長が、二度までも原内務大臣の下に信任されて官に就いていたのであります」

いつしか質問は、海軍への不信感と原内相に対する誹謗へと変わっていた。さらに島田は海軍が信用できないと連発したうえ、

「しかも、陸軍が切迫して国防の欠乏を訴えれば、これは緩やかであるという。急の急なるものは国防の欠乏である。今日予算を見ると、海軍に至っては昨日来の問答において明白である。さらに陸軍の方の支出を見れば国防の緩の部にいれている……」

という具合に、海軍攻撃・陸軍擁護の態度を鮮明に示した。もともと、同志会は桂太郎の提唱によって結成された性格上、陸軍や長閥官僚派をバックボーンにしていた。

斎藤は次のように答弁した。

「ただ今、島田君より長くお述べになりましたが、私も今日新聞を一読しまして驚いたしだいであります。約二ヵ月ばかり前、シーメンス・シュッケルトの支配人たるヘルマンが、総領事館のヒュールという人と同道いたして私に会見を求め、海軍省において会いました。ヘルマンの言うには、会社の秘密書類を盗まれ、それがある新聞の通信員の手に渡って、金を出すならばこれを公にしないと脅迫されているということでありました。

それがいかなる秘密のものであるか知らぬが、新聞記者の手に渡って新聞に出ようがどうしようがいっこうにさしつかえない。海軍においてはそのような曲事がないとかたく信じている。しかしながら、そのような曲事があれば、それをただすのが私の職責である。新聞に出させてさしつかえない。そのように申したのであります」

斎藤は誤解を招かないよう経緯をありのままに述べ、前年十一月の時点で官憲にも調査を依頼していたことを明らかにした。

島田は契約の方式についてただした。斎藤は少しもあわてずに、「契約の書面の写しは検査院に出してあり、いつでもお目にかけることはさしつかえない」と答弁したうえ、コンミッションはあくまでも外国企業における本社と代理店の商行為の慣習であり、海軍とは関係がないことを説明した。

だが、この問題が山本内閣打倒の切札になると判断した野党の追及が、斎藤の答弁ぐらいでゆるむことはなかった。議会はたちまち、シーメンス国会の様相を呈した。

二十六日になって、リヒテルは東京代理店の支配人ヘルマンを脅迫するために秘密書類を盗み、東京在勤のロイター通信社員プーレーに売りつけ、リヒテルに代わってプーレーがヘルマンを脅迫、ヘルマンは二十五万円でその秘密書類を買い戻したという事実が明らかになった。

島田はこの事実をもとに、「ヘルマンがプーレーから秘密書類を買い戻したのは、海軍贈賄の暴露を恐れたため」として厳しく追及したうえ、原内相や牧野外相に対しても、警察当局の取り締まりが生ぬるいとして辛辣に批判した。このため、海軍では二十八日、出羽重遠大将を委員長とする査問委員会を設け、本格的な調査に乗りだした。

翌朝、警視庁は赤坂霊南坂の自宅にいるプーレーを検挙し、東京監獄に収容した。

同日の衆議院本会議では、中正会の花井卓蔵が海軍問題顛末《てんまつ》報告を求める緊急動議を提出し、成立した。

山本首相に次いで答弁に立った斎藤は、「シーメンス会社支配人のヘルマンとドイツ総領事館のヒュールが訪れたのは前年十一月十七日のこと」として、より詳細な経過報告を行なった。さらに要求に基づき、ドイツ裁判所から電報で届けられた判決文、同社社員が持参したヘルマンからの書面、前日に届いたばかりのシーメンス本社からの電報全文を紹介した。電報には「日本海軍士官にコンミッションを支払ったことがない」と綴られていた。

緊急動議による顛末報告は終わったが、院外では、新聞報道の多くが海軍の腐敗を暴く論調になっていたこともあり、山本内閣打倒の民衆運動がわき起こっていた。二月六日には、政府弾劾の演説会が両国国技館で開かれた。

世間には山本首相に対する憶測が先行し、噂が噂を呼んでいた。政府内部からも山本首相に疑惑を抱く者が出てきた。原内相は八日、山本首相に面会した。

「賄賂によって巨万の富を蓄えているとの風評が流れているが、事実かどうかうかがいたい」

山本は臆することなく答えた。

「心配するには及ばない。財産は質素に生活した結果、多少はあるものの、たとえば邸宅を例にとっても、もとは安価に買い入れたものが、今日の時価で相当の価格となったものであって、心配するような財産はない」

原も山本の清廉潔白な性格を知っており、その言葉を額面通り受けとった。

政府の責任追及は、衆議院予算分科会においても蒸し返され、九日には海軍予算に関する修正意見が出され、戦艦一隻分の建造費三千万円が削減されることになった。

二月十日を迎えた。

前年のこの日は、憲政擁護運動がピークに達し、議会を包囲した群衆が、交番や政府系新聞社を焼き打ちし、桂内閣を辞職に追い込んでいる。

「あれから一年か」

斎藤もいやな予感がしていた。

護憲運動では長州閥（陸軍）政権を倒すことに成功していたが、今回は政友会と薩摩閥（海軍）が攻撃の標的にされていた。音頭をとっていたのは桂太郎の遺志を継ぐ立憲同志会である。

日比谷公園では内閣弾劾国民大会が開かれ、内閣弾劾を決議した群衆はぞくぞくと議院の周囲に詰めかけた。その数は約三万人にものぼった。午後一時、衆議院本会議が開かれ、同志会、国民党、中正会の三派有志による内閣弾劾決議案が提出された。

院外で怒号が飛び交うなか、決議案は多数を占める政友会によって否決された。決議案否決が伝わると、民衆の怒りは頂点に達した。不穏な空気が議会を包み込んだ。

「今、退院すれば袋叩きに遭う」

閣僚や政友会議員は、興奮した民衆の罵声に萎縮した。出るに出られない、と知った与党議員たちは籠城を余儀なくされた。

山本首相も斎藤海相も、口を真一文字に結んだままだった。まさか海軍に応援を求めるわけにはいかない。原内相はあらかじめ、このような不測の事態に備え、万が一の場合は麻布兵営から出兵してもらうことで、陸軍側の了解を得ていた。

「こうなれば、陸軍に出動してもらうしかあるまいな」

原内相はただちに急報させた。

急報がありしだい三、四十分で到着すると確約していた陸軍側だったが、いくら待っても現われる様子はない。原は楠瀬《くすせ》幸彦《ゆきひこ》陸相に、「これは何事か」と詰め寄った。

「私から直接、師団に命令を出すことはできない。これは何かのまちがいと思うが、調べてみないことにはわからない」

楠瀬も当惑していた。警保局の属官が連隊に問い合わせても、いっこうに埒《らち》があかない。時計の針は午後五時をさしていた。二月とあって日の暮れは早い。夜になれば、暴動に発展し焼き打ちになるかもしれない。

「強行突破しかないか」

原内相は警視総監に命じ、巡査を正門に集中させ、右折する道沿いに血路を開かせた。閣僚や議員はその道を通ってかろうじて脱出した。斎藤は、戦線から離脱でもするような、後ろめたい気分になった。

「情けない……」

それは、軍人としての矜持《きょうじ》を傷つけられたことへの不甲斐なさであると同時に、陸軍と海軍の代理戦争と化している議会に対する失望でもあった。麻布第三連隊から一個大隊が到着したのは、議院がもぬけのからとなってからのことだった。

二日後、予算案は喧噪のうちに衆議院を通過し、十四日からは貴族院本会議で審議が始まった。改めてシーメンス問題の経過報告を求められた斎藤は、それまでと違って悲壮な顔をしていた。

「じつは、現役将校のなかに犯罪事実明らかなる者があって、軍法会議に付して取り調べ中であります」

煮え湯を呑まされた思いで、事実関係を明らかにした。取り調べられていたのは、沢崎寛猛《さわざきひろたけ》海軍大佐と藤井光五郎海軍機関少将の二人で、いずれも収賄容疑であった。

議会が騒然としているなか、検察当局はシーメンス事件の捜査の過程で、これとは別に三井物産会社と海軍との収賄事件を突きとめていた。二月中旬には同社の帳簿を調査したうえ、同社重役で陸海軍御用達担任の岩原謙三から事情を聴取した。さらに同社顧問で海軍予備役将校の松尾鶴太郎、呉鎮守府司令長官の松本和《かず》中将の自宅や官舎などの捜査に踏みきった。

野党議員の大半は、これらの捜索はシーメンス事件の延長としてとらえ、シーメンス以外の外国企業と三井物産がかかわる新しい事件だとは思ってもいなかった。

三月二日からは、貴族院予算分科会において海軍予算の審議が開始された。貴族院は山県有朋や桂太郎によって築かれた官僚派の牙城となっていた。予想されていたこととはいえ、海軍への風当たりは衆議院以上に激烈なものとなった。

「陸軍をないがしろにして、海軍だけが拡張するのはおかしい」

そのように海軍偏重を批判する声が噴出した。衆議院で削減された三千万円に加え、さらに四千万円を削減すべきであると、シーメンス事件の弱みにつけこむように、今度は海軍予算削減の大合唱となった。貴族院は、第二十八議会において海軍充実希望の付帯決議をしていた。今回の削減要求は明らかにその決議と矛盾するものであった。

斎藤は正念場を迎えた。

「これ以上の削減は、将来の国防力を危うくするものであります」

必死になって説いたが、結果的には海軍補充費原案より合計七千万円削減の修正案が可決され、三月九日からの予算委員会に報告された。予算委員会でも、山本首相は「収賄問題と予算審議とは分離してほしい」と主張し、斎藤海相は特別に発言を求め、「削減は衆議院の修正案の範囲にとどめてほしい」と協力を求めた。

だが、倒閣闘争と化したこの時点では、山本や斎藤の訴えもむなしかった。予算委員会は新たに海軍充実費四千万円の削減を大差で認めた。三月十三日、貴族院本会議が開かれ、修正予算が上程された。本会議では、収賄問題をめぐる政府の責任をめぐって論戦が展開された。

採決の結果、本会議では予算委員会の修正案を圧倒的多数で可決した。

シーメンス事件の裏には、薩摩と長州、海軍と陸軍といった対立構図のほかにも、三井と三菱という二大財閥の思惑もあった。

翌日、貴族院で可決された海軍充実費の修正案が衆議院に回されると、奇妙な現象が起こった。それまで政友会の施策に異議を唱えてきた国民党の犬養毅は、院議尊重に同意して貴族院案に反対したのである。

これにより両院協議会が設立された。世間では犬養の変心に疑問を抱き、三菱との関係をとりざたするようになった。そして、憲政擁護会が犬養を除名する動きに出た段階で、同志会や中正会とともに内閣弾劾決議案の上程に踏み切り、自ら提案説明にあたった。

三菱とさらに関係が深かったのは、同志会総裁の加藤高明である。加藤は東京帝国大学を卒業後、三菱に入社し、三菱財閥の創業者である岩崎弥太郎の娘、春路と結婚しており、三菱の婿と呼ばれていた。シーメンス事件追及の過程で、同志会の議員は海軍腐敗の実例として、室蘭日本製鋼所をめぐる疑惑をあげたが、これもまた日本製鋼所が三井資本だったことと関係がある。

三井は海軍や政友会と関係が深く、三菱は同志会のスポンサーでもあった。

三月十九日、衆議院と貴族院の意見を調整する両院協議会が開かれた。さらに衆議院では、引導を渡すように犬養毅ら五人（国民党、同志会、中正会所属議員）によって内閣弾劾上奏案が提出された。

「もはや、これまで」

山本首相は覚悟を決めた。

三月二十四日、前日からの雨はなお降りやまない。斎藤は沈鬱《ちんうつ》な面持ちで閣議に出向いた。

「よもや、このようなかたちで海軍大臣を退くことになろうとは」

やり場のない怒りや憤り、無力感が交錯した。閣議は午前十時から始まった。山本首相はこれまでの経緯を説明し、「海軍収賄問題の裁判決定まで留任したかったが、ここに至ってはやむをえない」と述べ、辞職について同意を求めた。

山本首相は長文の奏上文をしたためると、斎藤や原など全閣僚の辞表をとりまとめた。辞表を奉呈した山本は、陛下から「誰が後任に宜しきや」と尋ねられ、「原に命ぜらるるのほかなし」と言上した。

大正政変のあとを受けて誕生した山本内閣だったが、シーメンス事件に端を発した一連の倒閣運動によって、一年一ヵ月で総辞職に追い込まれた。

午後、斎藤は各局長や本部長などを集めると、辞表を奉呈したことを明かし、翌日には在京の将官や各部長、班長ら六十一人を官舎に招き、訓示した。

「本年一月、衆議院において予算会議の開かれた際、ドイツ電報によりシーメンス問題が突発した。反対党及びその一派は、新聞や演説にこの問題を利用して海軍および政府を攻撃した。不幸にして、わが海軍部内に不正事実の反応を認めたことは、はなはだ遺憾《いかん》である。しかし、問題はある局部にとどまっている。

この海軍局部の問題をとらえて全政府を攻撃し、捏造《ねつぞう》し、想像でもって総理大臣を攻撃するようなことは、まことに遺憾である。国防の予算に関する貴族院の審査においては、この汚職問題と関連させ、陸軍の増師問題と結びつけ、不条理なる理由のもとに（衆議院で削減された三千万円に加え）さらに四千万円の削減を行なった。国家のため憂慮に堪えざるしだいである。おわりに臨み、多年のご援助に感謝し、諸君が帝国海軍のためにご尽瘁《じんすい》するよう切望する」

山本内閣は総辞職したが、この時点でシーメンス事件の全容が解明されたわけではない。のちに明らかになる三井物産と海軍との収賄事件は、次のような経緯をたどった。

海軍省では明治四十三年四月、軍艦補充計画に基づき巡洋艦一隻を外国の造船会社に注文することになり、造船総監の近藤基樹中将と海軍機関少将の藤井光五郎をイギリスに派遣した。二人はビッカース商会とアームストロング会社から見積書を取り検討を重ねた。

その間、東京ではビッカース商会の代理店・三井物産とアームストロング会社の代理店・高田商会とが、激しいかけひきを展開していた。このとき海軍出身で三井物産の顧問だった松尾鶴太郎は、現役当時から親交のあった艦政本部長の松本和（検挙されたときは呉鎮守府司令長官）に協力を求め、岩原と相談のうえその見返りとしてビッカース商会から入ってくるコンミッションの三分の一を贈ることにした。

このため三井物産は従来二分五厘だったコンミッションを五分に高めることでビッカース商会の承諾を得ていた。このようなからくりがあって、ビッカース商会に発注されたのが、巡洋艦「金剛」であった。「金剛」の請負価格は約二千三百六十万円、三井物産の受け取ったコンミッションは約百十八万円で、このうち約四十万円が松本の手に渡った。

三井物産と海軍高官による贈収賄は、第二次桂内閣のときに起こっていたものであり、当時軍事参議官だった山本とは関係のない事件だった。松本は入獄直前、人事局長だった鈴木貫太郎に次のように話している。

「当時は、周囲の者から次期の海軍大臣になると煽《おだ》てられ、自分もついその気になった。ご承知のとおり、海軍には機密費が至って少ないので政界に活躍ができない。そこで、大臣になった時のために機密費をあらかじめ用意しようとして収賄に至ったのであり、けっして自分の懐を肥やそうとしたわけではない。そのことだけは了解してもらいたい」

事件は、陸軍の側に起こっても少しも不思議でなかった。というのは、海軍汚職にかかわった三井物産はもとより高田商会も海軍以上に長閥陸軍との関係が深かったからである。実際、大正五年の第三十七議会で、財閥と陸軍の軍閥政治家が第一次世界大戦で莫大なコンミッションを手にしていた「泰平組合問題」がもちあがったとき、政友会は〝陸軍のシーメンス事件〟として追及するが、うやむやに終わる。財閥は、政治や軍閥までも操る影の権力にのしあがっていたのである。

舞台は元老会議に戻る。

山本権兵衛は、後任として原敬を上奏しており、元老らは原をめぐる協議から始めた。しかし、山県有朋が反対したため、あっさりと葬られた。原は幻の総理に終わった。

三月二十九日、貴族院議長の徳川家達《いえさと》に組閣の大命が下った。その二日前、斎藤は徳川議長から華族会館に招かれている。あるいは山県から打診を受けていた徳川が、それとなく相談をもちかけたのかもしれない。

徳川は三十日、親族会議の結果として組閣の大命を拝辞する。その日、枢密顧問官の清浦《きよら》奎吾《けいご》が、斎藤の私宅を訪れた。清浦は嬉々としていた。

「大命が降下したおりには、何としてもご協力願いたい」

斎藤は有頂天になっている清浦を、冷やかな目で眺めていた。

清浦は明治十九年、当時内相だった山県の下で警保局長に抜擢され、貴族院議員を経て第二次山県、第一次桂内閣で法相を務めた。世渡り上手な性格から、世間には灰色の人物として知れ渡っていた。

翌三十一日、清浦に組閣の大命が下った。清浦はさっそく官僚出身の新人を中心に入閣交渉を進めた。四月初めには、海軍大臣の椅子だけを残して全閣僚の内定を得るまでにこぎつけた。

「あとは、加藤の返事を待つだけだ」

次期海相と目された松本和は、軍法会議にかけられている最中である。後任には、第一艦隊司令長官の加藤友三郎が浮上していた。清浦から招かれた加藤は二日に上京し、入閣交渉を受けていた。だが、陸軍と長閥の総帥的存在となっている山県が裏で操っている以上、海軍がすんなりと承諾するはずはなかった。

加藤中将は四日、斎藤らと相談のうえ、「臨時議会を召集して海軍補充計画を貫徹する。それが無理な場合は年度分の補充費（戦艦建造費九百五十万円）を政府の責任で支出する」ことを入閣の条件として提示した。

あせった清浦は、「内閣成立後に誠意をもって海軍補充計画の実現に努める」として説得を試みたが、海軍にも意地があった。確証が得られないままに押し切られたのでは禍根を残す。六日午後三時、加藤は清浦に対し、正式に辞退を告げた。

その三十分後、清浦は斎藤とかけあうためにやってきた。清浦は必死の形相ですがった。

「加藤に代わる候補を斡旋してほしい」

権力の座に固執する清浦に、斎藤は眉を曇らせた。

「今の状態では、誰と交渉しようと、結果は同じだと思う」

冷たいようだが、それは海軍部内の感情を代弁するものだった。

翌日、参内した清浦は組閣辞退を奏上した。海軍の逆襲によって潰されたこの内閣を、世間は「清浦流産内閣」と呼んだ。

四月九日午前四時、四谷の斎藤邸に電話の音が鳴り響いた。それは皇太后の危篤（実際には同日午前一時五十分に崩御《ほうぎょ》）を知らせるものだった。午前七時十五分、斎藤は山本や原、さらには山県や松方の元老らとともに宮廷列車に同乗して、沼津に向かった。

この宮廷列車の中で、天皇は山本と原を別々に招き留任を希望した。

斎藤は沼津御用邸で遺骸を拝すると、その日の夕方には帰京した。翌日午後十一時半過ぎ、斎藤は春子とともに新橋に赴き、皇太后の遺骸を奉迎した。皇太后の崩御は十一日午前二時十分ということで発表されることになった。

皇太后の崩御を境に、政局は一気に走りだした。十三日には、急転直下、大隈重信に組閣の大命が下った。大隈の推挙を決定づけたのは、静岡市の興津《おきつ》に病臥していた井上馨《いのうえかおる》だった。井上は大隈を推す一派から「清浦奎吾が流産したのは、薩摩と政友会の陰謀」などと吹聴《ふいちょう》されて激怒、病をおして上京し、元老会議の陣頭指揮を執ったのだった。

翌十四日午後十一時十五分、大隈の使いという江木翼《えぎたすく》が斎藤を訪れた。

「大隈伯は、海軍大臣として舞鶴鎮守府司令長官の八代六郎をご希望しておられる」

八代は清廉潔白な武人として知られていた。皇太后崩御で国民が悲嘆に暮れているなか、これ以上、政局の混乱を招くわけにはいかない。斎藤は申し出を承諾し、ただちに八代中将に打電した。十五日、上京した八代は、海軍軍備補充のための臨時議会召集を条件に海相就任を諾した。

「終わったか」

斎藤はさすがに全身の力が抜けたような気がした。シーメンス事件をきっかけに総辞職してから、後継内閣が決まらないまま、はや三週間以上が経っていた。

十六日午前、大隈総理大臣の新任式に侍立した斎藤は、お召しによりお言葉を賜った。この日成立した大隈内閣は、実質的には同志会と山県系で占められていた。

同日午後、斎藤は海軍省において新海相の八代六郎と事務引き継ぎを行なった。海軍省を離れる斎藤は、山本権兵衛のことを思うと慚愧《ざんき》に堪えなかった。

「何らやましいことはなかったとはいえ、自分は海相として責任をとらなくてはならない。しかし、山本伯まで誹謗される覚えはない」

斎藤が山本海相に請われて初めて海軍次官に就いたのは明治三十一年十一月、くしくも今回の山本降ろしに暗躍した山県が二度目の内閣を組閣したときだった。以来、満十五年五ヵ月にわたって本省勤務（うち次官は七年二ヵ月）が続いた。海軍大臣になった明治三十九年一月から数えても八年三ヵ月の歳月が流れている。この間、第一次西園寺から第一次山本まで五代の内閣に仕えた。

斎藤は職員の見送りを受けながら、海軍省玄関の石階段を降りた。どの顔にも無念の思いが滲みでていた。なかにはうっすらと涙を浮かべ、唇をかみしめている者もいる。いずれも、悲痛な思いを振り切るように颯爽と敬礼をする。

斎藤は万感の思いを込めてそれに応えた。哀切きわまりない後ろ姿が自動車の中に消えたとき、職員たちはひとつの古き良き時代が終わったことを感じていた。


本来なら、慣例として新内閣の親任式と同時に、前官礼遇（功労顕著だった大臣などに在官当時の待遇を与えること）の辞令が出されるはずだったが、山本を除いた原・斎藤の岩手コンビと牧野伸顕の三人は翌日になって発令された。これは異例のことだった。斎藤は、これもまた大隈や山県のいやがらせであることを見抜いていた。

異例といえば、八代海相の方針によって、組閣翌日に山本と斎藤の両大将が待命になった。しかも五月十日には予備役に編入となった。予備役といえば聞こえはいいが、つまりは引退である。まだ働き盛りの二人が揃って海軍の第一線からはずされたのである。

「これは、あまりにもむごい仕打ちではないか」

そのような声が海軍内部からもあがった。山本と同じ薩摩出身の東郷元帥は、やはり元帥の井上良馨《よしか》とともに、この措置に対して苦言を呈するため八代海相を訪れた。このとき人事局長から次官に抜擢されたばかりの鈴木貫太郎は、八代から立ち会いを命じられた。

「なぜ、山本と斎藤の両大将を予備役に編入されたのか。その理由をうかがいたい」

東郷と井上が詰問すると、八代は海軍予算の不成立、松本和中将の収賄による海軍名誉の毀損など三点の理由をあげ、「海軍部内における信頼はもはや地に墜ち、現役に留まる必要がないと認めたものである」と手厳しく言った。これを聞いた東郷は平然として辞去したが、井上は不平をもらしながら立ち去った。八代は側近に、「これまで東郷元帥を神様のように思っていたが、元帥もやっぱり人間だ」と語っている。しかし、東郷にすれば「これ以上、何を言っても無駄だ」と判断したのかもしれない。

八代は日露戦争当時から風流提督として知られていたが、海軍大臣としての器となれば、意見のわかれるところだった。八代の秘書官を務めた野村吉三郎《きちさぶろう》（のちに外相・駐米大使）は、「清廉な人だったが、政治的な手腕については、山本さんや斎藤さんには、はるかに及ばなかったように思う」と述懐《じゅつかい》している。

八代海相の英断は、海軍の信頼を高めたとして評価されることが多い。だが、八代は外務大臣に就任した加藤高明と同じ愛知県の出身で、二人は友人であった。薩閥でなかったからこそ、日本海軍の隆盛に貢献した山本、斎藤の二人をいともあっさりと切り捨てることができたのだろう。かりに八代の入閣を加藤が働きかけたとすれば、八代は加藤らの助言を真にうけて少々短絡的に行動したことになる。

その八代海相は、第三十三臨時議会で「山本前首相も斎藤前海相も、シーメンス事件には関係していない」と明言している。

第三章　朝鮮総督

シーメンス事件から五年の歳月が流れ、大正八年（一九一九）になっていた。斎藤實は還暦を迎えていた。

この間、世界はかつてない変動に揺れた。

現役を退いた夏に勃発した欧州大戦争（第一次世界大戦）は、ようやく前年十一月に終わったが、戦後の新しい秩序づくりをめざしたパリ講和会議（ベルサイユ会議・一月十八日開会式）はいまだに難航していた。

その原因のひとつは、煮えきらない日本の態度にあった。ドイツに宣戦布告し、赤道以北のドイツ領南洋諸島や中国山東半島の膠州湾《こうしゅうわん》・青島《チンタオ》などを占領して先勝国となった日本は、講和会議で五大国の仲間入りを果たしたものの、肝心の交渉では自国の利害に関係ある問題について発言するだけで、サイレント・パートナーとのあだ名をもらうほど、各国から顰《ひん》蹙《しゅく》をかっていた。

国内では、大正五年十月に総辞職した大隈重信内閣に代わって寺内正毅内閣が後を継いだが、ロシア革命にともなうシベリア出兵、その影響から発生した米騒動によって二年後には退陣。前年の大正七年九月二十九日、原敬内閣が登場していた。

パリ講和会議へは、原首相みずから全権代表として赴くよう希望する声もあったが、国内問題が山積していたため、日本を離れるわけにはいかなかった。

「こんなとき、国際的視野に長け、英語に堪能な斎藤が全権になっていたら」

そのように惜しむ声は多かった。

そして、この年の六月のある日、陸軍大将の田中義一が来訪した。

「陸軍大臣がなぜ、わしなんぞに……」

斎藤は不審に思った。海軍の予備役になっている男などに用があるとは思われなかった。

田中はおもむろに切りだした。

「朝鮮に赴くつもりはありませんか？」

第三代目の朝鮮総督になる気はないかとの打診である。

「いや、そんなことは考えたこともなかった」

斎藤は一笑に付した。

「そうおっしゃらず、ぜひお引き受けしていただきたい」

「じつは、これから北海道に行って農業をすることになっている。この話はなかったことにしていただきたい」

「北海道、ですか」

田中は吐息をついた。

斎藤の話は事実だった。彼は別棟に養子の斉《ひとし》とともに、旧藩主だった留守家の子息を同居させており、その子息とともに北海道で農業をしようと決意していたのである。すでに十勝の開墾地を用意しており、出発の準備も整っていた。

留守家の子息というのは、景福《かげやす》の一子、邦太郎だった。邦太郎は斉と同じ明治三十一年生まれで、二十一歳になっていた。

斎藤は、原敬が南部家の世話役をしたように、留守家の面倒をよくみた。邦太郎を私邸に引きとって、自分の子供のように育てたのもそのひとつである。また、親戚の入間野武雄や書生も同居させるなど、一時は五人もの若者を離れに住まわせ、わざわざ水沢からサキヨというお婆さんを賄いとして招くほどだった。

邦太郎は中学を卒業したあと進学の意志がなかったことから、土いじりの好きだった斎藤は、邦太郎とともに北海道への移住を思い立ったのだった。そして、邦太郎が一年志願の兵役をすませたこの年、北海道に第二の人生を託して出発するばかりとなっていた。

「よりによって朝鮮とはな」

斎藤が断わるのもむりはなかった。

朝鮮ではこの年三月、民族独立と排日を叫ぶ三・一独立運動（万歳事件）が起こり、全国に波及していった。これに対し朝鮮総督府は力でねじふせる方針をとり、厳しい弾圧で対抗した。

朝鮮民族にとって、朝鮮総督はいわば悪の権化《ごんげ》であり、屈辱と憤怒の象徴であった。だからこそ原首相は頭を痛め、人事を一新させ朝鮮の統治方針を変える必要性を痛感していた。

しばらくして、田中陸相がふたたび斎藤を訪れ、前回以上に強く朝鮮行きを要請した。

「ほかに適当な人物がいるだろう」

斎藤はやさしく諫《いさ》めた。

その数日後、今度は海軍大臣の加藤友三郎がやってきた。斎藤は友人の来訪を歓迎したが、用件は田中陸相と同じ内容だった。斎藤は渋い顔をした。

「君までそんなことを言うのか。この間、田中が来て勧めるのを断わっておいたところだ」

友人とあって、忌憚《きたん》のない意見が交わされた。

「強いて勧めはしませんが、朝鮮がごたごたしているようですし、誰かが面倒をみてやらなければ困るので、気持ちを聞いてこいといわれたまでです」

加藤は断念した口ぶりで帰宅した。

六月二十七日、今度は思いがけなく原首相自ら乗り込んできた。

「せっかくだが、行く気はない」

斎藤は先手を打った。

だが、原は役者が一枚上だった。説得する前に朝鮮統治の問題点をあげた。朝鮮総督府官制は明治四十三年、日韓併合の際に制定されたもので、総督は陸・海軍大将を充てるなど武官統治が敷かれていた。

「今年で総督政治は十年目を迎えたが、その成果はお世辞にも芳しいとはいえない。台湾総督もそうだが、ここらで朝鮮統治の制度を根本的に革新させ、文治主義に改めたいと思っている」

朝鮮統治の弊害を列挙し、力で押さえ込む政策ではなく、朝鮮民族との共栄共存をはかるべき、と変革の必要性を説いた。斎藤はついつい、熱っぽく語る原につられた。

「たしかに、そのような制度は変えなければ駄目だろうな」

原はすかさず突っこむ。

「私もそうする心積もりだから、この際ぜひ行ってもらいたい」

斎藤は目を覚ますようにあわてて首を振った。

「いや、それとこれとは別。やはり、ご免こうむる」

そう言って固辞したが、原の執拗な説得は続いた。ついに斎藤は根負けした。

「それほどまでに言うならば、仕方ないから行こう。しかし、仕事をするには、まず人を集めなければならぬが、自分には適当な友達もなければ、もちろん子分などというものもない。ただ、水野錬太郎は知っているし、内務畑の男だから人を集めるのにも都合がいいだろう」

原は身を乗りだした。

「私も水野がいいと思う。しかし、君から水野に話してはいかん。私が話すから」

斎藤邸をあとにした原は電話で水野を芝公園の私邸に招き、政務総監に就くよう懇願した。

翌二十八日、国際連盟規約を盛り込んだベルサイユ講和条約の調印がパリで行なわれた。しかし、「排日」を叫ぶ五・四運動を展開していた中国は、その内容に不服として調印しなかった。

七月十八日夜、内諾したものとばかり思っていた水野が、ひょっこり原を訪れた。

「じつを申せば、斎藤子爵とは従来仕事をともにしたことがない。かつ、その抱負、意見などもよく承知していない。大将の寛容、温厚の国士であることは知っているけれども、とかく文人と軍人とは思想上において合わないことは、従来の慣例において自分の経験したところである」

辞退の申し出であった。しかもその理由は斎藤とは仕事をしたことがないから、というものであった。原は困惑した表情を浮かべると、これまでにない強い調子で論した。

「いまさら、そのように言われても当惑千万である。何かほかに理由でもあるのか」

ここにきて辞退するのは、後藤新平や官僚派の入れ知恵でもあったからか。原はそのように猜疑《さいぎ》した。

「斎藤は信頼できる男だ。私が太鼓判を押す」

最終的に、水野は総督府部内の人事を一任させてくれることを条件に、政務総監を引き受けることにした。斎藤の度量を懸念していた水野は、人事の更迭《こうてつ》について相談するために訪れた。

「自分は文官方面のことは何も知らぬから、その方の人事は君に一任するからよろしく頼む」

知己で固めたがる人間が多いなか、全幅の信頼を寄せる態度に水野は驚いた。

「それではせめて、秘書官だけでも斎藤さんの意中の人に」

「いや、秘書官も特別に懇意な人もないし、これも君の推薦に任せる」

結局、一人として自分の知っている人物を採用しなかった。水野はこのとき初めて、斎藤の公平無私な人柄に感服した。

八月十二日、斎藤は長谷川《はせがわ》好道《よしみち》に代わって第三代（初代は寺内正毅）の朝鮮総督に、水野は山県伊三郎（山県の養子）の後任として政務総監に就任した。

この際、斎藤は「特に現役に列せしむ」との辞令を受け、海軍大将として赴任することになった。斎藤は面映ゆかった。朝鮮総督府の官制改正の中身はほぼ固まっており、総督は軍人ではなく文官出身者でも就けることになっていた。

「自分としては、予備役のままでも、いっこうにさしつかえないのだが……」

むしろ軍人でない方がいい。そう思っていたのである。だが、当初、新官制が施行されるまで長谷川総督にやってもらおうとしたものの、長谷川がこれを拒否したため、不本意ながら斎藤には現行の官制が適用されたのである。

「またしても、軍人による統治か」

事情を知らない朝鮮の人たちからは、そのような失望と反発を招くことになった。

「北海道に行くつもりが、朝鮮に赴くことになってしまった。申しわけない」

「いいえ、私はかまいません。どこへでもお供いたします」

「生命を狙われるかもしれん」

「そのときはそのときですよ。あなたのお決めになったことですから、天命だとあきらめもつきましょう」

出発前、そのような会話が春子との間で交わされた。

八月二十八日午前八時三十分、斎藤夫妻は水野夫妻ら約二十人とともに、親戚や友人ら数百人の見送りを受けて東京駅を出発した。翌日夜、京都に着くと、京城から不穏な動きを伝える情報が入ってきた。このため、とりあえず軍人二人を先行させることにした。

一行は大阪を経て、三十一日夜に下関に到着すると、ただちに連絡船「新羅丸」で日本を離れた。九月一日朝、斎藤夫妻らを乗せた連絡船は釜山港に着いた。

桟橋に出迎えた数千人の朝鮮人は、制服もいかめしい海軍大将の新総督を迎えるものと思っていた。だが、総督、政務総監ともに瀟洒《しょうしゃ》なフロックコートでニコニコとして出迎えの官民に挨拶している。それを見た当地の朝鮮人は、革命でも起こったように驚いた。

その温厚な顔と謙虚な態度は、いかにも平民的であった。東京日日新聞では、そのような斎藤を、平民宰相と呼ばれていた同県出身の原首相を念頭に入れ、「平民総督」という表現で報じた。

二日午前七時、一行は釜山駅を出発し、京城をめざした。途中の各駅においても、斎藤は出迎えの官民に対して終始にこやかに接した。

「とても、大将総督には見えないな」

フロックコートを身につけていたこともあって、いかめしい軍人を想像していた人々は、意外の感を抱いた。停車する駅ごとに歓迎の人波が揺れ、斎藤は変わらない笑顔をふりまいていたが、車内は緊張の糸が解けることはなかった。

同行していた学務局長の柴田善三郎は、車中にいた新聞記者たちから口々に不吉なことを告げられていた。

「京城へ下車すると、大変なことがあるかもしれない。京城までの命と観念なさい」

からかう口調で言う者もあったが、まんざら冗談ばかりとは思われなかった。「朝鮮公論」編集長で日本電通京城支局記者だった石森久弥は、

「一行の京城行汽車に乗りこむと、大邱《テグ》あたりから不穏な空気が予感され、京城からも種々の情報が飛び、何かありそうな不気味な気が漂っていた」

と述懐している。かなり早い時点から不穏な動きがキャッチされ、さまざまな情報が飛び交っていたことがわかる。

汽車が水原《スウオン》にさしかかったところで、斎藤はフロックコートから純白の海軍大将礼服に着替えた。文治政治に賛同していた斎藤としては、フロックコートのまま京城に下り立ちたかったが、それはかなわなかった。

礼服に着替えたのは、陸軍省発表（八月二十九日）に応えるためである。陸軍省発表とは、

「朝鮮総督斎藤實男爵の赴任入京に際し、御思召に由り元帥・大将の例に倣《なら》い、特に軍隊の堵列儀仗伺候並に礼砲式行なうべき旨御沙汰ありたり」というものだった。

朝鮮の統治は陸軍の手にあり、海軍の斎藤としても陸軍には礼を尽くさなくてはならない。そもそも、朝鮮総督府の官制改正にあたっては、全面的な支持を得ているとはいえなかった。原首相は昔から海軍寄りとみられており、陸軍内部には根強い不信感があったのである。斎藤が現役に返り咲いたのも、武断政治を主張する陸軍からの圧力があったともいわれる。

汽車は走り続け、午後五時（斎藤の日記では五時だが、石森の手記では四時）、京城・南大門駅に到着した。当時の南大門駅は、バラック式の古い建物だった。

「六年前とあまり変わってはいないな」

斎藤にとって京城は初めてではない。大正二年十二月、山本内閣のときに海相として朝鮮を視察しており、平壌からの帰りに一泊したことがあった。記憶をたどるように駅構内を見まわした。プラットホームで出迎えの関係者と挨拶を済ませると、春子と肩を並べて貴賓室を抜けた。

構内には、日本人や朝鮮人の有力者、さらには欧米各国の外交官らが待ちかまえていて、慇懃《いんぎん》に挨拶する。陸軍敬礼式が行なわれ、礼砲が轟いた。

出口の前には二頭だての馬車が用意されており、斎藤夫妻はゆっくりと乗り込んだ。伊藤武彦秘書官がそのあとに続き、向きあって腰かけた。

礼砲はまだ続いていた。駅前は歓迎の人々で埋まっている。御者《ぎよしや》は夫妻を確認すると手綱を引いた。馬車はかすかに揺れ、動きだした。車輪が回ったほとんど同時だった。群衆の間から黒いものが投げ込まれた。黒いかたまりは英国式手榴弾《しゅりゅうだん》だったが、それと気づいたものは少なかった。

手榴弾は夫妻の乗った馬車の下に転がり込んだが、間一髪、馬車が走りだしたあとだったため、路上で炸裂《さくれつ》した。切れた電信線がばらばらと落ちてきた。一瞬、時間がとまったような静寂があり、すぐに悲鳴が交錯した。総督夫妻をカメラに納めようとして馬車の近くにいた記者やカメラマンが弾片を浴びて血に染まった。ほかにも路上でもがいている者があり、二十人ほどが負傷した。

駅前はパニックになった。

馬車の中にいた斎藤は、音が大きかったため、最初は礼砲かとも思ったが、目と鼻の先で起こった轟音が礼砲であるはずがなかった。ハルビンで暗殺された伊藤博文がそうであったように、独立運動家によるテロであることをさとった。

夫妻は何ともなかったが、後ろに続いていた水野夫妻の馬車に被害がでていた。御者が負傷し、馬もまた足をやられていた。痛みにあえぐ馬のいななきが、修羅場と化した現場周辺をより陰惨な雰囲気に染めていた。水野政務総監は馬車を降り、不安な形相で馬をとりかえるのを眺めていた。軍人が駆けてきて警備にあたり、救護班も動きだした。

春子は血の気がうせ、青白い顔をしていた。恐怖で言葉もない。斎藤はそっと夫人の膝に手をやると、無言で励ました。

気がつくと、腰のあたりが熱かった。あるいは、爆弾とは別にピストルでやられたかもしれない。そう思ったが、我慢できないほどの痛みではなかった。

御者は合図を待っていた。斎藤は冷静に考えた。このまま立ち往生していても、混乱が長びくばかりだ。とりあえず馬車の行列を立て直さなくてはならない。

「静かにやってくれ」

御者はうなずき、馬車を走らせた。何ごともなかったように、行進が再開された。そのようすを眺めていた日本電通京城支局の石森記者は、総督が振り返るのではと目を凝らしていたが、ついに馬車が見えなくなるまで同じ姿勢だった。

しばらく馬車が進んだところで、やはり腰のあたりが気になった。春子に訊《き》いた。

「ちょっと、うしろの方を見てくれ。どうにかなっていないか」

春子は、背中から腰にかけて見まわした。純白の礼服だから、少しでも血が滲んでいればすぐにわかる。

「何ともないようですけど」

「そうか」

斎藤は腑に落ちない顔つきで、前方を見つめ直した。太平通りにさしかかったところで、水野政務総監夫妻を乗せた馬車が追いついた。

現場はまだ、騒然としていた。

石森記者は次のように記している。

「橘（香橘・大阪毎日京城特派員）君は腹をやられたらしくぐったりとなり、山口（錬男・同特派員）君は自身ではやられていないと思っているらしく案外平気である。武井京日氏のみは右手をやられて鮮血が流れてぶらぶらしているが、彼は勇敢にもその血染めの写真機を左手に移して第二回、第三回と執拗に撮影する。大声を出して平気、平気と絶叫するが、ちょっと英雄らしいそぶりである。

外国の婦人が、うすものに美しい血をにじませ、これは一向《いっこう》外見をおかまいなしにアアと大仰に泣いて私の前を通る。李王職の朝鮮人事務官が左の手をやられてどっと出る血を、これこの通りといった表情で私に見せる。鉄道局の嘱託野津君がヒドク足をやられて出血夥《おびただ》しく蒼白な顔をして人力車で運ばれる。私は直ちに橘・山口両君の側に往って肩を叩いて、しっかりしろ、しっかりしろ、と叫んだが、橘君の方はうーと唸っている。山口君の方は右の手をブラブラして人力車に乗り込む」

爆弾事件では、馬車に乗った一行に怪我はなく、また死者も出なかったが、馬車をとりまいていた報道陣や出迎えの関係者を中心に二十人以上の怪我人を出す惨事となった。

石森記者は南大門側の日本電通支局に駆け込んだが、誰も帰ってはいない。興奮しながら原稿用紙に鉛筆を走らせた。ところが、惨状ばかりが脳裏に焼きついて、肝心の原稿はさっぱり進まない。

仲間の記者二人が戻ってくると、石森は新総督の談話をとるため総督官邸に車を走らせた。官邸のある倭城台《わじょうだい》の周囲は無警備だった。

「こんなとき襲撃されたら、ひとたまりもない」

石森は背筋が寒くなった。官邸に入り込むと、驚いたことにドアはすべて開けっ放しになっていた。まるで革命かクーデター発生の噂でも入って、職員があわてて逃げだしたような感じだった。

「爆弾一個で統制や連絡がこれほどもろくも崩れるとは」

官邸左側の応接室を通り抜けて、右突きあたりの部屋に入った。その部屋には、たった今着いたばかりの斎藤総督夫妻と水野政務総監夫妻の四人しかいなかった。ほかの随員は連絡や情報収集のためあわただしく動きまわっているのだろうが、それにしても四人だけおいてきぼりにされたという印象は拭いきれない。

石森は斎藤に見舞いを述べた。

「お怪我はありませんでしたか？」

斎藤は泰然自若《たいぜんじじやく》としていた。とても駅頭で爆弾の洗礼を受けたあととは思われない。

「いや、別に……」

そう言いながら帯剣の帯革を腰からはずすと、目の前にもってきた。何かを発見したようだった。かすかに笑みをもらすと、左の椅子に座っていた春子に示した。

「まぁ」

春子は目をまるくした。帯革には手榴弾の弾片が食い込んでいた。弾片は馬車の椅子を破り、バンドでとまっていたのである。

「どうりで、腰が熱かったわけだ」

バンドをしていたあたりを調べてみると、赤い斑点があるのみで、傷はなかった。

「あぶないところだったな」

斎藤は吐息をついた。ちょっとでもずれていたら、致命傷を負ったことはまちがいない。遅れて随員や記者たちが駆けつけてきた。新聞記者の質問に対し、斎藤は温顔で答えた。

「自分は赴任の前、すでに一命は国家に捧げているのであるから、爆弾などは怖いとは思わぬ。また、爆弾事件があったからといって、統治方針を変えるなどということは断然せぬ」

これには記者たちも驚いた。常識的に考えれば、爆弾で迎えられた以上、目には目とばかり、厳しい弾圧で臨むことが予想されたからである。

記者団が引きあげると、斎藤は水野総監らの前でシャンペンを抜いた。

「雨ふって、地固まるさ」

そう言うなり、朗らかに笑った。

爆弾を投げた犯人は姜宇奎《きょううけい》といい、早くから独立思想を抱いていた長老派キリスト教信者で、六十六歳になる老人だった。

判決文によると、姜宇奎は明治四十三年の日韓併合に憤慨して朝鮮を去り、中国吉林省および東部シベリアなどを放浪した。大正六年には吉林省の朝鮮人集落において私立光東学校を設立し、子弟の教育に従事しながら青年らに独立思想を鼓吹《こすい》した。

この年、三・一独立運動が勃発すると、これに呼応して示威運動を起こし、五月末にはウラジオストクで、長谷川好道総督に代わって新総督が赴任することを聞きつけた。

「新総督の来任は、世界の大勢たる民族自決主義に反し、天意に背き人道を無視し東洋の平和を攪乱し、朝鮮二千万同胞を窮地に陥れんとする怨敵なるにより、自ら一命を賭して新任朝鮮総督を殺害し、朝鮮人の熱誠を表白し内外の同情を受け、以て朝鮮独立の承認を獲んと欲し……」

このように決意して暗殺計画を練ったというが、その思いは当時の朝鮮人の多くが抱いていた反日感情を代弁するものであった。

姜宇奎はロシア人から買い入れていた英国式手榴弾を股間に隠し持つと、ウラジオストクから元山《ウオンサン》に上陸して京城に潜入した。暗殺が成功したときには、その場において自作の詩を高唱するつもりだったが、失敗に終わったため、そのまま宿舎へ帰った。

その後、転々と宿を変えていたが、九月十七日に逮捕され、翌九年二月二十五日、京城地方法院において公判に付せられた。四月十六日に京城覆審法院において死刑が確定し、十一月二十九日、西大門刑務所において処刑された。

斎藤は在任中、誰にももらさず自分の命を狙った犯人の遺族に金を送り続けた。そのことがわかるのは斎藤の死後である。

斎藤に対する暗殺未遂事件が、これで終わったわけではない。その後も、総督府での爆弾事件、鴨緑江《おうりよつこう》における匪賊《ひぞく》襲撃事件、金化門前の暗殺未遂事件が発生する。南大門駅での爆弾の洗礼を含めると、総督在任中、実に四回も命を狙われたことになる。

なかでも、大正十三年五月十九日に起こった匪賊襲撃事件では、銃撃戦まで行なわれた。このとき、斎藤一行は国境巡視のため、鴨緑江を富山鎮から渭原に向かって航行していたが、午前九時五分、従流島にさしかかったところで、突然、上流にある断崖の上から銃撃を受けた。幸い匪賊らは先導の船を狙っていたことや、すぐさま警備の巡査が応戦したため、大事に至ることはなかった。

このときも、斎藤は泰然としていたという。これらの逸話は、幼いとき祖父が語ってきかせた武士道を連想させる。

爆弾事件の翌日、総督府および所属官署に対して新施政方針に関する訓示が発せられ、十日には施政方針の諭告が宣布された。

総督府の官制改正（八月二十日発布）に基づくもので、根本方針は文治主義・文化政治の実現にあった。改正の第一点は、従来陸海軍大将に限られていた総督の任用資格の制限を撤廃し、文官出身者でも総督に就けることになったことがあげられる。同時に総督の軍事権限も限定された。

第二点は警察制度の改革であった。従来は憲兵が警察の根本組織であり、警務総監部が独立して置かれていたが、新たに総督府に警務局を開設して警察の中央事務を管轄し、各道長官に地方の警察事務を行使させた。憲兵による恐怖政治を改めただけでなく、地方庁に警察権をもたせたという意味でも、この改正は画期的なものだった。

新施政方針を要約すれば、「形式的政治の打破、言論・集会・出版の自由（ただし秩序及び公安の維持に妨げなき限りとの条件つき）、教育・産業・交通・警察・衛生・社会救済その他各般の行政の刷新と国民生活の安定、地方自治制度の施行に関した調査・研究、朝鮮の文化と旧慣の尊重」となる。

これには、朝鮮の人々も面食らった。

爆弾で出迎えたにもかかわらず、新総督が温情主義で臨むと宣言したのだから無理もない。斎藤はさらに、朝鮮人官吏《かんり》の待遇を内地人官吏と平等にするよう努めたり、朝鮮に悪習として残っていた笞刑《むちけい》を廃止したり、朝鮮語の奨励なども行なってゆく。こんなことは、従来の武力による専制的な武断政治からは考えられないことであった。

新統治の大枠は、原首相によってつくられた。原は、「朝鮮統治の終局の目的は（法律や経済など）内地同様にすることである」との持論をもち、そのために待遇の平等や差別の撤廃を主張していた。

注目すべきことは、外国人宣教師に対する対応であった。原首相が斎藤を朝鮮総督に就けたのは、その語学力を買ったためではと思われるほど、原は斎藤に宣教師と積極的に対話・交流するよう求めている。斎藤もそれを受けて、赴任直後のあわただしいなか、宣教師と語り合う場を設けている。九月二十七日には、いちどに百人以上もの宣教師を茶話会に招いている。

原と斎藤が、宣教師との関係を重視したのには理由がある。朝鮮におけるキリスト教の布教は、豊臣秀吉が明を征服しようとして朝鮮に出兵した文禄・慶長の役（朝鮮では壬辰・丁西の乱）までさかのぼるといわれる。このとき、秀吉軍の中にキリシタン武将がいたことから日本耶蘇《やそ》会の宣教師が朝鮮に渡り布教に従事したというのである。

その後は、日本と同様に長い弾圧の歴史を経るが、十九世紀後半になって欧米各国と通商条約を締結するにともなって、さまざまな宗派の宣教師がやってくるようになった。

彼らは教会だけでなく学校や病院を建てたり、救済事業や慈善事業を行なうなど庶民の生活と深くかかわったことから、キリスト教はまたたくまに全土に浸透していった。いつしか外国人宣教師は朝鮮人のリーダー的存在となり、外国向けのスポークスマンのような役割を担っていた。

宣教師にすれば、日本は悪役にしか映らなかった。虐《しいた》げられている朝鮮人の姿に接した彼らは、一貫して武断政治に批判的な態度をとっていたのである。この年三月に発生した三・一独立運動が全土に広がったときも、朝鮮人を庇護《ひご》し運動を応援する一方で、日本の残虐・非道ぶりを世界へ訴えた。

原は若いときにカトリックの洗礼を受け、ダビデの洗礼名をもらっていた。西洋哲学やキリスト教に造詣《ぞうけい》が深く、宗教に関した確固とした考えがあった。斎藤は原の思いを代弁するように、積極的に宣教師と語らい、それまでの総督のイメージを一新させた。

総督府を見る目が変わり、斎藤を敬愛する外国人は日増しに増えていった。米国宣教師のハーバート・ウェルチは、大正十年二月、信者が集まった大会の席上で「宣教師の態度」と題した談話を行なっている。

「（斎藤総督のもとでは）警察行政の中に文人的統治のみならず、文人的理想も採り入れようとしており、近ごろ残忍な行為の報道に接することもなくなった。かつ、官吏らの間に軍国主義的精神を鼓吹《こすい》することが少なくなったが、このことは制服と刀剣が影を潜めたことからも知ることができる。

政府使用の日・鮮人の俸給はさまざまな階級で同等となり、より多く朝鮮人を採用する道も開かれた。出版の自由、言論の自由、集会の自由に対する進歩も着々進んでいる。

最大の希望は、総督斎藤男（男爵）その人の寛大なる、民衆的なる、誠意なる人格にあるといえるだろう」

少々褒《ほ》めすぎとはいえ、外国人宣教師が斎藤にどれだけ期待を寄せていたか、その一端が伝わってくる。

「当時は排日思想が強く、総督政治に反抗する者が多かったが、その種の排日家でもひとたび総督に面会すると、いかにも春風駘蕩《しゅんぷうたいとう》なので心から信頼する風があったようである。斎藤さんは排日思想を抱いた者に接しても何ら反感をもたず、そういう人にも面会され、煙草をのむ人には煙草をやり、帰る時には玄関まで見送るというふうだった。

在鮮の内地人には、総督はもっと威厳を示さなければいかん、朝鮮人に煙草を出してマッチをすってやるとか、玄関まで送るなどというふうでは朝鮮は治まらぬという者も少なくなかった。しかし、斎藤さんは意に介せず、従来と変わらぬ態度をつづけられた。ここが斎藤さんの徳望あるゆえんで、斎藤総督政治を徳政政治と呼んだのはこのためである」

水野政務総監の回想である。

斎藤は就任した翌年四月から、春子をともなって地方行脚《あんぎゃ》にでた。田植えにも参加した。

「総督自ら、裸足《はだし》になるとは」

裾や袖をまくって田に入った斎藤の姿を見た人たちは、思わず目を疑った。

着任してからまる三年経た秋、仁川で船釣りしていた斎藤は、学務局長の柴田善三郎に独り言のように語った。

「自分は海軍次官と海軍大臣を八年ずつ勤めてしまった。軍人の本領として船には乗りたい。たびたび替えてもらおうとしたが、やむをえずこういうことになった。今にして思うが、一つ所に八年もいるのはよくないことだ。凡夫の悲しさ、総督はあんなに長くやらんよ。まあ五年が頃合だね」

五年で総督をやめる。そのように決意していたが、斎藤に代わる人物はいなかった。

第四章　ジュネーブ会議

朝鮮総督に就いてから、八年が経過していた。斎藤實は数えで七十歳になっていた。古希である。その容貌はいよいよ慈悲深く、その立ち居振る舞いは沈勇《ちんゆう》という形容にふさわしいものだった。

昭和二年（一九二七）四月一日午前九時十分、斎藤を乗せた汽車が東京駅に入ってきた。プラットホームに降り立つと、新聞記者たちが取り囲み、矢継ぎ早に質問を浴びせた。

「総督、いよいよ軍縮会議の全権をお引き受けになるのですね」

斎藤は吐息をつくように言った。

「新聞でいろいろと見ているけれども、私にはまだ、正式には何の話もないのだから、受けるとか受けないとかということについては考えていない。いずれ、今日中にも総理に会うつもりだ」

そんな具合に新聞記者をかわすと、ゆっくりと歩きつづけた。

「わしのような年寄りをひっぱりだすほど、日本には逸材がいないのか。せめて、原が生きていてくれたらな」

東京駅は原暗殺の現場でもあった。煉瓦造りの構内を歩く斎藤の心中には、そのような思いがあった。

「あれは……」

大正十年十一月四日のことだった。斎藤が半年ぶりに東京の土を踏んだその日、原首相は中岡艮一《こんいち》という少年に刺殺されたのである。あまりに非情な運命の巡りあわせであった。

午後四時過ぎ、斎藤は若槻礼次郎《わかつきれいじろう》首相を官邸に訪ねた。若槻首相は正式に、ジュネーブ軍縮会議に全権として赴くよう要請した。

「しばらくの猶予をいただきたい」

そう言って辞去すると、海軍大臣の財部彪《たからべたけし》と打ち合わせを行なった。

「それにしても、日本は変わった」

それが朝鮮に長くいた斎藤の実感であった。原首相が暗殺された翌十一年、原の後を追うように一月に大隈重信、二月には山県有朋と、明治の政治史を彩った大物が相次いで亡くなった。

内閣もめまぐるしく変わった。原内閣の後、わずか六年ばかりの間に、高橋是清《これきよ》、加藤友三郎、山本権兵衛（第二次）、清浦奎吾、加藤高明（第一次・第二次）と六つもの内閣が生まれては消えた。現在の若槻内閣も、この年三月に起こった銀行倒産による金融恐慌によって苦境に立たされ、いつ崩壊してもおかしくはない。

この間、大正十二年九月一日には、斎藤にとっても悪夢の一語に尽きる関東大震災が発生していた。大震災は、盟友だった加藤友三郎首相が死去し、内閣が総辞職した数日後に発生した。このときの内相は、朝鮮で政務総監を務めたことのある水野錬太郎だった。

水野は朝鮮人暴動の流言《りゅうげん》が伝わると、枢密顧問官の伊東巳代治《みよじ》の了解を得、二日、政府の責任で戒厳令を公布した。その日の夕刻、赤坂離宮の庭で山本権兵衛内閣の親任式が行なわれ、新内相に後藤新平が就いた。

朝鮮人暴動の噂は民衆の異常心理を誘い、各地で軍隊や警察、自警団による朝鮮人や中国人、労働運動家に対する虐殺がくりひろげられた。

斎藤が焦土と化した東京に入ったのは、朝鮮人虐殺がようやく終息した七日のことだった。戦場のような焼け跡に立った斎藤は、一瞬のうちに瓦解した帝都の無残な光景を見まわしながら、これまで築いてきた日本そのものが滅びたような錯覚に陥った。

政治状況も大きく変わった。

原亡きあと高橋是清率いる政友会は十三年一月、清浦内閣を支持する政友会本党とに大分裂し、原が率いていた最盛時の面影はない。これに対し、政友会と対立してきた憲政会は、初代総裁の加藤高明が十五年一月に病死したものの、副総裁の若槻が総裁に就き、加藤のあとを継いで組閣にこぎつけていた。

「加藤友三郎も早く逝《い》きすぎた」

無念の思いがよみがえってきた。

軍縮会議は、原内閣までさかのぼる。

世界大戦の戦禍に懲りた列国は、戦後恐慌を背景に国際的な軍縮論を唱えていた。大正十年七月、これを受けたアメリカ大統領ハーディングは、軍備制限と太平洋・極東問題を討議するワシントン会議の開催を提議し、日本もこれに参加することを決めた。

原首相は、軍縮会議の全権として加藤友三郎海相を抜擢した。加藤は「斎藤實の方が適任」と主張したが、斎藤は朝鮮問題に忙殺され、海軍行政の第一線から離れていた。

加藤海相が日本を出発したあと、文官の原は初めて海相の事務管理を代行した。一時的にせよ、原は初めてシビリアン・コントロールを実現させたのである。海軍ではこの処置に同意していたが、陸軍や右翼は強く反発した。皇太子洋行問題、宮中某《ぼう》重大事件（皇太子婚約問題）など、原を敵視していた右翼らの怒りは、ワシントン会議でピークに達していた。

ワシントン会議は、原が暗殺されたあとの十一月十二日から開催され、翌年二月まで行なわれた。その結果、ワシントン海軍条約が締結され、英・米・日・仏・伊五ヵ国の主力艦保有量の比率が制限され、日本は英米の五に対して三と定められた。ワシントン会議では、このほかに太平洋方面の領地に関する四ヵ国条約が成立したことから、日英同盟が廃棄された。

ただし巡洋艦以下の補助艦については協定が成立しなかったため、各国間では主力艦に代わって補助艦建造の競争が激化していた。このような背景があって、昭和二年二月、米国大統領クーリッジによって、補助艦建造の制限を協議する第二次軍縮会議（ジュネーブ会議）が提案されたのである。

ワシントン条約の調印から、まる五年が経っていた。斎藤はジュネーブ会議の全権として赴いてほしいと声がかかったとき、即座に拒絶した。

「朝鮮総督である自分が、軍縮会議に出席するのは筋違いであろう」

だが、財部海相から再三の勧誘電報を受け、海軍省艦政本部長の山梨勝之進《やまなしかつのしん》中将まで京城まで特派されるに及んで、ついに重い腰をあげ、上京してきたのだった。

「たしかに今は、原も加藤もいない」

これまでの経緯を振り返る斎藤は、軍縮会議に世界の秩序と恒久平和の夢を託した二人の遺志を受け継ぐ必要性を感じていた。

「やはり、引き受けるしかないか」

斎藤は思案したあげく、四月二日午後一時過ぎ、官邸にいる若槻首相を訪問した。

「ほかに適任者がいないということであれば、お引き受けするしかありますまい」

受諾の回答を得た若槻首相は、安堵《あんど》の表情を浮かべた。会見後、記者団の質問に応じた。

「列国が約束して海軍の制限をできるならば、国民負担の軽減からも、戦争誘発の機会を少なくするうえからも結構なことである。全権としての代表者には人を得ることが必要である。政府は非常な注意を払ったが、期せずして一同の眼をつけたのが斎藤子爵であった。斎藤子爵の奮起を希望するため、上京を求めて承諾を希望したところ、本日快諾の旨を答えられ、私は国家のためまことに感謝しているところである」

斎藤もまた、私邸において、

「ただ今、首相に会見して受諾の回答をしてきたところだ。会議の議題については大体は聞いたが、具体的な成案については海軍・外務両関係当局において研究中であるというから、いずれ出発までに調査する考えだ。

今回三国だけで海軍制限会議を開いて、果たして予期した通りの効果をあげることができるかどうか疑わざるを得ない。ことに仏・伊両国が参加を見合わせたことは遺憾《いかん》このうえもない。しかし、三国だけでも互いに誠意を披瀝《ひれき》した意見を交換し、その結果について真面目に実行するということであれば、世界平和のため喜ばしいことと思う」

そのように語った。

若槻首相と斎藤とでは、ジュネーブ会議に対する見解が異なっていた。

斎藤が危惧《きぐ》したように、ジュネーブ会議ではワシントン会議に参加した英・米・日・仏・伊のうち、仏・伊両国は傍聴者として非公式委員を出席させることにとどめたため、五国会議から三国会議へと尻すぼみしていた。斎藤は早くから会議の成功を危ぶんでいたのである。

個人的には長旅による健康の不安もあった。斎藤は春子に告げた。

「一緒に、ジュネーブに行ってもらえるか」

春子は、朝鮮に赴いたときのように迷わずうなずいた。

ジュネーブ行きが決定した斎藤は、いったん水沢に帰郷すると、十五日には正式に全権委員の大命を拝した。同時に宇垣一成《うがきかずしげ》陸相が朝鮮総督の臨時代理に就いた。

斎藤にとって不運だったのは、国内が金融恐慌《きょうこう》という荒波に呑まれたことだった。

この年三月十四日、第五十二議会の衆議院予算総会で、片岡直温《かたおかなおはる》蔵相が東京渡辺銀行の破綻について失言したことから、翌日には同銀行が休業に追い込まれた。四月に入ると、台湾の砂糖などを扱っていた鈴木商店が閉店し、同商店と密接な関係にあった台湾銀行も破産の危機を迎えた。若槻内閣は台湾銀行を救済することを決め、緊急勅令を公布するため枢密院の諮詢《しじゅん》を仰いだ。ところが、枢密院が否決したことから、打つ手のなくなった若槻首相は夕方に辞表を奉呈した。

斎藤は出鼻をくじかれてしまった。

「全権に決まった直後に、肝心の若槻内閣が潰れるとは。弱ったな。これでは先が思いやられる」

皮肉にもその夜、首相官邸で斎藤全権一行に対する送別晩餐会が盛大に催された。それは、若槻内閣最後の晩餐でもあった。十九日には、政友会総裁の田中義一に組閣の大命が降り、翌二十日、政友会内閣が成立した。

田中首相はこの時点でこそ政党人であったが、もともと長州・陸軍の出身であり、陸軍大将までのぼりつめた人物である。従来、海軍との共同歩調をとってきた政友会は、ここにきて陸軍寄りの一大方向転換を行なう。田中内閣は治安維持法の改定、選挙干渉、対中国外交での強硬路線などをとり、三年六月には張作霖《ちょうさくりん》爆殺事件に遭遇するのである。

ジュネーブ会議は、条約推進派の若槻から陸軍寄りの田中に政権が移った段階で、破綻《はたん》していたといっても過言ではない。

斎藤全権一行が東京駅を出発したのは、モラトリアム（支払猶予令）が公布された当日であり、国内がパニック状態になっていたときだった。斎藤は四月二十三日正午、京都にいる西園寺公望を訪れ、軍縮会議における方針について意見を交換した。

二十五日午前十一時半、一行は神戸港に停泊していた汽船「阿波丸《あわまる》」に乗り込んだ。東京駅を出発する際には、東郷平八郎元帥をはじめ海軍、政府、朝鮮総督府の関係者など五百人以上の見送りを受けたが、神戸港はさらにそれを上まわる人々で埋めつくされた。

「阿波丸」は正午に神戸を出港し、別れを惜しむ色とりどりのテープが海面を染めた。翌二十六日朝、門司に寄港、二十七日正午には門司を解纜《かいらん》、いよいよ日本を離れた。

春子は五十四歳になっていた。もしも斎藤と結婚していなかったら、実現することのなかった洋行であった。春子もまた、今回の旅が最初で最後の欧州への旅であるだけでなく、これまでの人生を総決算する意味あいがあることを知っていた。

夫妻はこの年、結婚満三十五年という節目を迎えていた。春子は船上では和服で通した。

幸い、「阿波丸」は平穏な航海をつづけ、五月五日にはサイゴン（ホーチミン）に係留した。全権一行はその日の夕方、仏領インドシナ総督の晩餐に招かれている。

「阿波丸」は荷物を積み込むため、数日間留まることになった。夫妻ら十人ほどは六日の夜汽車で安南（ベトナム）の東海岸にあるニャトランまで足をのばし、九日早朝にサイゴンに戻ってきた。

春子の目には、見るものすべてが珍しく新鮮に映った。南国の風物に奇異のまなざしを向ける春子にとって、若いころ艦上生活に明け暮れていた青年時代の夫が手紙にしたためた過去の情景をたどる旅でもあった。

「阿波丸」はシンガポール、コロンボを経て、インド洋に入っていった。インド洋を航海していた二十三、二十四日の二日間、斎藤は体調を崩して寝込み、随員をあわてさせたが、すぐに健康を回復した。

順調に航海を続ける「阿波丸」は紅海に入り、六月二日朝、スエズに投錨した。スエズからは自動車でカイロ市内を見学し、ギザまで足をのばした。

「あれが、ピラミッドだ」

「本当に、でかいわね」

めったに下品な言葉づかいをしない春子も、灼熱の砂漠に広がる金字塔《きんじとう》（ピラミッドの意味）に感激して、声がふるえた。夫妻はラクダの背に揺られ、熱風に吹かれながら、しばし幻想的な気分にひたった。

ポートサイドから乗船した一行は、地中海を航海し、八日朝にはイタリアのジェノバにたどり着いた。さらに同日夜の列車でジェノバを発ち、翌九日午後、パリのリヨン駅に着いた。門司を出発してから四十四日が経っていた。

駅には、斎藤とともに全権委員として会議に出席する石井菊次郎駐仏大使、先着していた外務省、陸海軍武官、会議関係者ら三十人ほどが出迎えてくれた。和服で降り立った春子の着物と羽織姿は、早くもフランス人たちの注目を集めた。

一行はただちにホテル・マジェスティックに投宿し、長旅の疲れをいやした。

斎藤は、一週間のパリ滞在中に軍縮会議での交渉内容を煮詰めた。一行は十六日夜、列車でパリを発ち、翌十七日午前八時過ぎ、国際連盟の本部があるスイス・ジュネーブに着いた。その足で、グランド・ホテル・ボー・リバージュに入り、旅装を解いた。

ジュネーブ入りした斎藤は、午後には石井大使とともに米国全権のギブソン（ベルギー大使）とジョーンズ海軍少将を訪問した。十八日には、英国全権のブリッジマン海軍大臣を訪ね、その後でオースチン・チェンバレン英国外相を表敬訪問した。

チェンバレン外相は、自由統一党を組織したジョセフ・チェンバレンの長男で、一九二五年、中部ヨーロッパにおける安全保障条約を定めたロカルノ条約の貢献者として知られていた。国際連盟の推進者であり、ノーベル賞を受賞する。

その夜、チェンバレン外相夫妻の主催による晩餐会が開かれた。斎藤夫妻はさっそく、得意の語学力をいかし、各国の全権らと交流に努めた。

「せめて、チェンバレン外相が、軍縮会議の全権として参加してくれたなら」

斎藤はそのように悔やんだ。

ジュネーブ会議は、英米という二大大国が参加していながら、斎藤が客観的に見ても、その顔ぶれは見劣りするものだった。イギリス代表はブリッジマン海相、セシル卿、フィールド海軍中将、ゼリコー海軍元帥であり、アメリカ代表はベルギー大使のギブソン、ジョーンズ海軍少将であった。

歴史的な軍縮会議となったワシントン会議では、アメリカ全権のヒューズ国務長官、イギリス全権のバルフォーア枢相という大物が出席して強力なリーダーシップを執っていた。それに比べると、ジュネーブ軍縮会議では参加国が五国から三国と縮小していただけでなく、代表者も提督に片寄っていた。むしろ日本の方が斎藤に加え、国際連盟理事長でもある石井菊次郎駐仏大使をたてるなど、充実した陣容を誇っていた。

ジュネーブ会議は六月二十日午後三時、国際連盟本部の通称ガラスの間と呼ばれる大広間で開催された。馬蹄形のテーブルの中央には、会議の開催を呼びかけたアメリカ代表団が席を占め、右側に日本代表団、左側にイギリス代表団が陣どった。

初めに、イギリスのブリッジマン全権からアメリカのギブソン全権を議長に推したいとの動議が出された。斎藤全権がこれに賛成したことから、ただちに議事に入った。

議事規則が決定すると、第一回総会が開かれ、アメリカ、イギリス、日本の順で補助艦制限に関する提案が行なわれた。

アメリカ全権のギブソンは、ジュネーブ会議をワシントン会議の継続とみなし、ワシントン条約による比率（五・五・三）を補助艦の制限にも適用させるべきとして、巡洋艦、駆逐艦、潜水艦それぞれの最大保有トン数を示した。これに対し、イギリス全権のブリッジマンは、巡洋艦を一万トン級のA級とそれ以下のB級の二種類に分け、前者のみ五・五・三の比率を保つことを骨子とする内容を提示した。

つづいて斎藤が演説を行なった。

「世界の平和と人類の福利とを増進することを目的とする手段及び努力に対しては、その形式のいかんを問わず、これに満腔《まんこう》の支持を与うるは日本政府の伝統的政策である……」

日本の立場を表明したうえで、補助艦用途の複雑性を考慮し、現に保有しまたは保有しつつある兵力を基礎に、新たに海軍勢力の拡張を目的とした建造を停止して、建艦競争を防止すべきと訴えた。

軍縮提案の中身は、まさに三者三様であった。三国の提案を検討するため、全権委員による幹部会と海軍専門委員会が設置された。交渉では、駆逐艦、潜水艦については歩み寄りがみられたが、巡洋艦については英米両国の主張が食い違い、真っ向から対立した。

いわゆる、イギリスの小艦多数主義とアメリカの大艦少数主義である。日本は、英米両国の板挟みになった。日本側は現有勢力を基礎とする軍拡抑制主義を根本にしている。もっとも陸軍と関係が深い田中内閣からは、強硬論をとるよう執拗に圧力がかかっていた。

「これでは、軍縮会議ではなく軍拡会議になってしまう」

斎藤はそのように危惧した。

会議の合間をぬって、国連総長ドラモンド夫妻の主催による晩餐会が催され、斎藤は春子同伴で出席した。春子は夫人たちからも慕われ、一足早くイギリスに帰るブリッジマン夫人がわざわざ春子を訪れて別れを惜しむほどだった。

六月二十五日、杉村陽太郎《ようたろう》の招待による午餐会が同邸で開かれ、夫妻は日本食をご馳走になった。陽太郎は明治十七年九月、盛岡出身の外交官、濬《ふかし》の長男として東京に生まれた。駐仏大使館勤務を経て、前年から新渡戸稲造《にとべいなぞう》に代わって国際連盟事務局次長を務めていた。

新渡戸は大正九年から六年間、同事務局次長として国際協調に貢献し、前年十二月七日、六十四歳で辞任し、知的協力国際委員会会員に任じられていた。陽太郎はドラモンド総長の希望で新渡戸の後任に就いたもので、二代つづけて岩手県人が国際連盟の要職に抜擢されたことになる。

七月五日、アメリカ側は最初の提案に代えて、一万トン級二十五隻まで建造できること、小型巡洋艦の備砲について制限を加えないことを条件に巡洋艦保有トン数四十万トンを最大限度として討議するよう求めた。

「これでは軍縮に逆行してしまう」

当惑した斎藤は翌日午後五時、英米全権を茶席に招待した。その席で斎藤は、

「日本側としては、水上補助艦の保有トン数は、アメリカが提議した最小数字である四十五万トンを討議の基礎として採用するよう望むものである。その場合、日本側は英米の四十五万トンに対し、三十万トンを保有させていただきたい」

と述べた。穏やかな言いまわしだったが、その口調には軍縮会議の本質を忘れてほしくは

ない、との批判が込められていた。

この提案は八日の幹部会で公式に発表された。アメリカ側は日本の提案を討議の基礎とすることに同意したが、イギリス側は総トン数が少なすぎるという理由で応じようとはしなかった。

会議は暗礁に乗りあげた。幹部会だけでは埒《らち》があかず、さらに秘密会が設けられて交渉が進められた。

十一日、この日は全権会議が開かれる予定になっていたが、英米の妥協点がみられなかったことから、イギリス側から延期を申し込んできた。たまたま、アイルランドの代表だったヒギンズが帰国途中に暗殺されたとの報が入ってきた。アメリカ側はこれを理由に延期しようと提案し、表向きは暗殺事件により延期と発表された。

このような奇策をとらなければならないほど、会議は英米の不協和音によって決裂寸前にあったのである。いつしか、ジュネーブ会議のイニシアティブは斎藤全権がとりつつあった。斎藤の意向により、日本側は深夜まで妥協案の作成に取り組んだ。

第二回総会は十四日に開かれた。

英国全権は、自国の提案が拡張案であるとの批判に対する弁明を行ない、総トン数より隻数を重視しなければならない理由をあげたうえで、巡洋艦級七十隻は過大な要求ではないと論じた。もう一人の全権である石井駐仏大使は改めて四十五万トンを基礎とするよう訴え、米国全権は日本案の趣旨に賛意を示しながら、総トン数制限の立場を重ねて強調した。

皮肉にも第二回総会は、英米の主張が平行線をたどり、軍縮交渉が行き詰まっていることを白日のもとにさらす結果となった。

水面下での協議が再開された。第二回総会では、アメリカ側から「日本との協定成立は容易であり、もし日英間において受諾できる条件を見いだした場合には、米国もまたこれを受諾して三国の完全な協定が成立できるものと確信する」と発言していた。このため三国間の交渉はいったん棚上げし、日英間で打開策を練ることになった。

交渉は意外にすんなりと進み、二日後には妥協案が成立した。

「やっと、望みがでてきた。あとはこれにアメリカ側が賛成してくれるだけだ」

斎藤は起死回生の段取りがととのったと思った。十八日午前十一時、杉村公使の邸宅において、三国全権の秘密会が開かれた。このころから、杉村邸は秘密会の会場として利用されていた。

アメリカ側は、日英間の妥協案を尊重するとの発言とは裏腹に、「二割五分の艦齢超過艦保有は一種のカモフラージュ」として取り合わず、八インチ砲搭載艦の制限に強い不満を示し、自由保有を主張した。これに対しイギリス側は備砲の制限にこだわり、一歩も引かなかった。

「これでも駄目か……」

斎藤は宙を睨んだ。

翌十九日、英国全権が突如、本国政府の召電によって帰国することになり、会議は中断した。ジュネーブには、日本とアメリカの全権団が取り残されたかたちとなった。

「野球でもしますか」

そんな話がどちらからともなく飛びだし、二十日には両国代表団による試合が行なわれた。

「始球式は、会議のまとめ役となっている斎藤全権にお願いしたい」

アメリカ側から依頼された。

「よろしいでしょう」

斎藤は数えで七十歳である。常識的には始球式など無理ではあったが、随員の不安をよそに腕まくりすると、白球を投じた。

連日の心労のせいか、翌日には激しい腹痛に襲われた。が、二十二日朝には、うそのように痛みが消えた。夫の腹痛が治ったことから、二十三日、春子はかねてから予定していたパリとロンドンを回る旅に出た。二日後、斎藤は忙しい合間を縫って、ドイツ人の画家、プラハテ婦人から肖像画を描いてもらっている。

英国全権がジュネーブに戻ってきたのは、二十八日のことだった。さっそく午後三時半より、杉村邸で三国全権による秘密会議が開かれた。イギリス側は本国政府と協議した結果として、次のような新提案を行なった。

「アメリカに対しては、八インチ一万トン巡洋艦十二隻のほか、別に八千トン内外の八インチ砲搭載巡洋艦二隻の建造を認める。また、総トン数については、新たに水上・水中一括主義とし、英米の総トン数を五十九万トンに増加し、その二割五分の艦齢超過艦保有を許すも最後通牒《つうちょう》でも言い渡したような緊迫した雰囲気だった。イギリス側にとっては、これが最大限に譲歩できる最終案であった。斎藤も粛然となった。

(すべては、アメリカ次第だ。これで、決裂か合意かが決まる)

沈黙があった。米国全権は険しい表情で口を開いた。

「一万トン巡洋艦の隻数は、第二次的問題に過ぎない。アメリカにとっては、八インチ砲搭載の自由が最重要問題である」

従来の主張に固執し、八インチ砲搭載の問題を蒸し返す。イギリス側は憤慨した。

「八インチ砲を制限しない条約は、攻撃的武器を無制限に認めるものであって、軍備制限の目的に合致するものではない」

両国全権の応酬を聞いていた斎藤は、重苦しい気分になっていった。

午後五時半、英米の溝が埋まらないまま、散会となった。両国代表団は最後の調停役として、斎藤に期待をかけた。スイス祭にあたる八月一日に予定されていた第三回総会は延期となり、代わって深夜まで日米代表者による協議がつづけられた。

翌二日、斎藤は、前夜アメリカ側に示した調停案をイギリス側にも提示した。骨子は、

「日英は既定計画以外の水上補助艦は一九三一年まで新造せず、米国は英国以上に同補助艦勢力を増加しない」というものだった。

この日、春子がロンドンから戻り、夕刻には外遊中の李王《りおう》・同妃もジュネーブ入りした。

「この機会を逃す手はない」

斎藤はある英断を下した。

その夜、両殿下（李垠《イウン》・方子《まさこ》）を主賓とする晩餐会がホテルで催された。晩餐会には、各国代表団の主だった者五十四人が招待された。

ジュネーブ会議の最中、李王家（日韓併合後、王公族として日本の皇族に準じる待遇）を主賓にした晩餐会が開かれるなど思いもかけないことだった。朝鮮総督の斎藤ならではの演出である。晩餐会は英米全権の感情をやわらげ、友好ムードの回復に一役買った。

八月三日には、全権団によるゴルフ・トーナメントの表彰式が行なわれ、斎藤は自分の用意したカップと賞金をイギリス随員の一人に授与した。この表彰式にも、斎藤は李王と同妃を臨席させている。

両殿下は午後九時四十分、パリに向けて出発した。駅で見送った斎藤は、その足でアメリカ公使のウィルソン邸に向かった。

「これが最後の秘密会議となるが、やるだけのことはやったつもりだ。たとえ決裂したとしても、やむをえん」

斎藤は自分自身に言い聞かせた。

秘密会議は午後十時から一時間半行なわれた。日本の調停案に対し、イギリス側は前向きの姿勢をみせたが、アメリカ側は妥協点を見いだせないとして、本国政府からの訓令にもとづき、会議の休止を申し出た。

イギリス側と日本側もこれを了承した。

各国全権が散会したのち、専門委員による宣言書の起草が徹夜で進められた。

四日午後三時、第三回総会が開かれ、会議休止を正式に決定するとともに、軍縮案が成立しなかった経緯を説明する「三国共同宣言」が発表された。

結果的に、ジュネーブ会議は各国の相違点を浮き彫りにし、昭和五年のロンドン軍縮会議への道をひらく。ロンドン軍縮会議では、ジュネーブ会議の反省から、イギリスはマクドナルド首相、アメリカはスティムソン国務長官、日本は若槻礼次郎という文官を主席全権に就け、紆余曲折《うよきょくせつ》はあったものの、最終的には条約の締結にこぎつけるのである。

五日、斎藤は英国全権のブリッジマンらを駅で見送った。ブリッジマンは前日、わざわざ斎藤を訪れ、イギリス側に示した誠意に謝意を表していた。

斎藤夫妻は会議終了後、スイス国内を振り出しに、パリやロンドン、ブリュッセル、ミラノ、ベネチア、フィレンツェなどを二週間にわたって巡遊する予定になっていた。

出発を前に、斎藤は日本代表団五十三人を晩餐に招き、これまでの労をねぎらった。

翌六日午前十時五十五分、斎藤夫妻は、杉村夫妻ら五十人ほどの見送りを受けながら、ベルンに向けて出発した。

「本当にこれでよかったのかな」

ジュネーブを離れる斎藤は、何か大きな忘れ物をしたような気がしてならなかった。

斎藤に随行した水野恭介海軍大佐は、

「東京駅出発の際、見送りの混雑はすさまじいもので、私は夫妻の歩かれる道をつくるのに相当の腕力を使わなければならないほどであった。斎藤さんに対する人気は、のちに首相になられてからよりも、この時あたりが絶頂ではなかったかと思う。

ジュネーブ到着後、斎藤さんを狙う朝鮮人が二人、同地の警察に捕らえられたというニュースが耳に入った。これはのちに虚報と知れたが、夕方など斎藤さんが一人で散歩にでも出られると、私はすぐに尾行することにした。斎藤さんはいつも護衛を極端に嫌われ、（護衛しているとわかれば）そんな必要はないと言われるに決まっていたからである。

私個人として忘れることのできない印象は、斎藤さんが英国の古い将軍たちを訪問されたとき受けたものであった。これより先、斎藤さんの旧友たるペケナム大将は、わざわざジュネーブに来訪し、懐旧談《かいきゅうだん》に花を咲かせたが、ロンドンでは八十歳の誕生を祝ってなお元気なムーア大将が自分の乗った軍艦の画を並べ立てて得意げに話したり、中気で腰の立たないミユークス大将が車のついた椅子に座したまま、物の言えない唇を震わせながら、ただあふれでる涙で斎藤さんに会えた喜びを表わしたりした。

斎藤さんの目にも涙があった。よくこういう古い人間たちのことを覚えていて、訪ねていかれるものだと感嘆せざるを得なかった。そして、誰もが斎藤さんに対して深い敬意と愛情をもっていることも明らかであった」

と回想している。

老境に入った斎藤にとって、今回の旅は過去と現在との対話でもあった。

イギリスを去った夫妻は、ブリュッセルを経てイタリアに入り、美術館めぐりやポンペイの遺跡見学などを行ない、ベスビオ登山にも挑戦した。八月二十二日、斎藤夫妻や随員を乗せた「箱根丸」はナポリを出港、帰国の途に就いた。

第五章　五・一五事件

東京駅前は数万人もの群衆でごったがえし、プラットホームにはこぼれんばかりの人の波が押し寄せていた。

昭和七年（一九三二）五月十四日午後九時二十分、神戸からの特急燕号がゆっくりと辷《すべ》りこんできた。人いきれと異様な興奮のなか、客車のドアが開かれ、背広姿、薄緑のワイシャツを身につけた小柄な西洋人がホームに降り立った。

「チャップリン、万歳！」

狂喜乱舞の歓声が渦巻いた。

チャップリンは二人の警官と三人の駅員に抱えられるようにして構内を進んだが、小柄なせいかその姿を垣間見ることはできない。チャップリンの前後を兄のシドニー、秘書の高野《こうの》虎市《とらいち》、ボーイが泳ぐようにして群衆の洪水のなかを突き進んだ。途中でシドニーがつまずいて転倒し、あやうく踏み潰されそうになった。

三十分近くもかかって、ようやく一行は自動車の中に入り込み、帝国ホテルに向かった。秘書の高野は神戸から落ち着きがなかったが、いよいよ皇居が近づくと、思い詰めた形相でチャップリンに言った。

「車から降りて、宮城《きゆうじよう》（皇居）を拝んでほしい」

チャップリンはわけがわからなかったが、「習慣」ときいて、とにかく車から出て一礼だけした。座席に戻ると、高野は安堵した表情になった。

翌十五日は日曜日で、文字通りの五月晴れだった。

午後五時半ごろ、海軍の三上卓、山岸宏の両中尉ら九人が自動車で首相官邸に乗りつけた。彼らは犬養毅《いぬかいつよし》首相に会見を申し込んだが、この日は日曜日だったこともあって、拒絶された。すると、かねてから申し合わせていたように、それぞれに拳銃を手にとり、官邸になだれこんだ。

警備にあたっていた警官が制止しようとしたが、逆に一人が射殺され、一人が重傷を負った。警官が日本間に駆けてきて、凶変を伝えた。

「早くお逃げください」

おもむろに立ち上がった犬養は、まだ事態の深刻さを飲みこめなかったのか、相手を説得してみせようという顔つきだった。

軍靴の音が迫ってきた。食堂に出た犬養は、そこで軍人らと鉢合わせになった。一人が犬養の胸に拳銃をつきつけた。

「話せばわかる」

犬養はそういって、軍人らを日本間へと誘った。靴を脱いだらどうだ、その必要はない、といった押し問答があったのち、三上が懐柔されるのを恐れるように怒鳴った。

「われわれが何のためにやってきたか、わかるだろう。何か言い残すことがあったら言え！」

犬養が身を乗りだそうとしたとき、山岸が叫んだ。

「問答無用、撃て！」

三上と予備少尉の黒岩勇が犬養に向けて発砲した。犬養はその場に崩れ落ちた。襲撃グループは悠然とその場を立ち去った。家人が血に染まった犬養に駆け寄り、介抱した。

「もういちど、あいつらを呼びもどせ。話せばわかる」

消え入りそうな言葉がむなしく響いた。

犬養は頭部に二発の弾丸を受けていた。一発は右こめかみに命中し、もう一発は左鼻口から右頬に貫通しており、きわめて危険な状態だった。

この前後、内大臣官邸や警視庁、日本銀行、三菱銀行、政友会本部も相次いで襲撃された。内大臣官邸では玄関前に手榴弾を投げつけられ、制止した巡査が拳銃で撃たれたが、生命に別状はなく、牧野伸顕内大臣も無事だった。首謀者は当初、近郊の変電所を襲い、東京を暗黒にしようという計画も立てていた。しかし、一部の変電所が破壊されただけで、帝都をパニックに陥れることはできなかった。

襲撃を終えた連中は、相前後して自動車で麹町の憲兵分隊に自首してでた。事件のあらましは、ただちにラジオや新聞の号外によって全国に伝えられた。

このとき斎藤は、春子とともに三浦半島にある葉山の別荘にいた。

ジュネーブ会議から、五年の歳月が流れていた。帰国した斎藤はいったんは朝鮮総督として京城に帰任したが、欧州旅行が老躯にこたえたのか体調がすぐれず、その年十二月十日に辞任した。後任には山梨半造《やまなしはんぞう》陸軍大将が就いた。

二年後の昭和四年八月、釜山取引所事件というスキャンダルで失脚した山梨に代わってふたたび朝鮮総督に担ぎだされた。だが、上京中に卒倒して絶対安静となるなど職務をこなせる状態ではなくなったため、六年六月に再度辞任。ジュネーブ会議開催中、斎藤に代わって臨時代理を務めたことのある宇垣一成陸軍大将に総督の椅子を譲っていた。

朝鮮総督は原内閣における官制改革によって、文官でも就けることになっていたが、斎藤の願いもむなしく、結局は陸軍大将が後を継ぎ、最後まで文官総督の実現を見ることはなかった。

朝鮮総督を退いたあと、花巻温泉での療養が功を奏したのか、ようやく健康を回復するまでになった。とはいえ、四年四月十三日に七十一歳で死去した後藤新平の遺志を継いで日露協会の会頭になったり、枢密顧問官、さらには中央教化団体連合会長を務めるなど多忙をきわめ、なかなか悠々自適の生活を送るまでにはいかなかった。この年三月には、海軍協会長に就任したばかりだった。

休日になると、斎藤は葉山にやってきては、好きな庭いじりや畑の草取りなどをして過ご

していた。たまに訪れた名士が、

「すまんが、そこにいる爺《じい》、斎藤閣下の住まいはどこかな」

と訊くと、腰をかがめていた古老その人が斎藤であった。

「これは、閣下、失礼いたしました」

あわてて帽子をとった紳士に、別に改まらなくてもいいよ、という具合に腰をのばして笑みをもらす。そんなこともあった。

その日ものんびりとくつろぎ、相撲の実況放送をラジオで聞いていたが、突然、犬養首相遭難を伝える臨時ニュースが流れた。

斎藤は立ちあがってダイヤルをつまむと、ボリュームをあげた。

「何ということだ。馬鹿どもめが！」

斎藤は、海軍の一部が事件に加担していたことを知って憤《いきどお》った。

「せめて、一命をとりとめてくれればよいが……」

この時点ではまだ、犬養首相は重体と発表されていた。だが、午後十一時過ぎには、治療のかいもなく逝去した。斎藤より三歳年上で、享年七十七。

高橋是清蔵相が臨時首相代理を命じられ、十六日午前二時、宮中で親任式が行なわれた。

深夜、葉山の別荘はものものしい雰囲気につつまれた。神奈川県の巡査が警護のために派遣されてきたのである。時計を見ると、午前一時であった。

「まったく、迷惑千万もいいとこだ」

護衛嫌いの斎藤は、逆に襲撃される寸前のような重苦しい気分になった。

夜が明けた。内閣は臨時閣議を開き、総辞職することを決めた。朝のうちに葉山を発った斎藤は、午後二時から首相官邸で開かれた犬養の告別式に参列した。

この日、後継総理を決める鍵を握っていた西園寺公望が、興津から上京してきた。神田駿河台の自邸に入った西園寺は、鈴木貫太郎侍従長の訪問を受け、後継内閣の首班を推薦するよう命じる聖旨を伝達された。

元老のお墨付きによって次期首班を決めるやり方は、明治以来慣習化していた日本独特のシステムであったが、今ではただ一人の元老となった西園寺がその使命を担っていた。

西園寺は陛下から、「人格の立派な者、ファッショ（ファシズム）に近いものは絶対に不可、憲法を擁護すること、外交は国際平和を基礎とし国際関係の円滑に務めること」といった条件を示された。

西園寺ははたと困った。天皇が希望するように、陸海軍に威厳をもちながら、国際感覚にも優れた人格者となると、すぐには見当たらなかったのだ。暗殺された原敬から高橋是清にバトンタッチしたときのように、今回もまた、政友会の新総裁である鈴木喜三郎に政権を託すのがもっとも自然なかたちであった。

西園寺もそのことは十分に承知していた。だが、大正デモクラシーのときならいざ知らず、政党政治は、独走を始めた軍部によって風前の灯《ともしび》となっている。日本そのものが、国際社会からつまはじきにされるかどうかの瀬戸際にあった。

「政党政治を守りたいのはやまやまだが、この難局を現在の政友会だけで乗りきれるとは、とうてい思われない。原クラスの人物が政党にいれば別だが、それは無理というもの」

悩んだ西園寺は、高橋是清や牧野伸顕内大臣らと意見を交換した。

政友会のなかには、森恪《もりつとむ》（犬養内閣で書記官長）のように、陸軍の信任が厚い平沼《ひらぬま》騏一郎《いちろう》（法相、枢密顧問官などを歴任、国家主義思想に傾倒していた）に同調する一派もあった。また、政党政治に終止符を打ちたいと考えていた陸軍の革新派は、荒木《あらき》貞夫《さだお》陸相を推すなどそれぞれの思惑が入り乱れていた。

斎藤は、後継者選びの渦中から逃れるように、早々と二十日には葉山に戻った。

「誰が首相になったところで、この時局を収拾するのは至難の業だ」

昭和初めの金融恐慌以来、日本は出口の見えない深刻な不況にあえいでいた。追い打ちをかけるように、ニューヨーク・ウォール街の株式取引所で株価大暴落（昭和四年十月）が勃発し、いやおうなしに世界大恐慌の波に呑まれていた。

農村は疲弊し、失業者は街にあふれた。労働運動が激化し、それに対する弾圧がつづいていた。浜口《はまぐち》雄幸《おさち》首相の暗殺未遂（昭和五年十一月）に象徴されるように、デモクラシーは衰退し、かわって軍部や右翼によるファシズムの台頭が際立ってきた。

軍部独走を決定づけたのは、前年九月十八日、柳条溝《りゆうじようこう》（湖）の満鉄線路爆破事件を口実に、関東軍が軍事行動に出た満州事変である。

若槻内閣は満州事変の不拡大の方針を決定するが、これに不満な急進派は昭和維新を唱えるクーデター未遂（十月事件）を起こし、内閣を退陣に追いやる。つづいて成立した犬養内閣もまた、「満州事変の円滑な処理や陸軍暴走の抑止」を重要政策として掲げたが、これをあざ笑うように、関東軍は錦州《きんしゅう》の攻撃に踏みきった。

昭和七年一月には、錦州占領、上海事変、二月にはハルビン占領、三月一日には満州国建国宣言（首都は長春に置き、新京と改める）と歯止めがきかなくなる。

国内でも、一月八日に朝鮮人・李奉昌《イボンチャン》による天皇暗殺未遂事件（桜田門事件）、二月九日に井上準之助前蔵相、三月五日に三井財閥の総帥・団琢磨《だんたくま》が相次いで暗殺される血盟団事件が起こるなど、騒然としていた。

このようななか二月に実施された総選挙では、軍部独走を批判する政友会が圧勝し、満州事変を調査する国際連盟のリットン調査団も来日していた。

五・一五事件は、満州事変をめぐる政党政治と軍部の軋轢《あつれき》を背景に、起こるべくして起こった惨劇であった。

「この非常時を乗りきるには、もはや、挙国一致内閣しかあるまいな」

斎藤はそのように考えた。

二十二日午前、西園寺は東郷元帥や牧野内大臣らを順に自邸に招き、最終的な協議をつづけていた。

「軍部を押さえるために軍人を推すのはやむをえないが、伝統的に政党政治に理解を示してきた海軍出身者に限る」

西園寺はそのように決めていた。当然の帰結として、山本権兵衛と斎藤に絞られた。

「山本だけは困る」

東郷は強い調子で反対した。山本は、第一次ではシーメンス事件、第二次では虎ノ門事件（大正十二年十二月、難波大助による皇太子暗殺未遂事件）で辞職している。この非常時に山本を立てたところで、長くは続かないと見ていた。

「斎藤は穏健な性格のうえ、国際派としても知られている。しかも首相を体験していない」

西園寺は、陛下から示された条件に照らし合わせても、ほかに該当する人物はいないと判断した。参内した西園寺は、午後二時に拝謁を許され、斎藤奏薦を奉答した。

そのころ葉山にいた斎藤は、柴田善三郎の来訪を受けていた。柴田は斎藤が朝鮮総督のとき学務局長を努めた人物である。

「世間では、あなたのところへ大命が降下するかもしれない、また、あなたのほかに、この場合適当者なしと考える方が相当多いようでありますけれど、もし降下しても、けっしてお引き受けすべきではありません」

柴田がそのように説得していたとき、電話が鳴った。春子が神妙な顔で現われた。

「宮中からです」

斎藤は柴田と顔を見合わせた。二人は一瞬のうちに、大命降下を悟った。参内するよう告げられた斎藤は、柴田に言った。

「君、自動車の中で、話を聞こう」

自動車の準備をしているうちに、さらに宮中から電話があり、「侍従をさしむけるから、宮中の自動車で参内するように」との指示があった。午後四時過ぎ、岡本愛祐《あいすけ》侍従が鈴木侍従長の書面をもって訪れた。斎藤はその自動車で東京へと向かった。

残された春子は、横須賀にでかけていた管理人の鈴木国松を電話で呼び戻した。

「お使いがおいでになり、實《まこと》はでかけました。私もすぐ行きますから、よろしく頼みます」

春子と柴田は別の自動車で上京した。

斎藤が参内したのは午後六時半ごろだった。「内閣組織に努力せよ」とのご沙汰を拝した斎藤は、静かに答えた。

「最善の努力を致すべきも、数日間のご猶予を賜わりたいと存じます」

明治天皇の代からご厚誼《こうぎ》を受けた斎藤にとって、その場で辞退することはできなかった。

翌二十三日、私邸を出た斎藤は、まず駿河台の西園寺に出向いて挨拶したのち、大蔵大臣官邸にいた高橋是清臨時首相を訪れた。

「目下の難局を乗りきるには、経済の立て直しが不可欠。高橋蔵相には、何としても留任していただかなければ困ります」

「今度の臨時議会では、大蔵省関係の予算案、法律案がもっとも多く、十数件に達している。いずれも自分が準備をしてきたものだが、これらを全部提案してもよろしいかな?」

「むろん、お任せいたします。予算や金融問題は最も緊急を要するものであります」

「そういうことなら、引き受けよう」

高橋は、前内閣の財政政策を踏襲することを条件に留任を内諾した。

「まずは、ひと安心。次は民政党と政友会の援助をどうやって取りつけるかだ」

高橋邸を去った斎藤は東郷元帥を訪問したのち、民政党の若槻礼次郎総裁を訪れた。

「議会政治はどこまでも尊重しなくてはならないと考えている。ついては民政党に援助してもらい、君にも入閣していただきたい」

斎藤は温厚な顔を崩さず、言葉づかいにも相手の自尊心を傷つけないように注意を払った。若槻としても、相手が海軍大将とはいえ、議会政治に協力してほしいと頼まれれば、むげに断わるわけにはいかなかった。

「個人で回答するわけにはいきませんから、相談すべきところに相談して、ご返事いたします」

民政党の感触は悪くなかった。気がかりなのは、政友会の鈴木喜三郎総裁だった。

政友会は衆議院で絶対多数を占めていた。鈴木総裁は当然自分が次期首相になるものと思い込んでいた。だが、大命は自分を素通りしたうえ、第一線から退いていた斎藤に降下してしまった。鈴木の反発は十分に予想された。

鈴木総裁との会見は、午後四時半から約二十分、内相官邸（鈴木は犬養内閣の途中から内相に就いていた）で行なわれた。

「今回、大命を拝したが、政・民両党のご援助を乞わなければ何ごともできない。ゆえに貴党の援助をお願いしたい」

「政・民両党に援助を求められることは拝承したが、実行しようとする政策については、いかなる考えをお持ちでありますか?」

「政・民両党相反する政策もあろう。それらの関係もあるので、陛下に対し数日間のご猶予をお願い申し上げて、引き下がってきたしだいである」

鈴木総裁は、さらに陸軍への対応や援助の方法を訊いた。

「民政党は入閣する、政友会は局外から援助するというのでは不十分であり、ぜひとも入閣して援助してもらいたい。閣僚は政・民両党、貴族院、その他からも入閣してもらうことになろうが、閣員の割当の比率については、特に考えてはいない」

鈴木もまた、党の機関に諮《はか》ったうえで明朝までに回答すると約束した。若槻総裁は、夕刻に斎藤邸を訪れ、「自分は入閣しないが、党員から自由に選考してよろしい」と述べて、協力の意向を明らかにした。

二十四日朝、鈴木総裁が斎藤を訪れ、若槻と同じように「自分は入閣しないが、援助する」ことを約束し、午後には人選をめぐる協議に応じた。

首相官邸でのテント村はよく知られた光景だが、このとき組閣本部となったのは、四谷の斎藤邸だった。新聞各社は門を抜けた敷地内に、机を並べたうえ電話線を引いた。四谷仲町の住人は、思わぬ騒ぎに何事かと驚き、遠巻きにようすを眺めた。

その日の夜までに、民政党幹事長、永井柳太郎の入閣が内定するなど、斎藤内閣の顔ぶれがつぎつぎに固まっていった。ところが二十五日朝、入閣を承諾していた民政党の山本達雄が、急に態度を硬化させた。

「相談相手として、伊沢多喜男か湯浅倉平《ゆあさくらへい》を同時に入閣させていただきたい」

それが条件だった。斎藤はあせった。

「やっとのことで、政・民両党をまとめたというのに、ここで反旗を翻すとは。このままでは、もとの木阿弥《もくあみ》だ」

斎藤は急きょ民政党にも協力を求め、説得工作をつづけた。山本への説得をつづける一方で、岡田啓介海軍大将を電話で招いた。岡田は二階の部屋に通され、斎藤と向かい合って座った。

「昨日までは政友、民政両党の了解を得るために費やされ、軍部まで手をのばすに至らなかった。そのほうも目鼻がついたので、来てもらったわけだが、ぜひ貴君に海軍大臣になってもらいたい。昨日、大角（岑生・前海相）に相談したところ、同意してくれた。時局重大の際、ご苦労だが受けてもらいたい」

岡田は、東郷元帥に相談のうえ電話で知らせることにした。斎藤は前もって東郷からの了解を得ており、海軍大臣はすんなりと決まった。

夕方、山本が四谷の斎藤邸を訪れた。斎藤は、山本を補佐する人物として貴族院から後藤文夫を入れることで了承してもらった。後藤は内務官僚派で台湾総務長官を務めたこともあった。

文相には鳩山一郎が留任することになった。鳩山はいうまでもなく、昭和三十年十一月、日本民主党と自由党との合同によって結成される自由民主党（自民党）の初代総裁、首相を務める人物である。

「残るは、外務と陸軍か」

どちらのポストも、日本が国際的な地位を保てるかどうかの鍵を握っていた。外務は内田《うちだ》康哉《こうさい》が適任と思われたが、内田は満鉄総裁に任じられていた。斎藤は思案したあげく、内田が帰国するまで外務を兼任することにした。

陸軍大臣については、朝鮮軍司令官の林銑十郎《はやしせんじゅうろう》を候補とし、帰朝するよう電報を打っていた。林は二十六日朝、上京してきた。

だが、陸軍内部から「待った」がかかった。組閣本部に緊張が流れた。陸軍の抵抗にあって組閣は難航するかとみられたが、最終的に荒木貞夫《あらきさだお》中将が留任することで決着をみた。

「これが、現在、考えられる最良の顔触れかもしれんな」

不満は残ったが、これ以上、組閣を引き延ばせば政局の混乱がつづく。斎藤は組閣の準備を終えたことを関係者に告げた。五・一五事件から十二日目、大命降下から五日目のことだった。

「では、行ってくる」

「大役、お疲れさまです」

春子はいたわるように言った。

これまでも、何度となく海軍大臣などに任命される夫を見送ったが、今度は一国の総理である。春子は、丸くなった背中に颯爽とした若い姿を重ねた。それぞれの時代が思い出され、胸が熱くなった。結婚してから、まる四十年が過ぎていた。

親任式は、午後二時半から行なわれた。

この日成立した斎藤内閣は、第三十一代目にあたる。

結論からいえば、斎藤内閣はファシズムの最後の防波堤として期待されながら、あまりの激流に防ぎようがなかった。そして、軍部主導という足枷《あしかせ》のなかで、昭和の歴史に深い傷跡を残す満州国承認、国際連盟脱退という損な役回りを演じさせられるのである。

首相に就いた斎藤は六月二日、離日直前のチャップリンと官邸で会見した。そのとき撮影された写真には、憂い顔の斎藤の隣で複雑な表情のなかにも、白い歯を見せて笑っているチャップリンが写っている。

チャップリンは凶行のあった現場を見せてもらい、「テレブル（ひどい）」とつぶやいた。

翌八年秋、事件にかかわった軍人に対する軍法会議（横須賀鎮守府）や裁判が行なわれた。だが、右翼の橘孝三郎《たちばなこうざぶろう》の無期懲役がもっとも重く、海軍関係者は最高でも禁固十五年にとどまる。

裁判の過程で、首謀者の一人だった古賀清志は、チャップリン暗殺計画を立案し、途中でとりやめたことを明らかにしていた。世界的に有名なコメディアンを暗殺すれば、アメリカとの戦争にもちこめるという何とも幼稚な発想であった。また、右翼結社は、チャップリンに皇居礼拝を強要していたことも、のちになってわかった。

事件当夜、チャップリンは、犬養首相の三男で秘書官の健《たける》に伴われ、国技館で相撲を観戦していて、無事だった。

二度目に来日するのは、昭和十一年三月。斎藤が前月の二・二六事件で暗殺されたことを知ったチャップリンは、「お気の毒の限りです」とコメントしている。

第六章　スローモー内閣

「……犬養内閣総理大臣が第六十二帝国議会の召集を前にし、不慮の凶変によってにわかに薨去《こうきょ》せられましたことは、国家のため真に痛惜の至りに堪えざる次第でございます。この時局多難の際にあたりまして、不肖図《はか》らずも組閣の大命を拝し、まことに恐懼措《きょうくお》くところを知らず、すなわち各方面の協力を求めまして、時局匡救《きょうきゅう》を目的とする、いわゆる挙国一致内閣を組織致し、謹んでこの重任にあたり……」

斎藤内閣は政友会・民政党という二大政党をはじめ、貴族院など各界の協力を仰いで組織されたことから「挙国一致内閣」といわれる。それとは対照的に「スローモー内閣」との異称もあたえられている。温厚な斎藤の姿勢が、ともすれば鈍重なイメージをあたえたことから揶揄《やゆ》された呼び名である。

組閣から一週間後の六月一日、第六十二臨時議会の開院式が行なわれ、三日、斎藤は両院で施政方針演説を行なった。貴族院本会議は午前十時過ぎに開会した。冒頭、フロックコート姿で登壇した斎藤は、眼鏡をかけ、両手を後ろ手に組むと、原稿を朗読した。演説の間、斎藤はコップ一杯の水も飲まず、矍鑠《かくしゃく》としたところを見せた。

会期の短い臨時議会とあって、審議は速やかに進められた。

十三日、衆議院本会議において、時局匡救のため臨時議会を召集するよう求める決議案が提出され、満場一致で可決された。

翌十四日、衆議院では、議員四十五人による新たな決議案が提出された。「政府は速やかに満州国を承認すべし」というもので、これも全会一致で可決された。

のちに砂上の楼閣《ろうかく》として消滅する満州国だが、当時の国民には理想を託す新天地のように思われていた。それだけ深刻な不況が国内を覆い、農村は困憊《こんぱい》し、都市は沈滞していた。国民は暗い世相から抜け出す出口を求めるように、満州国に希望を見いだそうとしていた。満州国承認は既定路線であり、挙国一致を掲げる斎藤内閣にその役割が託された。

議会が閉会すると、入間野武雄秘書官は電話で中央教化団体連合会幹事の古谷敬二を総理官邸に呼んだ。

斎藤は首相に就いた後も、同連合会長を務めていた。入間野は斎藤の親戚であり、中学から斎藤邸に寄宿していた人物である。

斎藤の秘書官は、入間野のほか元宇和島藩主の出の伊達宗彰《だてむねあき》、（秘書官の定員は二名だったため）内務事務官を兼務していた新居善太郎がいた。秘書官は、五・一五事件後の対策として官邸に非常ベルをつけたり、総理専用車のプレートナンバーを複雑な番号に変えたりした。

警護も増やそうとしたが、斎藤は護衛嫌いのうえ、公私ともに無駄をしないという信念をもっており、結局、一人だけにとどめている。

古谷は、なぜ自分のような者に用があるのかわからなかった。顔を出すなり、斎藤は待っていたとばかりに話しだした。

「政府としては、この時局を救済するために最善の努力をするつもりだが、地方自治の首脳者の多くは補助金に頼る傾向にある。助成金だけに頼ったのでは、結局は民力の頽廃、国の基礎を危うくしてしまう。政府の負担は国民の負担であることを、もう少しわかってもらいたいと思っている。国民の自立的意気を高める何か適当な名称はないものかね」

古谷はほんの少し思案すると、思いあたったように顔をほころばせた。

「近ごろ、兵庫県の農会では、その指導精神に自力更生《じりきこうせい》ということを掲げており、私はいい言葉と感じているのですが、これはお気持ちにぴったりと添うのではありませんか」

斎藤は、わが意を得たといわんばかりに手で膝を打った。

「それだ。それで行こう」

七月五日、斎藤は定例閣議の席上、国民の精神高揚のために「自力更生」運動を積極的に推進したい考えを述べた。閣僚はこれを了承した。

翌六日は、あわただしい一日となった。まず、国際連盟のリットン調査団の調査委員の来訪を受けて面会し、その後で帝国ホテルに挨拶に出向いた。さらに、満鉄総裁から外務大臣に就く内田康哉の親任式に参列した。内田は満州国問題に対応するために起用されたもので、この日をもって斎藤の外相兼任が解かれた。

夕刻、斎藤は「自力更生」のラジオ放送をするためにスタジオ入りした。午後七時半、斎藤の声が電波に乗った。

「重大なる時局に際して国民に告ぐ」。これがラジオ講演のタイトルであった。斎藤はフロックコート姿でマイクの前に立ち、やや緊張した面持ちで原稿を読みあげた。

「現下の時局は、きわめて多事多難であり、したがってまたきわめて重大であり、世間これを称して非常時と呼ぶのも、また当然のことであります……」

最初に、挙国一致内閣成立の経緯を述べたうえで、失業者対策として産業の振興に努め、河川の改修や港湾の修築、道路の改良といった土木事業を増加することなど、当面の政策について説明した。

「……この非常時に際し、自力更生の声の起こりつつありますことは、私の衷心より歓喜に堪えない次第であります。政府と致しましては、時局匡救のため全力を傾注する考えであります。国民諸君も政府の意のあるところを諒とし、自力更生の方途を講じ、官民相呼応し、この不況の克服、この難局打開の一日も速やかならんことを切望してやまぬ次第であります」

さらに、政界浄化、それにともなう地方長官の異動などについても触れた。「自力更生」は、斎藤内閣の政策を象徴するアドバルーンとなった。

斎藤は精力的に働いた。けっしてスローモーではなかったのである。それどころか、走り過ぎて無理がたたった。八月四日、ついにダウンした。午前中、官邸で開かれた法制審議会で挨拶を済ませた斎藤は、総理大臣室に戻るなり、気分が悪くなった。たまたま用事があって、部屋を訪れた柴田善三郎内閣書記官長は、長椅子に横になっている斎藤を見つけた。

「どうしたのですか!」

斎藤は青白い顔をしていた。

「何だか気持ちが悪い」

斎藤の指さしたところを見ると、嘔吐《おうと》したあとがあった。

あわてて帰宅(斎藤は総理となったあとも官邸には住まず、四谷の私邸から通っていた)させ、診断を仰ぐと、軽い脳溢血《のういつけつ》ということがわかった。斎藤は病名を隠すよう念を押し、このことは柴田と入間野秘書官の胸だけにとどめさせた。

斎藤は、数えで七十五歳になっていた。高齢とあって健康が心配されている矢先に、脳溢血で倒れたことが世間に伝わったのでは、内閣は即座に瓦解しかねない。

「非常時に寝込んでなんかいられない」

病をおして、六日には登庁した。気力が充実していたせいか、斎藤はみるみる快方に向かった。医者も驚くほどの回復ぶりだった。

二十三日、第六十二臨時議会の決議案に基づき、第六十三臨時議会の開院式が行なわれた。同議会は時局救済を主眼としたことから、時局匡救議会とも呼ばれる。

二日後、斎藤は施政方針演説を行ない、低金利政策による金融の円滑、道路や農林土木事業の実施、尋常小学校費の臨時国庫補助、貧困者の医療救護、小学校欠食児童への食料支給など具体的な施策をあげ、自力更生運動をくりひろげることを表明した。

同議会に提案された昭和七年度一般会計の追加予算額は、約一億六千三百四十万円。そのほとんどすべてが、農村振興土木事業や農業土木事業など、時局匡救のためにあてられた。

また、時局匡救費の総額は三ヵ年で十六億円に達する見込みとなった。

衆議院では、三ヵ年計画を二ヵ年計画に改訂せよとの付帯決議があったが、最終的には原案通り予算案は両院を通過した。

公共事業の徹底実施を柱とした「自力更生」運動は、世界的な恐慌《きょうこう》を乗りきるために、アメリカのフランクリン・ルーズヴェルト大統領が実施した経済政策「ニュー・ディール」を連想させる。ニュー・ディールという言葉自体も、新しい政策とか革新政策を意味しており、斎藤が新政策のスローガンとして掲げた自力更生と通じるものがある。

ニュー・ディール政策は、一九三三年（昭和八年）の実施であり、斎藤はその日本版ともいうべき不況対策を前年のうちに打ち出していたことになる。

「さて、いよいよ、満州国問題だな」

満州国承認問題については、第六十二臨時議会でくりかえし論議されていた。

ただし、斎藤自身は、

「満州国の承認に関しては、なるべくできる限り速やかに承認したいと思ってはいるが、相当の準備が必要であり、満州国と日本との関係において万事遺憾ないよう期すためにも、その時機については根本より政治的にも実際的にも大局から見て決定すべきである」と慎重な構えをとっていた。

斎藤は、満州国は実際には関東軍の傀儡《かいらい》政権であったとしても、一応は独立した国家であり、外国とみなしていた。ところが、早くから国際連盟脱退についての所見を問われるなど、先走った議員の質問を浴びていた。結局、「政府は速やかに満州国を承認すべき」という決議案が全会一致で可決されたことから、その対応を急ぐことになったのである。

満州国の承認にあたっては七月の時点で、四省次官会議によって満蒙四頭政治統一に関する参考案が提出されていた。この新機構の改正案は、七月二十六日の定例会議に付議された。原案を示された斎藤は、次のように答えていた。

「在満帝国諸機関の統一案については、その完全な統一の促進を期するよりも、現行制度の運用により、暫定的にその事務の統一を図るべきである。さしあたり満州派遣臨時特命全権大使を置き、関東軍司令官・関東長官を兼ね、三位一体の実をあげることがもっとも妥当だと信じる」

急進的な統一より、ゆるやかな三位一体。斎藤はここでも慎重な態度をとった。

スローモーの本質は、すべてにのんびりと事を進めることではなく、急ぐべき問題は早急に措置し、大局的な見地から検討すべき問題はじっくりと取り組もうとするものだった。

関東軍司令官・関東長官を兼ねた特命全権大使には、軍事参議官で陸軍大将の武藤信義《むとうのぶよし》が選任され、八月八日に那須御用邸で親任された。このような経緯があり、九月六日の閣議で内田外相から満州国承認の手続きに関する案件が示され、政府はこれを了承した。

翌日、西園寺に政府の方針を伝えるため、斎藤は御殿場に向かった。

「わが国としては、満州国に対する関係は、前内閣時代に確立した根本方針が厳存し、今さらこれを変更する要はない。連盟総会の模様がどうなろうと、この規定方針に基づいて列国と折衝するものであるから、この難関を承知して就任した内田外相の決意は非常なものだ」

車中、記者団にこのように話している。斎藤は、国際連盟での日本の孤立化を十分に悟っていたが、右翼を刺激しない範囲内の発言をするしかなかった。

いったん走りだした列車はなかなかとまらない。急ブレーキをかけようとする機関士がいたら、たちまち列車の外に放り出されてしまう。国全体が満州国の成立に浮かれているときに、斎藤内閣がこれを承認しない姿勢でもとったら、倒閣運動が起こることは目にみえていた。また、満州国問題は犬養内閣で固まっており、それを覆すことは陸軍や右翼との全面対決を覚悟しなくてはならなかった。

枢密院は十三日、臨時緊急本会議を開き、（極東における恒久的平和を確立するという大義名分の）満州国承認に関する日満議定書を全会一致で可決した。

十五日朝、新京ヤマトホテルを出発した全権大使の武藤信義は、国務院で溥儀《ふぎ》と会見したのち、午前九時十分（日本時間十時十分）、別室で満州国の国務総理、鄭孝胥《ていこうしよ》との間に日満議定書の調印を行なった。

満州国承認からほぼ半月経った十月二日、国際連盟の調査委員会による「リットン報告書」が公表された。この報告書を受けて、国際連盟理事会と臨時総会がジュネーブで開かれることになった。

政府は、同会議への首席全権として、衆議院議員（政友会）の松岡洋右《ようすけ》を任命した。松岡は、田中内閣で満鉄副総裁を務めており、中国通としての経歴を買われたのだったが、それ以上に熱弁家・雄弁家として知られていた。

斎藤は十月十四日、松岡全権や随員一同を首相官邸に招待して送別会を催した。

「このたびの連盟臨時総会は、昨秋はからずも勃発しました満州事変の外交の総決算ともいうべき重大なる会議でありまして、わが国の公明正大なる立場を十分に世界に諒解せしむることは、なかなか困難なる事業であるのみならず、ときとしては相当難局に立つことをも、あらかじめ覚悟してかからねばならぬと思われるのであります。なにとぞ、重大なる局面の収拾に努力せられんことを切に希望する次第であります」

挨拶に立った斎藤は、内心祈るような思いだった。

満州国を承認してからというもの、国内の世論は国際連盟脱退に大きく傾いていた。しかも、斎藤に代わって外相に就いた内田康哉は、満鉄総裁を務めていた間に軍部と親しい関係になっていたこともあり、就任早々、「国を焦土としても、満州国を承認する」という強硬姿勢に転じていた。

いわゆる「焦土外交」である。斎藤はその豹変ぶりに驚いたが、内田の過激な主張は日本国の独自性や方向性を求めている時流の中では、威勢のいいかけ声となった。この時点では、誰も十数年後に日本中が焼け野原になるなどとは、思ってもいなかったのである。英米では日本の焦土外交をセンセーショナルに報じていた。

理事会は十一月二十一日に開会され、リットン報告書及び日本政府提出の意見書が上程された。アイルランド代表デ・ヴァレラが議長となり、日本首席全権の松岡と中国首席全権の顧維均《こいきん》がお互いの立場を主張したが、むろん嚙み合うはずはなかった。

理事会に引き続き、十二月六日からは特別総会が開催された。八日、松岡は、日本を十字架にかけられたナザレのイエスにたとえ、

「イエスが世界に理解されたように、日本も世界に理解される日がくる」

などと、臆面もなく「日本の十字架論」をぶった。

欧米諸国はこの演説をキリスト教国を侮辱するものと受けとめた。結果的に松岡の雄弁は奇弁に終わり、各国の顰蹙《ひんしゅく》を買うことになった。

日本の悪役ぶりはいよいよ際立った。それでもイギリスなどは日本の顔を立てるため折衷点を見いだそうと努めたが、大勢は日本批判・中国擁護に傾いていた。

問題点を煮詰めるために、十九ヵ国委員会が設けられ、さらに数ヵ国の代表団による決議案の起草が進められた。十九ヵ国委員会は二十日に再開されたが、起草委員から経過報告があったのみで、翌年一月十六日まで休会となった。

休会中、国際連盟事務次長の杉村陽太郎は、ドラモンド事務総長と協議した結果、「杉

村・ドラモンド試案」の作成にこぎつけた。杉村はジュネーブ会議のとき、全権委員の斎藤とともに交渉に尽力したことがある。

政府はこの試案をほぼ妥当と認め、交渉の進展につながることを期待したが、再開された委員会ではこの妥協案が攻撃され、「事務総長の越権行為」とまで批判された。

杉村とドラモンドの努力は水泡に帰し、打開の道は閉ざされた。

昭和八年一月二十一日、衆議院（第六十四議会）で外交演説に立った内田外相は、国際連盟での議事状況を説明し、日本としては従来の主張を一歩も譲らないことを改めて宣言した。

十九ヵ国委員会では、もはや調停による紛争解決の余地はないとして、二十三日、国際連盟規約第十五条第四項に基づき、勧告案を作成することを決定した。

これを知らされた政府は二月一日、臨時閣議で最終的な態度を決め、勧告案の内容いかんによっては連盟脱退もありうることを盛り込んだ訓令を、ジュネーブに発した。

二月二十四日、連盟総会において委員会報告書草案（勧告案）の採決が行なわれ、賛成四十二票、反対一票（日本）、棄権一票（シャム国）で可決された。欠席は十二ヵ国だった。勧告案の骨子はリットン報告書に基づき、「満州国は日本の傀儡政府であり、承認は認められない」というものであった。

政府はたび重なる臨時閣議をへて、三月二十七日、内田外相の名前で連盟脱退通告文を国際連盟事務総長に電報で発した。

国際連盟は、そのスタート時点からアメリカの不参加という大きなハンディを負っていたが、常任理事国だった日本が離脱したことで弱体化が進む。やがて、ドイツ、イタリアの脱退により有名無実化となり、第二次世界大戦へと突入していくことになる。

連盟脱退をすませた内田外相は、満州国承認の満一周年記念日の前日にあたる九月十四日、自分の使命は終えたとばかり、病気を理由に外相を辞任した。後任には前駐露大使の広田弘毅《ひろたこうき》が就任した。

これより前、一月には、腹心ともいうべき岡田啓介海相が病気を理由に辞任し、五・一五事件で引責辞任していた大角岑生《おおすみみねお》が復任していた。大角は在任中、軍縮条約によって世界平和をはかろうという条約派の大粛清を行ない、多くの逸材を現役から追い出す。悪評高い大角人事によって、海軍でもまた反英米派の台頭をうながすことになる。

外相に起用された広田弘毅は、のちに二・二六事件の後を受けて首相に就任する人物である。広田は右翼の玄洋社と関係があり、軍部との繋《つな》がりもあるとみられていたが、就任後は斎藤の意向を受けて「和協外交」を唱え、話し合いによって中国問題を解決しようとの方針を示した。

だが、中国との関係改善をはかろうとする斎藤内閣の姿勢は、軍部の反感を買うことになる。ただでさえ関東軍は、政府の言うことにほとんど耳を貸さなくなっていた。

斎藤には、満州国を承認することによって関東軍をなだめ、暴走を防ぐ効果を期待していた節がある。が、その思惑は完全に裏切られたのである。

筋書通り満州国を承認させた関東軍は、この年二月から熱河《ねっか》作戦を展開した。国際連盟脱退後は、熱河省・河北省を席巻し、五月には北京の近くまで進撃した。同月三十一日、塘沽《タンクー》停戦協定を締結し、河北省東部に非武装地帯を設けたが、熱河省を事実上、満州国の傘下に入れていた。

国際連盟を脱退したこのころから、穏健な斎藤内閣を潰し、強硬路線を敷く内閣を樹立させようという動きが本格化してくる。

これに対し斎藤内閣は十月三日、政府の結束を強め、国防や外交、財政の調整をはかるために、高橋蔵相、広田外相、荒木陸相、大角海相の四大臣に斎藤首相を加えた五大臣会議を設けた。

同会議は、政党出身者の発言力を弱めたインナー・キャビネットとして非難されることもあるが、斎藤としては、英米との親善を保ちながら国際関係の改善をはかり、中国との交渉を進めたいとの狙いがあった。いわば、ファシズムの流れを何とかして食いとめようとする抵抗のひとつではあったが、それらは空振りに終わる。

五大臣会議はまた、当時叫ばれた「一九三五・六年の危機」に対応する目的があった。海軍内部には、ワシントン条約の有効期限が切れるこの年次以降、各国とも軍艦建造に走るとして、軍縮条約の破棄を訴える声があった。陸軍もまた、満州問題を背景に軍事費の増大を求めていた。しかし、そんな余裕はどこにもない。斎藤は緊縮財政を盾に軍事費の抑制をはかろうと努めており、そのために直接、蔵相や外相、陸・海相と膝を交えて協議する必要があったのである。

この少数閣僚会議は、第一次世界大戦のときイギリスのロイド・ジョージが考案した戦時内閣に倣《なら》ったといわれている。ただし、インナー・キャビネットには、これを踏襲した近衛内閣や平沼内閣のように、独断で政策を決定する機関として悪用される危険性もともなっていた。

十二月八日、薩閥の巨頭だった山本権兵衛が逝去した。享年八十一。

「今日、首相の座にあるのも、もとはといえば、山本伯の力添えがあったればこそ。もう少し長生きして、忌憚《きたん》のない意見を述べて欲しかった」

斎藤にとって、山本は海軍での出世を導いてくれた大恩人である。生前の山本を思い浮かべる斎藤の脳裏に、媒酌人として春子との結婚の労をとってくれた若き日の姿やシーメンス事件でともに退陣した光景などがよみがえってきた。

「わしも年をとった」

斎藤はしばし瞑目した。

昭和九年（一九三四）が明けた。

斎藤は数えで喜寿を迎え、高橋蔵相も八十一歳、山本内相は七十九歳になっていた。

前年暮れから休会になっていた第六十五議会は、一月二十三日から再開されることになっていた。その前日、荒木貞夫陸相が病気を理由に辞表を提出した。荒木は陸軍の国策案をつくるなど、盛んに軍備拡大や農村救済のための自説を説いたが、高橋蔵相から手玉にとられ、相手にされなかった。

荒木は、昭和七年ごろから形成されていた皇道派《こうどうは》の代表的な人物として知られていた。天皇親政論を信奉していた荒木は、陸相に就任するなり、軍人のサーベルを日本刀に変えたり、皇軍などやたら皇の字のつく言葉を陸軍用語にとりいれた。青年将校には人気を博しており、この皇道派の青年将校たちが、二・二六事件を引き起こし、まるで荒木の仇でも討つように高橋を惨殺することになる。

辞表を提出された斎藤は、そんな先のことまで知るよしもない。何はともあれ、後任をめぐって陸軍側と折衝を始めた。

荒木陸相の辞表を持ってきたのは、やはり皇道派の柳川平助陸軍次官だった。荒木は陸相に就任してからというもの、真崎甚三郎を参謀次長に据えるなど、陸軍の要職を自派で固めていた。皇道派は、真崎に代表されるように佐賀閥を中心にしており、明治以来、陸軍を牛耳ってきた長閥の反勢力として台頭してきた性格をもつ。荒木陸相が実権を握っていたこの時期、皇道派はわが世の春を謳歌していた感があった。

柳川次官は紋切り型の挨拶をしたのち、「荒木陸相は肺炎で職務を遂行できない」と説明した。たしかに荒木陸相は、年が明けてから肺炎に罹《かか》って臥せていたが、軽い肺炎ならしばらく休養すれば済むことである。あえて、議会再開の前日に辞表を提出した背景には、荒木の唱えた軍備充実案をことごとく封じた高橋蔵相に対する反駁《はんばく》があった。

「で、後任には誰が?」

斎藤が訊くと、柳川は迷わず答えた。

「林大将で一致しております」

「林か……」

林銑十郎《せんじゅうろう》は、斎藤内閣が発足する時点で白羽の矢をたてた人物である。いったんは朝鮮から呼び寄せ入閣を交渉したが、陸軍内の事情で荒木が留任することになった。このとき林は教育総監を務めていた。さっそく斎藤は林と会見し、了解を得た。

二十三日、林陸相の親任式が行なわれた。後任の教育総監には、参謀次長から軍事参議官になっていた真崎が就いた。

林は当初、皇道派に理解を示していると思われていたが、いざ陸相に就くと、皇道派と目された人物を更迭し、統制派の勢力を拡大させてゆく。

これに反発する皇道派の青年将校は、やがて実力行使に出る。この人事は陸軍を二分していた皇道派と統制派の対立を決定的にするものであり、二・二六事件の契機となるものであった。

第七章　帝人事件

国際社会のアウトサイダーとなった日本は、ファシズムというブリザードの襲来になすすべがないようだった。冬の季節がつづくなか、昭和九年一月二十三日、第六十五議会が再開された。

再開初日は、斎藤首相の施政方針演説につづき、政友会の床次《とこなみ》竹二郎、民政党の町田忠治が代表質問に立った。二人は議会政治擁護の立場から挙国一致内閣の意義やファッショ排撃を訴え、軍部のあり方を批判した。最初は超党派による軍部批判に展開するようにみえたが、政友会の方から内輪もめとなるなど、各党の思惑が複雑に絡みあい、結局はうやむやに終わる。

いわば軍国主義に対する政党政治の最後の抵抗であったが、政党自らの内部分裂で尻すぼみとなったのである。

これに対し、満を持していた右翼勢力は外堀を埋めるために閣僚攻撃に出た。その先鋒となったのは貴族院の官僚陣だった。

最初に槍玉に挙げられたのは、中島久万吉《なかじまくまきち》商工大臣であった。

中島商相は当初、「製鉄合同」に関して責任を問われていた。製鉄合同というのは、官有官営の八幡製鉄所を中心に民間の製鉄会社数社を合同して「日本製鉄株式会社」を設けようというもので、浜口内閣時代に商工省に設けられた臨時産業審議会で答申されていた。同法案は議会を通過し、この年一月末に同社の設立に至った。

中島は、「国務大臣の地位を利用して同社の社長に就こうとしている」などと非難されており、綱紀問題に発展していたのである。その渦中の中島に追い打ちをかけるように、中島が雑誌「現代」二月号に執筆した「足利尊氏論」が攻撃された。

貴族院の菊池武夫は、「逆賊（北朝を擁立した足利氏）を賛美するとは何ごとか」と迫った。南北朝をめぐる問題としては、明治四十四年に起こった「南北朝正閏《せいじゅん》問題」がある。このときは、南北朝を記載した国定教科書が使用中止となり、南朝正統論の立場から、南北朝時代のことは戦後まで「吉野時代」と記された。

右翼勢力が穏健な斎藤内閣の足元をすくおうと虎視眈々《こしたんたん》と狙っているこの時期、中島がそのような刺激的な論文を執筆するはずはなかった。これは、十数年前にほかの雑誌に綴った旧稿が勝手に転載されたものだった。あきらかに、中島商相を陥れるための策略であった。

菊池に引きつづき、三室戸《みむろど》敬光《ゆきみつ》という老議員までが、右翼のさしがねとなって中島商相を誹謗した。中島商相の辞任を求める演説は二月六日、七日と二日間にわたって行なわれた。

七日の貴族院本会議で、斎藤首相は中島商相の釈明につづいて答弁に立った。

「ただ今も商工大臣が述べました通り、十年前の随筆が、不用意の間に雑誌に揚げられたということでありまして、すでに取り消しもされたということであります。さように私は承知いたしておるしだいであります。これをもってお答えと致します」

斎藤も、もういい加減にしてほしいという思いだった。あまりに露骨な閣僚いじめである。こんなことで辞任していたのでは、閣僚が何人あっても足りない。

だが、当の中島商相の方が根負けした。翌八日、悄然として辞意を表明した。斎藤もやむなく了承し、九日には法学博士で貴族院議員の松本烝治《じょうじ》を後任に就けた。この手際の良さには、中島追い落としに躍起になった貴族院の官僚派も脱帽するほどであった。

これで斎藤内閣潰しが終わったわけではない。これより前、二月二日の貴族院本会議で関直彦が「台湾銀行の帝人株処分」問題をとりあげていたが、中島商相の「足利尊氏論」をなじった菊池武夫は、七日の演説で帝人問題に触れていた。

八日の衆議院本会議では、政友会の岡本一己が帝人株処分に際し、自党幹部の背後に醜怪な綱紀問題があるかのような発言を行なったことから、内部告発された政友会は大揺れに揺れた。

岡本は十五日、さらに同本会議で、鳩山一郎文相が樺太工業から賄賂をうけとっているとの暴露演説を行なった。この演説は、

「思い出してもゾッとする昭和六年五月ごろ、五月雨降る夜……」

と怪談調にきりだしたことから、〝五月雨演説〟と呼ばれた。岡本は自分を取り立ててくれない鳩山文相に対し、反感をもっていたといわれている。

これらのたび重なる爆弾演説によって、政友会は完全に浮き足だった。総裁系と床次竹二郎系の対立が悪化し、内紛へと拡大した。

床次は第一次西園寺内閣時代、徳島県知事から秋田県知事に転任する途中、原敬内相によって地方局長に抜擢されたことで知られる。その後、政友会から脱党して山本達雄らと政友本党を旗揚げし、昭和二年には憲政党と合同して立憲民政党を結成した。翌年には新党倶楽部を創立して総裁となるが、四年には政友会に復帰していた。

政党から政党へと渡り歩いた床次の性格を見透かすように、民政党は政友会の亀裂を決定的にしようとばかり、岡本代議士査問委員会を提議するが、査問を進める段階で、自党の故浜口総裁の金銭収受問題が飛びだしてきたことから、曖昧《あいまい》になってしまった。

この時点では、もはや超党派による挙国一致内閣は有名無実となり、斎藤内閣誕生前の分裂状態に戻っていた。

二月二十八日の貴族院本会議で、大塚惟精による文相問責が行なわれた。

「文教の鏡の曇りを一日も払拭《ふっしょく》して、児童の心をして清浄なる気持ちに帰らしめ……」

大塚は、美文調で鳩山文相の更迭を求めたうえで、斎藤首相の断固たる処置を要望した。

これを受けて登壇した斎藤は、「査問委員会の結果を待ってほしい」と訴えた。

つづいて釈明にたった鳩山は、

「明鏡止水《めいきようしすい》の心境において善処いたしたいと思っております」と結んだ。鳩山は、大塚が鏡の曇りを引き合いにしたことを意識して、明鏡止水の言葉をもちいたのであって、辞任するつもりなど毛頭なかった。同日開かれた衆議院の査問会でも、徹頭徹尾、事実無根を主張した。

ところが、翌朝の新聞には、明鏡止水は辞任の表明と解釈されて掲載されていた。

鳩山文相はあせった。それ以上に当惑したのは斎藤だった。斎藤はあらかじめ「辞職するなどとは絶対に言わないでほしい」と念を入れていた。鳩山も前向きにとりくむ姿勢を明鏡止水の言葉に託したのだった。それがまったく裏目にでた。結果的にマスコミが鳩山文相降ろしに加担したのである。

三月三日、その日は土曜日で桃の節句だった。東京は遅い雪に見舞われた。

「そういえば、井伊大老の桜田門外の変も今日だったか」

鳩山は側近にもらすと、辞表を提出して官邸を去った。辞表を受け取った斎藤は、わざわざ音羽の鳩山邸まで出向いた。

「君が辞表を出したのは残念でならない。今さら思いとどまってくれと言うこともできないが、どうしても、自分の感謝の気持を表わしたくてやってきた」

驚いたのは鳩山の方だった。そこまで自分のことを思ってくれた斎藤の人徳に打たれた。

斎藤は巨大な蜘蛛《くも》の巣にかかったような感じだった。もがけばもがくほど、自分の首を締めていくような感覚である。

「わずか二年足らずで、内閣の顔ぶれがこれほど変わるとはな」

斎藤内閣は八年中に海相（岡田啓介から大角岑生）、外相（内田康哉から広田弘毅）の二大臣が交代していたが、年が明けてからは、一月に陸相（荒木貞夫から林銑十郎）、二月に商相（中島久万吉から松本烝治）と毎月一人ずつの交替を余儀なくされていた。そして三月に入るなり鳩山文相が辞任し、組閣以来五人もの大臣が閣外に去った。

普通であれば、とっくに瓦解していてもおかしくない。四面楚歌となった斎藤は、鳩山以外の適任者が見当たらなかったことから、当分の間は文相を兼任することにした。

閣僚に対する暴露合戦はなおもつづいた。小山松吉法相に対しては鯉住《こいずみ》事件、三土忠造鉄相に対しては新路線計画に絡んだ綱紀問題、永井柳太郎拓相に対しては南洋興発株処分問題という具合である。

さらに斎藤首相に対しては、第一次朝鮮総督時代に購入し、その後手放した仁川別荘までが攻撃材料にされた。

同別荘は、先の世界大戦で敗れて困っていたドイツ人が売りにだしていたものを引き受けたもので、何らやましいことはなかった。むしろ、のちに朝鮮統治に理解を示していた盧正一という人物から、言論機関を手に入れたいと相談をもちかけられたとき、二万円で売りに出された中外日報社を購入する資金として、同別荘を殖産銀行に抵当に入れて工面したことがあった。

仁川別荘で斎藤が私腹を肥やしているとの批判は、まったくの的はずれであった。

第六十五議会は、三月二十六日の閉院式で、とにもかくにも切り抜けることに成功した。しかし、議会が終わって、疲れがどっとでた。会期中の二月十三日から二十五日までも病気で静養していたが、ここにきて疲労はピークに達した。

「この難局を乗りきるには、わしのような老人は退いて、思いきった政策を打つべきだ」

斎藤はいよいよ引退を決意した。

四月一日、興津にいる西園寺を訪れ、今後の政局について会談した。斎藤は辞任を申し出たが、これまでにも慰留をつづけてきた西園寺は、「今少しの辛抱」と説得した。

翌二日には、山本内相とともに赤坂にある高橋蔵相の私邸を訪問した。三長老は協議したうえ、今しばらく続投することで合意した。留任することになった斎藤は、空席になっている文相の椅子を埋める必要があった。

七日には、大蔵政務次官の堀切善兵衛に会って就任を交渉したが、空振りに終わった。始末の悪いことに、政友会は総裁を出し抜いて直接本人と交渉したとして、政府を非難したことから、文相後任問題は宙に浮いた。斎藤も開き直った。

「こうなったからには、ゆっくり選ばせてもらう。それまでは自分が兼任する」

四日後、今度は林陸相が辞表を提出しにやってきた。

「実弟の白上佑吉《しらかみゆうきち》元東京市助役が、市会疑獄に連座して懲役十ヵ月の判決を受けたので、引責辞職して謹慎したい」

斎藤は林陸相を説得したが、辞意は固かった。翌朝も官舎を訪れて会談したが、頑として聞き入れない。林の留任は絶望的になった。この窮地を救ったのは、旅行先から急きょ帰京した閑院宮参謀総長だった。同殿下の説得により、林陸相はそれまでのかたくなな態度がうそのように、辞意を翻した。

「これで、一件落着だな」

そう思ったのもつかのま、二十五日には、枢密院議長の倉富勇三郎が同院本会議の終了後、斎藤に会見を申し込んできた。

「ここらで、辞任させていただきたい」

斎藤は、またかと吐息をついた。一難去ってまた一難。押しては返す波に足元の砂が洗い流されていく感じであった。年が改まってからというもの、ただただ、慰留に追われているような気がした。

諄々と諭したにもかかわらず、倉富の意志は固かった。斎藤は辞任を了承するしかなかった。ここでも後任が問題となった。

「順当にいけば、副議長の平沼騏一郎《きいちろう》を昇格させねばならないのだが……」

できれば平沼だけは避けたかった。

帝国大学から司法省入りした平沼は、出世街道をひた走り、検事総長・大審院長を歴任するなど、検察のボス的存在にのしあがっていた。原敬が暗殺されたとき、平沼は大審院長になったばかりであり、平沼の後任として検事総長に引き上げたのが鈴木喜三郎であった。当時、二人は司法部内に平沼・鈴木閥と呼ばれる新興勢力を形成しており、原暗殺の背後にあったとされる黒幕（右翼）の摘発を怠っただけでなく、裁判もうやむやに終わらせた。

大正十二年には山本権兵衛内閣で法相となり、翌年には枢密顧問官に就いた。もともと国家主義的な思想をもっていた平沼は、国家主義団体「国本社」を結成してその会長に就いていた。いわば、右翼勢力をバックボーンにした司法界の総帥的な存在であった。

この時点では枢密院副議長の地位にあり、平沼と親密な関係にある鈴木喜三郎は政友会総裁に就いていた。首相の座に就くことを悲願としていた平沼は、これまでにも姑息《こそく》な手段で内閣倒壊に深くかかわってきた。

斎藤内閣潰しの音頭を陰でとっていた黒幕の一人が、ほかならない平沼であった。中島久万吉を追い落とすために議会で展開した足利尊氏問題の演説草案も、平沼が率いていた国本社でつくられたとの噂が流れていた。帝国ホテルには、倒閣運動事務所まで設けられていたといわれる。

迷った斎藤は、海軍出身の鈴木貫太郎侍従長や木戸孝允（桂小五郎）の孫にあたる木戸幸一内大臣秘書官長らと協議を重ねた。

五月三日、斎藤は苦慮したあげく、枢密院では平沼より先輩格にあたる前宮内大臣、一木喜徳郎を枢府議長に推挙した。

この人事はおおむね好評だった。面白くないのは、議長の椅子が転がり込んでくると踏んでいた平沼副議長だった。

「向こうがその気なら、こちらにも考えがある」

肘鉄を食らった平沼は、斎藤内閣を揺さぶるためにデッチあげていた架空の事件を、露骨な倒閣手段として前面に押し出すことにした。用意周到に仕組まれたその陰謀は、政府に対する国民の反感をあおる大疑獄事件「帝人事件《ていじん》」へと発展していく。

帝人事件そのものは、時事新報が一月中旬から始めた「番町会を暴く」という一連の記事に端を発していた。これらの記事は、財界と政界の裏に暗躍する番町会の不正を告発することを名目に、さまざまな罪悪を並べたてたものであった。

番町会とは、番町にあった郷誠之助《ごうせいのすけ》男爵の邸宅に出入りしていた若手財界人のグループで、河合良成、長崎英造、永野護、正力松太郎、中野金次郎といったメンバーが加わっていた。足利尊氏問題で辞任した中島久万吉商相も、番町会と密接な関係があった。

第六十五議会が開幕したとき、最初は政友会・民政党両党による威勢のいい軍部攻撃が展開されたが、それを後押ししていたのが、両党の連合運動を進めていた番町会だった。これらの攻勢に対し、軍部や右翼勢力、さらに政友会の久原房之助は平沼一派と結託したうえ、「番町会を暴く」という連載に乗じて、斎藤内閣の閣僚をつぎつぎに潰していった。

帝人問題は、番町会に対する一連の暴露記事のなかで取りあげられたものであり、同議会中にも貴族院議員らによって追及された。だが、その時点では大疑獄事件へと発展する問題とは思われなかった。

帝人とは、新興財閥として知られた鈴木商店の子会社「帝国人絹」のことを指す。

神戸にあった鈴木商店は、第一次世界大戦による軍需景気の波に乗って、一時は三井や三菱に匹敵する一大コンツェルンにのしあがった。大正四年には、米沢に人造絹糸製造所を設立し、これが三年後に独立して帝国人造絹絲株式会社となった。

戦後は景気後退に伴い、鈴木商店に融資していた台湾銀行とともに経営危機に陥り、昭和二年の金融恐慌を招く元凶となった。

金融恐慌が一段落すると、台湾銀行は鈴木商店の再建に取り組む一方で、融資の担保として帝人株二十二万五千株を取得、帝人の実質的な経営に携わった。

帝人の業績が伸びたことから、鈴木商店の重役たちは帝人株を台湾銀行から買い受けようとし、番町会に協力を求めた。

番町会では、さっそく台湾銀行の監督官庁である大蔵省や台湾銀行に融資している日銀に働きかけた。この斡旋が功を奏し、前年五月、帝人株十万株が便宜上設けられた買受団に一株百二十五円で売却された。

暴露記事では、台湾銀行は帝人株を不当な廉価で処分し、その後、帝人が増資を決めたことから、その株は百五十円にハネあがり、番町会の永野護らは大儲《もう》けしたと論じていた。また、台湾銀行の株譲渡にあたり、鳩山文相や中島商相、三土鉄相、黒田英雄大蔵次官などがかかわっており、背任や贈賄の疑いがあると書きなぐった。（かつてのシーメンス事件がロッキード事件と対比されるとすれば、帝人事件はリクルート事件に似ているといえるだろう）

これに対し、二月五日の貴族院本会議において、大久保偵《てい》次《じ》大蔵省銀行局長が、

「帝人株はその売買成立後に高騰したのは事実であるが、売却当時における百二十五円という株価は前後の情勢より見て妥当なもので、その間に何らの不正はない」

そのように答弁していた。

議会終了後、検事局（各裁判所に付置されていた官署で、現在の検察庁とは違う）は四月十八日、台湾銀行の島田茂頭取、帝人の高木復亭《たかぎなおみち》社長、番町会の永野護や河合良成、長崎英造らをつぎつぎに召喚していた。

そして、枢密院議長に平沼騏一郎ではなく一木喜徳郎が就いた五月三日以降、検察側はその仕返しとばかり、大蔵省の関係者を根こそぎ摘発する方針をとった。

十九日には、大蔵次官の黒田英雄が汚職の嫌疑で召喚され、即日起訴・収容される事態に至った。黒田次官の召喚は号外によって大々的に報じられ、同時に四月以降検挙されていた帝人や台湾銀行関係者の名前が公表された。

クリーンさが売り物だった斎藤内閣のイメージは、たちまちダウンした。

「黒田次官は、前々から不正な事実は絶対にないといっていたそうだが、事ここに至っては本人のいう通りであってほしいと希望するばかりだ。いずれにせよ、事件の真相は検事局で取り調べるであろうから、政府としては大蔵省の事務にさしつかえないように処置をとってゆく」

私邸に詰めかけた記者団に対し、斎藤は苦渋の表情を浮かべながら答えた。脳裏には、かつて山本内閣を倒壊に追い込んだシーメンス事件の光景がよみがえっていた。しだいに怒りがこみあがってきた。

「高橋蔵相の責任問題か？ 次官が召喚されたからといって、行動するわけにはゆかない。予審が終結して、裁判所の見込みがはっきり立ったときでないと、それまでは我々がどうするかということはできぬ。そうでなければ、言いがかりでも態度を決めねばならぬということになるではないか。黒とか白とか、内容が明白にならねば、軽々しく責任をとるなどとは言えぬわけである。高橋蔵相にしても、部下の一人が悪事をしても、いちいち責任をとらねばならぬというわけにもゆくまい。責任をとる場合には事柄によるのだ」

さらに語気を荒らげながら、召喚がほかの事務官にも波及するらしいが、予審（事件を公判に付すかどうかを決定する裁判官による非公開の手続き・戦後廃止された）が終結してから態度を決めるとくりかえした。斎藤は、帝人事件もまた反政府側によって捏造《ねつぞう》されたものであることを直感していた。

帝人事件は、斎藤内閣にとって〝第二のシーメンス事件〟となった。

翌二十日、斎藤の強気な発言をあざ笑うように、銀行局特別銀行課長の大野龍太、銀行検査官の相田岩夫、銀行検査官補の志戸本次郎の三人が召喚され、即日収容された。二十一日には銀行局長の大久保偵次の召喚収容にいたった。

大蔵省はもはや潰滅状態となった。高橋蔵相の責任、内閣の進退がとりざたされ、後継問題が急浮上してきた。

満身創痍《そうい》のなかで、二十六日、斎藤内閣は組閣満二周年記念日を迎えた。だが、斎藤を見まもってきた海軍の大御所、東郷平八郎が海軍記念日の二十七日から病状が悪化し、三十日になって逝去した。享年八十八。斎藤の内奏によって東郷は国葬に遇されることになり、六月五日に挙行された。

東郷元帥の死は、海軍の草創期を担った英傑たちの時代が終わったことを意味していた。喜寿を迎えていた斎藤もまた、張り詰めていた糸が切れたような感覚だった。

「そろそろ、潮時かもしれんな」

帝人事件が空前の大疑獄事件となった以上、いずれは総辞職せざるを得ない。斎藤はここにいたって、首相の座から下りることを覚悟した。

「しかし、自分にはやっておかなければならないことがある」

たとえ辞職するにしても、これまでの路線を受け継ぎ、ファシズムの潮流に抵抗する内閣を用意しなくてはならない。それが自分に課せられた最後の使命である。そう心に誓った。

斎藤はスローモー内閣の異名に甘んじることによって、時代の歯車を少しでも遅らせようと努めた。もし、陸軍寄りの内閣であったら、とっくに日本はミリタリズムの道を突進していたに違いない。満州国承認、国際連盟脱退は誰が首相に就いたところで、既定路線になっており、軍部主導の日本ではいずれは避けて通れない問題であった。

「けっして、時間稼ぎをしようとしたわけではない。あくまでも日本を本来の道に戻そうと努力してきたつもりだ」

温厚な斎藤にも、それだけの自負はあった。

二十九日、閣議に先立って、小山法相が斎藤に会見を申し込んできた。

「じつは、黒田次官が岩村検事正あてに提出した嘆願書があり、そのなかには、高橋蔵相の嗣子《しし》である是賢《これかた》が不正の金を受け取ったとされる記述も含まれているそうです」

斎藤は、ファッショ化する司法部内に何ら有効な手だてを打てない小山に対して内心憤慨していたが、その報告には耳を傾けざるを得なかった。

「それが事実としたら、ゆゆしき事態だ」

このときの検事局の取り調べは、拷問まがいの猛烈なもので、拘引された多くの者が虚偽の自白を強要されていた。

「事実かどうかは別にして、高橋蔵相がこのことを知ったら、嫌気がさして辞職するに違いない。高橋蔵相がいなくなったら、とてもやってはいけない。それに、いつまでも政局を混乱させておくわけにはいかん」

斎藤はそのように考え、進退を決する時機がやってきたとわきまえた。

七月三日、あらかじめ閣僚らに意思表示していた斎藤は、いつもと変わらない顔つきで閣議に臨んだ。

「この際、総辞職をしたいと思うから、皆さんもご同意を願いたい」

閣僚たちはそれぞれに無念の表情を浮かべながらも、これ以上どうにもならないと判断した。斎藤と閣僚は同日午後、辞表を奉呈した。

昭和七年五月二十六日、「五・一五事件」後の非常時を乗りきるために生まれ、ほぼ二年一ヵ月にわたって政局を担当してきた挙国一致内閣は、ここに倒れた。最後は、予審が終結してもいない帝人事件という巨大な闇につつまれたままの退陣となった。その闇は日本の前途までも覆いつつあった。

「さて、これからが問題だ」

何としても、平沼騏一郎など強硬派に政権が渡ることだけは阻止しなくてはならない。斎藤内閣の総辞職にともない、天皇陛下はただちに後継内閣を推挙するよう、御殿場の別荘にいた西園寺に命じた。最後の元老として後継首班の奏薦にあたってきた西園寺は、八十五歳になっていた。西園寺は翌四日、老体にもかかわらず御殿場を出発し、上京するなりそのまま参内した。

斎藤は文相を兼任していた関係から、午前九時に文部省に出向き、次官や局長らに辞表奉呈の次第を説明した。

午前十時に参内すると、西一の間で一木喜徳郎（枢密院議長）、高橋蔵相、清浦奎吾、若槻礼次郎（前首相・民政党総裁）と顔を合わせた。

「それでは、どうぞこちらへ」

侍従次長の先導で、斎藤らは西溜の間へと入った。その部屋には、牧野伸顕内大臣、西園寺らが待っていた。西園寺の顔には疲労の色がありありと浮かんでいた。以前からアンニュイな雰囲気を醸しだしていた西園寺だったが、斎藤を見る目には諦観《ていかん》のようなものさえ感じられた。

西園寺は自分が死んだあとのことを考え、元老制に代わって後継首班の推薦を行なう新しいシステムを生み出していた。それは、木戸幸一らと相談のうえ採用した方式で、前総理大臣や枢密院議長、内大臣から成る「重臣会議」に諮《はか》るというものだった。

重臣会議そのものは、明治以降たびたび設けられたが、後継の首班を協議する重臣会議は、今回が初めてであった。西園寺は憲法尊重の原則を貫いてくれることを希望したうえで、斎藤に忌憚のない意見を求めた。

「後任には、岡田（啓介）大将が適任だと思う」

斎藤はきっぱりと答えた。その理由として、これまでの政府の方針にもとづいた施策を実行できる人物であることをあげた。

高橋蔵相がまず賛成し、重臣たちも岡田内閣を助けることで合意した。最初は固い表情だった西園寺も途中からはユーモアを交え、なごやかな雰囲気のうちに会議をまとめあげた。

じつはこの重臣会議では、あらかじめシナリオができあがっていた。

ちまたでは有力候補として政友会の鈴木総裁や朝鮮総督の宇垣一成の声もあがっていたが、急激な右傾化を懸念していた西園寺は、斎藤内閣のあとを任せられるのは穏健な海軍出身者しかないと判断していた。

斎藤内閣の倒壊に暗躍し、次期首相の座を狙っていた平沼騏一郎に至っては、まったく眼中になかった。そこで、斎藤の口から岡田の名前を出してもらったうえで各重臣の意見を聞き出し、最終的に岡田で決着させようともくろんでいたのである。会議では、宇垣総督を期待する声もでたが、結局は筋書どおりに岡田を奉答することになった。

同日午後、岡田に組閣の大命が下った。

総理が海軍から海軍へとバトンタッチされたことにより、岡田内閣は陸軍や右翼勢力、さらには海軍内部の強硬派からも反発を買い、加速化するファシズムの荒波に翻弄されることになる。

斎藤内閣が倒壊したことから、検察側は帝人事件の総仕上げに入った。

総辞職の二日後には、中島前商相が召喚され、同月二十一日になって収賄嫌疑で強制収容の処分を受けた。八月下旬には、三土前鉄相が証人として喚問されたうえ、偽証罪に問われ、九月十三日に起訴・収容された。その後、検事による厳しい取り調べを経て、十二月二十六日、予審終結決定が言い渡された。

それによると、番町会の河合良成が背任罪、台湾銀行の島田茂頭取ら八人が背任及び贈賄罪、中島前商相や黒田英雄前大蔵次官ら六人が収賄罪、三土前鉄相が偽証罪で、それぞれ有罪と断ぜられ、公判に付されることになった。

裁判は、昭和十年（一九三五）六月二十二日から始まり、二年後の十二年十月五日に結審となった。この間に行なわれた公判は、じつに二百六十五回に達した。

判決は昭和十二年十二月十六日に言い渡された。その結果、十六人の被告全員が無罪となった。判決理由の朗読は六時間半にものぼった。

判決後、記者会見した藤井裁判長は次のように述べた。

「今日の判決は証拠不十分の無罪ではありません。まったく犯罪の事実が存在しない。この点は特に間違いのないようにされたい」

帝人事件は、背任も贈・収賄も存在しない架空の事件であったというのである。

これには、国民もあっけにとられた。世間を騒がせた大疑獄事件は、じつは検察によってでっちあげられた空中楼閣であることが明らかになり、「検察（あるいは司法）ファッショ」という言葉さえ生まれた。

事実無根を信じていた斎藤と高橋是清は、前年の二・二六事件で惨殺されており、帝人事件の判決を聞くことはなかった。九死に一生を得た岡田だけが、日本の裏舞台で暗躍していた巨大な悪の構造を知るのである。

第八章　雪降りやまず

ブランコに乗った孫の百子《ももこ》が、愛らしく笑っている。斎藤は百子のつかんだ綱の上を握って揺らした。ブランコが前後に揺れるたびに、セーラー服の襟が揺れる。

斎藤は海を連想した。朝鮮総督を務めていたとき、海軍の軍艦が仁川に入港すると、時間の許すかぎり、飛んでいったものだった。大正十三年三月、かつてイギリスから回航したことのある「富士」と仁川で再会したときには、古き良き時代を思い出して感慨無量になった。若々しい水兵たちの姿がセーラー服に重なってきた。

「もう一度、海に出たいものだ」

かなわない夢を見るように、希望にあふれた孫の姿を眺めた。

昭和十一年二月二十四日、斎藤は羽織袴《はおりはかま》姿で、小学二年になった孫の百子とともに楽しいひとときを過ごしていた。

年老いた斎藤にとって、百子の小さな手をつないでの散歩は一番の楽しみだった。その姿は好々爺《こうこうや》という表現がぴったりであり、斎藤のことを知らない人が通りすぎたら、ごく普通の老人としか映らなかった。

斎藤は愛孫の名づけ親である。

養子の斉《ひとし》は大正十五年に有馬静子を娶《めと》り、隣接した新宅に住んでいた。百子が生まれたのは昭和二年九月のことで、このとき斎藤は、全権として出席したジュネーブ軍縮会議で思ったような成果が得られず、気落ちしながら帰途に就いていたときだった。

電報を受けとった斎藤は、春子とともに孫の誕生を喜び、さっそく名前を考えた。

「そうだな。斎藤家には百年近く女の子が生まれなかったから、百子とするか」

斎藤はシンガポールから電報を打った。

「モモコトメイメイス　ヒャクノジ」

その百子は、のちに次のような逸話を紹介している。私邸での会話である。

「おじいさま、一銭銅貨と汽船とどっちが重いかご存じ」

「そりゃあ、汽船の方が重いにきまっている。なぜ、そんなことをきくのだ」

「だって汽船は浮くけど、一銭は浮かないでしょう。一銭の方が重いの」

「はっはっはっ、なるほど、一銭か」

斎藤は一本とられたという顔つきになり、大笑いした。そのほほえましいようすを母の静子と祖母の春子がやさしく眺めていた。

その百子は、祖父が殺された悲惨な現場を見ることになる。後年、次のように記している。

「当時、父（斉）は、一部青年将校の動きに関するかなりの情報を得ており、二十五日の夜には、自分が車を運転して、葉山の別荘に祖父母を連れて行こうと思いながら、アメリカ大使のレセプションからの帰りがあまりに遅かったため、待ちくたびれて明日になってからと思い、実行しなかったことを、後年、たびたび口にして悔やんでおりました」

百子の記述からもわかるように、凶変の前夜、斎藤夫妻は駐日米大使ジョセフ・C・グルーから晩餐に招待されていた。

グルー大使は、昭和七年六月、前月に首相になった斎藤に挨拶するため官邸に足を運んで以来の知己《ちき》で、夫婦そろって親交を温めてきた。

その夜は、斎藤夫妻を主賓に重臣三十六人が大使館に招かれた。そのなかには鈴木貫太郎侍従長とその妻も含まれていた。鈴木は当時を振り返って、「その晩は大変に歓待を受けたのですけれど、電灯のせいかなんとなく暗く陰気に感じたのです」と語っている。

食事が終わると、トーキーの上映が行なわれた。

当時、映画の主流はサイレントからトーキーに移っており、日本でも本格的なトーキー時代を迎えていた。しかし、斎藤は大日本映画協会長の立場にありながら多忙のため映画をみる機会が少なく、ましてやアメリカのトーキーを鑑賞するのは初めてだった。

グルー大使は数日前、MGM（メトロ・ゴールドウィン・メイヤー）の試写室でみた映画のなかから、もっとも喜びそうなロマンチックな作品を選んでいた。上映された映画は、「ノーティ・マリエタ」といい、ジャネット・マクドナルドとネルソン・エディが主演していた。

「どうぞ退屈だったら、お眠りください」

グルー大使は斎藤に肘かけ椅子を勧めた。映写が始まると、出席者の間から驚きの声があがり、たちまち画面に釘づけになった。最初は、会話がよく聞きとれなかったが、セリフのやりとりやストーリーがわかるにしたがって、英語のできる人たちから笑いもでるようになった。

斎藤も眠るどころか、最後まで画面に見入ってしまった。明かりがつくと、称賛の声が重なった。なかには目を赤く腫らし、ハンカチでそっと目頭を押さえる婦人もいた。

「もう、こんな時間か」

気がつくと、十一時を回っていた。晩餐会では、遅くても十時には帰宅する夫妻にとって、深夜まで長居するのは珍しいことだった。

海軍参与官の夫とともに出席していた榎本敏子（父はジャパンタイムス社長を務めた芝染太郎）は、斎藤が朝鮮総督を務めていたときからの付き合いで、夫妻に傾倒していた。

榎本夫妻が辞去の挨拶をすると、斎藤は榎本の夫に向かって、「君は近々、欧州へ行かれるそうだが、お元気で行ってらっしゃい」と励ました。これが春子以外の人と交わした最後の言葉となった。夫妻が大使館を出たのは、十一時半ごろのことだった。

「あら、すごい雪」

春子はつぶやいた。玄関先には風に弾《はじ》かれた雪が乱舞しており、闇を背にした細かい雪は霏々《ひひ》として降りやまない。

私邸に着いたときには、雪国の宿にでもたどり着いたような雰囲気だった。

「珍しいものを見せてもらった。今夜はほんとうに愉快だった」

寝室に入った斎藤はいつになく上機嫌だった。春子もまた、銀幕の中のロマンチックな物語の余韻に酔っていた。

夜半から雪は激しくなり、東京では三十年ぶりという大雪になった。雪は邸宅をすっぽりと包み込み、あたりには静謐《せいひつ》な時間が流れていた。


二十六日午前二時、歩兵第三連隊の兵舎前には、非常呼集によって起こされた第一中隊の下士官・兵約百五十人が整列していた。

斎藤邸襲撃を指揮していたのは、歩兵第三連隊の坂井直《さかいなおし》中尉、高橋太郎少尉、麦屋清済《むぎやきよずみ》少尉、野砲兵第七連隊（陸軍砲工学校分遣）の安田優《やすだゆたか》少尉であった。

部隊は午前四時二十分、兵営を出発し、斎藤邸をめざした。装備は、重機関銃四、軽機関銃八、重・軽機の実弾約二千数百発、小銃約百四十梃、実弾約六千発、拳銃十数梃、実弾約五百発と大がかりな規模となった。

雪は依然、激しく舞っている。静寂を打ち破ろうとする不気味な一団だけが大雪を蹴立てて進軍していた。

夫妻の寝室は二階の奥にあった。午前四時ごろ、夫妻はまるで心が通いあうように、相次いで目を覚ました。

「なんだか、外が騒々しいみたい」

春子はそうつぶやいたが、やはり外の気配をうかがっているような顔つきの夫が、別に気にもとめないように笑みをたたえた。

「あら」

春子は、いつもは自分の寝床にもぐりこんでくるペットの猫が、その晩に限って夫の方に寝ているのを見つけた。

「ミィが、珍しく、おれのところに来て、寝ているよ」

斎藤も無邪気に言った。

「ほんとう、珍しい」

春子は微笑を浮かべると、ふたたび自分の寝床に臥した。

夫妻は脚のある洋式ベッドに、東を枕にして寝ていた。東の隅に鏡台があり、壁ぎわにはストーブや猫のための小さなベッドなどが置かれていた。

午前五時ごろ、部隊は斎藤邸にたどり着いた。麦屋少尉の一隊は、重・軽機関銃や小銃で私邸を包囲し、あたり一帯を警戒した。

坂井中尉の一隊は表門から、安田少尉の一隊は裏門から侵入した。邸内のあちこちには、警視庁から派遣されていた警官が分散していたが、反撃しようにも多勢に無勢で、たちまち機関銃や銃剣を突きつけられ、降参するしかなかった。

襲撃された重臣のなかで、警官の抵抗がまったくなかったのは、斎藤邸ぐらいであった。これも斎藤にとって不運だった。

夫妻の寝室は、高橋蔵相と同じように二階奥にあった。南北に連なる各十二畳敷二間で、二部屋とも板の間になっていた。前後二部屋の間は四枚だての唐紙障子で仕切られており、前の部屋にはタンスなどの調度が配置されていた。

廊下へは前の部屋から、外仕切の板戸を開けて出入りするようになっており、廊下はそのまま階段につながっていた。階段を降りた一階の廊下は、茶の間と呼んでいた部屋まで迂回してつながっており、途中には書生部屋などがあった。

玄関のある表側とは違って、茶の間のあたりは邸宅の裏口にあたる部分で、近くには土蔵もあった。警視庁から派遣されていた警官のうち、その付近には常時二十人ほどが待機しており、守衛所も少し離れたところにあった。そこへ突然、完全武装の兵が殺到してきたのだから、警官たちは驚愕《きょうがく》した。反撃のすきもなかった。

「ここをやれ」

将校の指示で、茶の間の雨戸に向かって軽機関銃が乱射された。

その音響によって、ふたたびまどろんでいた夫妻の眠りが破られた。つづいて騒々しい物音がした。春子は不審がる夫の顔を見て、安心させようと明るい声をだした。

「また、戸袋のうちに鳩が巣でもつくって、戸があかず、それで騒いででもいるんでしょう」

事実、以前にもそういったことがあった。今度もまた、早朝から女中や書生たちが、悪戦苦闘して雨戸をこじあけようとしていると思いたかった。もっとも春子にしても、こんな寒い朝から鳩の巣で騒いでいると思うのは無理があることを知っていた。

「ちょっと、ようすを見てきます」

春子は寝台から立ちあがると、真綿入りの厚い寝巻の襟元をかき合わせながら、中仕切りの唐紙障子をあけた。寝台に一人残った斎藤は、さっきの音が銃声であることを知っていた。そして、どんな事態が進行しているのか、とっさに理解した。

「ついにやってきたか」

かねてから、陸軍の兵士が事を起こそうとしていることは、耳が腐るほどに聞いていた。だが、いくら無謀な連中でも、かりに帝国軍人であるならば、私邸まで押しかけてきて狼藉を働くはずはないと信じていた。家族の暮らす私邸に銃器でもって乗り込んできたとしたら、それだけで軍人としての本分に値しない。

「まず、話を聞き、それから説得するしかあるまいな」

斎藤は兵の到着を待った。

春子は外仕切りに近づいたところで、廊下を駆けあがってくる乱暴な靴音を耳にした。胸騒ぎは動悸の乱れに変わった。

恐る恐る戸をあけると、いきなり目の前に若い陸軍将校四人が立っていた。一人は抜き身のサーベルを構え、一人は軽機関銃を突きつけ、あとの二人は拳銃をかざしている。

その時点で春子は知るすべはなかったが、サーベルを抜いていた男は、襲撃のリーダー、坂井直中尉だった。坂井は皮肉にも、かつては海軍をめざしながら陸軍に進んだ青年であった。ほかの三人は高橋太郎少尉、安田優少尉、林武伍長だった。

階下から吹き込んだ寒風が廊下を伝わってきて、あたりで渦巻いた。春子の身体は凍ったように動かない。それでも、かじかんだ唇をあけ、夫に聞こえるように怒鳴った。

「何しにいらしたんですか！」

能面のような顔が不気味に笑ったように映った。よく見ると、目が血走り、般若《はんにゃ》のような形相の者もいる。戸を閉めようとして、渾身の力を込めた。だが、次の瞬間には押しのけられ、後ろ向きに倒れかかった。中仕切りと東壁との隅に置いてあったタンスのあたりで身体がとまったが、そのときにはもう拳銃と機関銃の銃声が轟いていた。

背中が熱くなった。弾丸が食い込んだことがわかったが、無我夢中だったこともあって、それほど痛いと感じなかった。

とにかく夫をかばおうと立ちあがった。そのとき、寝台から身を起こしていた斎藤の頭の中は、真っ白になっていた。

「何という連中だ」

まさか、部屋に闖入《ちんにゅう》するなり、機関銃を乱射するなどとは思ってもいなかったのだ。相手の話を聞いてから説得しようというもくろみは、無残にも裏切られた。

立ちあがって、相手を制止しようとしたが、亡霊のような軍服の影が見えたときには、頭が吹き飛んだような激痛とともに、全身に痛みが走っていた。血や肉片の飛び散る感覚とともに視界が失われ、意識が遠ざかった。ほんの一瞬のうちに、それまで生きてきた光景が脳裏をフラッシュバックし、ついには糸をひくように光が途絶えた。

春子は必死になって、奥の部屋に入り込んだ。四人の将校は、銃を撃ちつづけながら寝台の近くに達し、銃口を床に向けていた。斎藤はベッドの上で倒れようとしたのか、屈《かが》みかげんのまま下に転がり落ち、仰向けに横たわっていた。いつもは頭を東に向けて寝る斎藤が、それとは逆の姿勢で倒れていた。

春子は駆け寄り、斎藤の身体にすがった。血だるまになった斎藤は何の反応もせず、完全にこと切れていた。

呆然として、春子はその場に腰をおろした。何を思ったのか、春子のすぐ後ろに立っていた将校がふたたび機関銃を構えて撃ちだした。とっさに立ちあがった春子は、銃身をつかんで罵声を浴びせた。

「何をなさるのですか。おやめなさい。死者を鞭打つつもりですか」

将校は機銃の引金を戻そうとしない。春子は銃身から手を放すと、両手をあげて斎藤の前に立ちはだかった。横合から撃たれた拳銃の弾丸が右肘にあたって、血がほとばしりでた。かまわず将校たちの前に進むと、居丈高《いたけだか》に叫んだ。

「撃つなら、この私を撃ってください」

左右に大きく広げた左手めがけて三発目の弾丸が撃たれ、手首のあたりから血が噴きでた。

将校らは、斎藤におおいかぶさろうとする春子を強引に引き離すと、さらにサーベルでもって数十ヵ所斬りこんだ。

「よし、これでよかろう」

将校らは顔を合わせると、ふたたび乱暴な足どりで階段を降りていった。

裏門にでた将校の一人は、警戒していた麦屋清済部隊の下士官・兵に向かって、腕についた血を誇らしげにみせ、「見よ、国賊の血を!」と叫んで、士気を鼓舞したという。

長いように思われたが、春子が廊下の前で鉢合わせしてから、ほんの五分ほどの出来事だった。検屍によると、斎藤の体内には四十七発もの銃弾が撃ち込まれ、もはや流れる血もなかったというが、実際にはそれ以上摘出不能な弾丸が埋まっていたという。いかに残虐な殺し方だったかがわかる。

「悪夢を見ているのだ」

春子は突然の惨劇にあって、そのように思いたかった。だが、目の前には、最愛の夫が血まみれで横たわっている。ついさっきまで温もりのあった寝台は血に染まり、部屋の隅に置いてあった鏡台も撃ち抜かれ、苦患の皺を刻むようにガラスが割れていた。

部屋は弾痕だらけで、天井から床まで蜂の巣のように無数の穴があいていた。

「泣くのは、まだ早い」

悲しむ前に、武人の妻としてやらなければならないことがあった。

春子は廊下に出て、階段を降りた。将校らが襲ってきた痕跡は、雪や血のついた軍靴の跡となって残っていた。兵はすでに引き揚げたらしく、自分の足音だけが響いた。

女中の部屋にあてていた茶の間までやってくると、息をひそめている気配がした。

「奥さま」

血だらけで現われた春子を、女中や書生たちが泣きながら迎えた。

「心配ないわ。もう、兵は行ってしまった。早く連絡をとって」

春子は、錯乱しそうな女中たちをなだめながら、その場に立ちすくんだ。痛みが悲しみを呼びおこし、悲しみが痛みを疼《うず》かせた。体中が明滅しながら引き裂かれている感じだった。

「戻らなくては……きっと、寂しがっているわ」

春子は絶望の淵で、ふたたび夫の待つ部屋へとのぼっていった。

どこかに隠れていたペットの悲しげな鳴き声が聞こえてきた。あるいは、床に倒れたままの主人に向かって泣いているのかもしれない。

「ミィは、生きていたのね」

とたんに涙があふれた。

翌二十七日、グルー大使が弔問のため斎藤邸を訪れた。

畳の部屋に通されると、斎藤は顔の上に白布をかけられて安置されていた。跪《ひざまず》いて焼香すると、喪に服している家族の方に姿勢をただした。真ん中に、未亡人となった春子が三角巾で両腕を吊った痛痛しい姿で座っていた。春子が声をかけた。

「どうぞ、顔を見てやってください」

グルーがうなずくと、立ちあがった春子が白布を取りのけようとした。手が不自由なため、グルーがかわった。銃弾の傷がひとつ見えたが、やすらかな死顔だった。

生前、けっして絶やすことのなかった温厚な笑顔が思い出された。やわらかい白髪と沈思していいるようなデスマスクは、これまで見たことのない高貴さを備えていた。

ふたたび白布をそっとかぶせた。春子はやさしく言った。

「夫はトーキーというものを見たことがなく、大使館での映画を非常に喜んでいました。あれほど楽しい一晩をあたえていただき、ありがとうございました」

グルーは胸が詰まった。前夜の楽しいレセプションが思い出され、斎藤夫妻の生き生きとした表情がよみがえってきた。

事件は陸軍部内のファシスト分子が工作し、昭和維新を実現しようとしたものであることは知らされていたが、白髪の老人を殺すことが、どうして新しい日本を築くことになるのか、まったく理解できない。

青年たちにははやる熱情があっても、冷静な判断力や理性に欠けている。冷たい思想や理論があっても、人間を第一に考える感情に不足している。そう考えると、しだいに怒りがこみあがってきた。

どこかで猫の鳴く声がした。グルーが横を見ると、それまでこらえていた春子の頰から一条の糸が流れていた。何かにすがるような瞳は、深い海の底から救済を求める人々の祈りを代弁しているようにも見えた。

邸宅全体が陰り、冴えた空気が部屋の中にゆっくりと這《は》い込んできた。

エピローグ

日本の中枢部を占拠した蹶起《けっき》部隊は天皇の逆鱗《げきりん》に触れ、叛乱《はんらん》部隊との烙印《らくいん》を押された。その後、鎮圧部隊と睨みあう緊迫した状態がつづいたが、総攻撃のタイムリミットとなった二十九日、戦車部隊がじりじりと迫る中、叛乱部隊がつぎつぎに帰順したことから、陸軍どうしが血で血を洗う最悪の事態は回避された。

首謀者に対する裁判は、四月末から始まった。

六月五日に求刑、一ヵ月後の七月五日には第一次判決が下るという異例の早さだった。緊急勅令により特設された「東京陸軍軍法会議」は、公開審理を原則とする二審制の常設軍法会議と異なり、「一審終審制で上告なし、弁護人なしの秘密審理」が可能だった。つまり、国民の目から事件の真相を覆い隠し、陸軍に都合のよいシナリオを描くことができたのである。明治憲法の自殺行為であり、暗黒裁判だったといわれるゆえんである。

判決の結果、香田清貞ら十七人に死刑、ほかは無期から一年六ヵ月の禁固刑が言い渡された。判決から一週間後の十二日午前五時四十分、渋谷区宇田川町の陸軍衛戍《えいじゅ》刑務所では、村中孝次、磯部浅一を除く十五人（将校十三人・民間人二人）に対し、刑の執行が言い渡された。煉瓦塀の向こうにある代々木練兵場では、軽機関銃の空砲の音が間断なく、灰色の空に鳴り響いていた。銃殺の音をかき消すためのカモフラージュであった。

刑は五人ずつ三回に分けて行なわれることになり、それぞれにカーキ色の夏服を着用し、目隠しされた。額にあたる布には狙いを定めるための黒点が記された。

彼らは看守に両腕を支えられて刑務所構内を歩かされ、煉瓦塀の前につくられた刑架までつれていかれた。夏草の匂いを嗅ぎながら、その場所にたどり着くと、莚《むしろ》のうえに正座させられた。刑架は十字に組まれ、晒木綿《さらしもめん》が巻かれていた。檜《ひのき》でできたその刑架に、両腕と頭部、胴を晒木綿でかたく縛りつけられた。

銃殺には三八式歩兵銃が使用され、佐倉連隊の一隊が担当した。

彼らは水をあたえられると、「天皇陛下万歳」などを唱えながら、最期の時を迎えた。一回目は午前七時、執行されたのは、香田清貞、安藤輝三、竹島継夫、対馬勝雄、栗原安秀だった。

このうち安藤は鈴木貫太郎侍従長を襲撃したが、とどめを刺さず、帰順する際に自決をはかって一命をとりとめた人物である。安藤は最初、蹶起に反対していたが、同志から説得されて加担。つぎつぎに脱落してゆく仲間に忸怩《じくじ》たる思いを抱きながら、最後まで抵抗の構えを示した。

二回目は八時、中橋基明、丹生誠忠、坂井直、田中勝、中島莞爾の刑が執行された。坂井は、斎藤實を襲撃したリーダーであるが、鎮定後、同じ歩兵第三連隊の清原康平（少尉・無期禁固）とともに、二月九日に結婚したばかりであることがわかった。坂井は二月二十二日に週番勤務についており、わずか二週間の新婚生活しか送っていない。中橋と中島は高橋是清蔵相を襲撃した指揮官である。

三回目は午前八時半、安田優、高橋太郎、林八郎、渋川善助、水上源一の刑が執行された。安田と高橋は斎藤を襲撃したのち、さらに渡辺教育総監を襲った指揮官である。渋川と水上の二人は民間人であった。

二・二六事件の本質は、むしろ鎮定されたときから始まっていたといえるだろう。クーデター失敗を踏台に国家統制を進め、ファシズム路線を固めようという陸軍側の策略である。特設軍法会議で叛乱将校を葬った陸軍だが、皇道派の粛清は鎮定直後から進められていた。すでに三月の時点で事件関係者の処分とともに首脳部の異動が発表されていたが、八月一日には、三千数百人という未曾有の大人事異動が実施された。

一連の粛軍人事によって、軍事参議官の林銑十郎、真崎甚三郎、荒木貞夫、阿部信行、陸相を辞していた川島義之、侍従武官長だった本庄繁、関東軍司令官だった南次郎の計七人の大将が、現役を退き予備役に編入された。戒厳司令官の香椎浩平も七月に予備役に編入されていた。

一方、事件の陰に隠れていた永田・相沢事件の被告、相沢三郎は、五月に死刑の判決を受け、叛乱将校らが処刑される九日前の七月三日に銃殺されていた。三日後には、皇道派の頭目であり事件の黒幕とみられていた真崎甚三郎が、反乱将校と同じ刑務所に強制収容され、特別監房に入れられた（昭和十二年九月に無罪）。

叛乱将校の処刑を受けて、七月十八日には戒厳令が解除された。

二十九日、第二次判決が下り、山口一太郎に無期禁固、靖国神社参拝の名目で軍を動かした新井勲に禁固六年が言い渡された。第三次判決は翌十二年一月十八日に言い渡され、八月十四日には、北一輝と西田税に事件の首魁《しゅかい》として死刑、亀川哲也に無期禁固が言い渡された。十九日、北と西田は、前年七月の処刑からはずされていた村中孝次、磯部浅一とともに、前回と同じように刑務所構内で銃殺された。

最終的に、自決した野中四郎、河野寿（三月五日、第一衛戍病院熱海分院で服毒したうえ、病院を抜け出し果物ナイフで割腹）を含む二十一人（第一次処刑十五人、第二次処刑四人）が、事件の責任をとらされるかたちでこの世を去った。

一時期、わが世の春を謳歌した皇道派は、新統制派による軍部の力を強める捨て石の役目を果たして自滅した。代わって新統制派のボスにのしあがる東條英機によって、陸軍は露骨に政治に介入し、戦時体制を敷いてゆくことになる。

昭和十一年三月二日、斎藤の密葬が自邸においてしめやかに行なわれ、遺骸は幡ヶ谷《はたがや》火葬場で荼毘《だび》に付された。二十二日、東京築地本願寺において、斎藤の本葬儀が営まれ、千人を超す会葬者が詰めかけた。遺骨は分骨のうえ、多摩墓地と郷里の水沢とに埋められることになった。遺骨は二十四日夜、上野発の列車で水沢に向かい、途中の仙台、一関では特別に霊柩車の扉を開いて、大勢の焼香を受けた。

水沢に着いた遺骨は、生誕地でもある吉小路の自邸に入り、二十六日に水沢小学校講堂において葬儀が営まれた。会葬者は引きもきらず、その長い列は夕刻までつづいた。

昭和十六年八月、斎藤春子は、高齢にもかかわらず日本赤十字社篤志看護婦人会員となり、救急事業に尽くした。

日本の敗戦が色濃くなった二十年三月、春子は家族とともに夫の生まれ故郷である水沢に移り住むことになり、貨車一台に家財などを詰め込んで運ばせた。

四谷の邸宅は戦災で焼けたが、このときの春子の英断によって、斎藤夫妻の遺品が奇跡的に残されることになった。遺品の数々は明治、大正、昭和と、それぞれの時代とその変遷を証言する貴重な資料として、「斎藤實記念館」に展示・保管されている。

岩手国体が開催された昭和四十五年（一九七〇）十月十四日、春子は、式典に臨席するために来県していた昭和天皇、皇后両陛下に水沢緯度観測所で拝謁した。

会見室で待っていた春子は、両陛下が姿を現わすなり、丁寧に挨拶した。

「斎藤春子でございます」

「元気でなによりですね」

近くに寄られて声をかけた天皇は、深々と頭を下げたままの春子にやさしく言った。

「よく顔を見せなさい」

春子が顔をあげると、

「實には大変お世話になったね」

感慨深げに言われた。

皇后陛下も「からだを大事にして、いつまでもお元気で過ごされるように……」といたわり、会見室を退出した。

わずか四分ほどの会見だったが、春子は天皇の忠臣として生きた夫の笑顔を脳裏に浮かべ、感極まった。

翌四十六年九月十四日、三月から水沢病院に入院していた春子は、眠るように逝去した。享年九十八。眼球は遺志によってアイバンクに捧げられた。葬儀は市民葬として営まれ、小山崎の斎藤墓地に夫と並んで葬られた。

斎藤が殺されてから、三十五年の歳月が流れていた。

東京渋谷区宇田川町の一角に、「二・二六事件記念慰霊像」が建立されている。

この慰霊像は、旧陸軍の将校および民間人の遺族らで結成した仏心会によって建てられたもので、事件から三十年目の昭和四十年二月二十六日に除幕式が行なわれた。除幕式には、安藤輝三や香田清貞の未亡人なども参列していた。銃殺された栗原安秀の母、勝子が綱を引くと、慈悲あふれる観音像が姿を現わした。

台座の碑文には、昭和十一年の晩冬に起こった事件の概要が綴られたうえ、

「この地はその陸軍刑務所跡の一隅であり、刑死した十九名とこれに先立つ永田事件の相沢三郎中佐が刑死した処刑場の一角である。この因縁の地を撰び、刑死した二十名と自決二名に加え、重臣、警察官この他事件関係犠牲者一切の霊を合せ慰め、且つは事件の意義を永く記念すべく、広く有志の浄財を集め、事件三十年記念の日を期して慰霊像建立を発願し、今ここにその竣工をみた。謹んで諸霊の冥福を祈る」

と刻まれている。

ここでは、殺害された斎藤實や高橋是清といった重臣から警察官、さらには自決あるいは処刑された軍人や民間人まで、いっさいの犠牲者の霊が合祀《ごうし》されている。

参考文献

『斎藤實伝』全四巻（昭和十七年・財団法人斎藤子爵記念会発行）／有竹修二『斎藤実』（時事通信社）／『斎藤實夫妻を偲ぶ』（斎藤實記念館建設実行委員会）／銅像復元記念出版『斎藤實追想録』（斎藤實元子爵銅像復元会）／『斎藤實記念館のあゆみ』（斎藤實記念館）／香椎研一編『秘録二・二六事件』（永田書房）／高橋正衛『二・二六事件』（中央公論社）／澤地久枝『妻たちの二・二六事件』（中央公論社）／澤地久枝『雪はよごれていた』（日本放送出版協会）／黒田秀俊『昭和軍閥』（図書出版社）／『日本の歴史』（中央公論社）／別冊歴史読本『明治天皇』（新人物往来社）／別冊歴史読本『昭和天皇』（新人物往来社）／ジョセフ・C・グルー著 石川欣一訳『滞日十年』（毎日新聞社）／『激動昭和の領袖』（TBSブリタニカ）／司馬遼太郎『歴史を紀行する』（文春文庫）／平塚柾緒『日露戦争』（フットワーク出版社）／島貫重節『戦略日露戦争』（原書房）／チャールズ・チャップリン著 中野好夫訳『チャップリン自伝』（新潮文庫）／『一億人の昭和史 三代の宰相たち』（毎日新聞社）／『重要紙面でみる朝日新聞90年』（朝日新聞社）／『原敬日記』（福村出版）／鈴木一編『鈴木貫太郎自伝』（時事通信社）／『岡田啓介回顧録』（毎日新聞社）／『近代日本の女性史4 激動の妻たち』（集英社）／松本清張『史観宰相論』（文春文庫）／有馬頼義『二・二六暗殺の目撃者』（読売新聞社）

あとがき

歴史は非情である。

どんなに一世を風靡《ふうび》した人物であったとしても、やがては堆積《たいせき》する時間のなかで化石となってゆく。その化石が掘り出されない限り、その人物は永遠に忘れ去られ、歴史の闇に埋もれてゆく。

この作品は、昭和史を暗転させた「二・二六事件」で惨殺された斎藤實の生涯を描いた評伝小説である。二・二六事件では、最後は悲劇的な結末を迎えた青年将校の側にスポットが当てられることが多く、殺された側がクローズアップされることは少ない。

これまで何度となく映画化されたりドラマの題材になってきたが、どうしても青年将校が贔屓目《ひいきめ》にみられるため、殺された重臣たちの存在は軽く扱われやすい。それどころか、ときには国賊の象徴のように描かれることさえある。

では、殺された斎藤は何をしてきた人物なのか。本当に殺されなくてはならなかったのか。

肝心なことはあまり知られていない。斎藤という人物を通して、日本海軍の歩みやファシズムの台頭という歴史の流れを少しでもつかんでもらえれば本望である。

この作品は平成三年十一月から翌年十月まで、産経新聞岩手版に『岩手宰相物語　斎藤実』として連載されたものを改稿したものである。改稿にあたっては、斎藤の人となりを浮き彫りにするために、史実に関したこまごまとした説明を極力省き、大幅に削除した。

この場を借りて、連載のときから温かい激励や助言をいただいた直木賞作家の三好京三、連載ならびに出版の労をとってくれた歴代の産経新聞盛岡支局長の新沼秀男、武輪俊彦、芝沼隆一、沖野鈞の各氏、貴重な資料や写真を快く提供してくれた水沢市立斎藤實記念館、発行に尽力してくださった光人社の高城肇、牛嶋義勝の両氏に感謝申し上げる。

平成十一年一月

高橋　文彦

文庫版のあとがき

令和の時代となり、昭和はますます遠ざかった感がある。日本の近代史を俯瞰すると、日清戦争、日露戦争、第一次世界大戦、日中戦争、太平洋戦争（第二次世界大戦）と、戦争の連続と言っても過言ではない。ひとつの戦争が終わると、つかのまの平和の陰で次の戦争に至る導火線が引かれてきた。

昭和十一年（一九三六）の二・二六事件は、日本が軍国化に拍車をかける分岐点になった重大事件として、今日でもたびたびテレビ番組や雑誌などで取りあげられる。だが、青年将校の凶弾に斃れた内大臣の斎藤實について、深く語られることはほとんどない。

この作品は、平成十一年（一九九九）二月に刊行された単行本『惨殺　斎藤実「二・二六」に死す』の文庫版である。初出の産経新聞岩手版（当時）に連載したとき、私は三十六歳から三十七歳。出版時は四十四歳だった（いずれも本名の高橋文彦）。今回、二十一年ぶりに陽の目を見ることになった。著者としては望外の喜びである。

全国的にはあまり知られていない斎藤實だが、出身地の奥州市では、斎藤實、春子夫妻の顕彰活動が連綿と続けられている。平成二十年（二〇〇八）十一月十五日には、斎藤實の生誕百五十年記念シンポジウムが同市文化会館（Ｚホール）で開催され、東京都在住で孫の岡百子さん（当時八十一歳）、東京大准教授（現・教授）の加藤陽子さんらがパネリストを務めた。これに先立ち、『斎藤實伝』（元就出版社）を刊行したばかりの私は、基調講演で斎藤の生涯を物語った。

翌二十一年二月七日と八日の二回、同記念事業の一環として、市民劇「陽だまりのなかの春子さん」（原作・松田十刻、脚本・渡部明）がＺホールで上演された。劇は、戦時中に實の生まれ故郷（当時は水沢市）に移り住んだ春子が晩年、夫妻の歩みを回想するかたちで進行し、悲劇的な最期も活写された。

平成三十年（二〇一八）十月二十七日、同市内のホテルで開催された生誕百六十年記念「斎藤實生誕祭」では、講談師の田辺鶴遊さんが創作講談「斎藤實伝」を熱演し、喝采を浴びた。田辺さんは、斎藤と竹馬の友だった後藤新平の創作講談も上演している。

今回の文庫版を機に、改めて斎藤の生涯と近代日本の光と影の歴史を見つめ直す一助になれば幸いである。なお、文庫版では一部を改稿したうえ、著者名、書名を変え、斎藤実の「実」の表記を戸籍上の「實」に改めた。

末尾になりましたが、本書の文庫化に尽力くださった潮書房光人新社の小野塚康弘さんに厚く御礼申し上げます。

令和二年一月

松田十刻

斎藤　實　年譜

年号 年齢	年譜	国内情勢	国際情勢
安政5年（1858）	十月二十七日、陸中国水沢町吉小路に生まれる 父耕平、母キク、幼名富五郎	日米通商条約調印 安政の大獄始まる	清国、英、米、露、仏と天津条約締結 清国、ロシアと瑷琿条約締結
明治3年（1870）12歳	胆沢県庁（水沢城内）の給仕となる 藩校立生館に入り漢学を修める	平民にも姓が許可される 海軍を英式、陸軍を仏式に兵制統一	仏、プロシアに宣戦布告（普仏戦争）
明治4年（1871）13歳		戸籍法制定 廃藩置県 日清修好条規締結	ドイツ帝国成立、ビスマルクが首相となる 独、仏フランクフルト講和条約調印
明治5年（1872）14歳	上京	陸軍省、海軍省を設置 徴兵令公布	ベスビアス火山（イタリア）噴火
明治6年（1873）15歳	十月、海軍兵学寮（のちに兵学校と改称）に入学	地租改正条例公布 岩倉具視、ヨーロッパより帰国	露独軍事協約成立 独墺露三帝同盟成立

明治7年（1874）16歳		東京に警視庁を置く 民選議院設立建白書提出される 読売新聞創刊	仏、ベトナムを保護国とする 英、フィジー諸島を併合
明治8年（1875）17歳		愛国社設立される 元老院会議開かれる 江華島事件起こる	ドイツ社会主義労働者党結成 英、スエズ運河株をエジプトから買収
明治9年（1876）18歳		日朝修好条規締結 帯刀が禁じられる	セルビア、トルコに宣戦布告 グラハム・ベル、電話発明
明治10年（1877）19歳	海軍兵学校を卒業	西南戦争 国会開設の建白書提出される	セルビア、トルコ、講和条約調印 ロシア、トルコに宣戦布告 ルーマニア、トルコに宣戦布告
明治11年（1878）20歳	六月、練習艦に乗組、北海道ならびに露領ウラジオストクに航海す（十月帰航）	大久保利通暗殺される 軍人訓戒出される 竹橋の兵営で暴動	サン・ステファノ条約調印 ベルリン条約調印

明治12年（1879）21歳	二月、筑波艦に転乗、シンガポールを経てペナンへ航海。八月、海軍少尉補拝命	朝日新聞創刊 琉球藩にかわり沖縄県設置、清国の抗議をうける 米グラント将軍、天皇と会見	ズールー戦争 レセップス、パナマ運河会社設立
明治13年（1880）22歳	二月、乾行艦乗組を命ぜらる。七月、明治天皇西京御巡幸、神戸より海路扶桑艦に乗組御還幸につき扶桑艦員外乗組申し付けらる	河野広中、片岡健吉らが国会開設を請願 米内光政、盛岡に生まれる	清国の李鴻章が海軍を創設
明治14年（1881）23歳	五月、観音崎砲台および横須賀行幸につき供奉仰せ付けらる	海軍機関学校設置 明治二十三年を期し国会開設を詔諭 自由党結党	パナマ運河起工 ロシア皇帝アレキサンドル二世暗殺される
明治15年（1882）24歳	九月、任海軍少尉。十月、叙正八位	軍人勅諭下賜 朝鮮京城事変勃発、暴徒が日本公使館を襲撃 日本銀行開業	独墺伊三国同盟調印 英、エジプトに宣戦布告
明治16年（1883）25歳	三月、扶桑艦乗組を命ぜらる	官報を創刊 天気予報開始 鹿鳴館開館	英国、エジプトの支配権を確立 仏国、安南を保護領とする コッホ、コレラ菌を発見

年	事項	日本の動き	世界の動き
明治17年（1884）26歳	二月、任海軍中尉。四月、叙従七位、アメリカ合衆国に差遣せらる。九月、米国在勤中、同国公使館付兼勤仰せ付けらる	華族令制定 京城事変勃発、韓国王日本軍の護衛を要請する	仏軍、カンボジア占領 清国、フランスに宣戦布告 米、ハワイの真珠湾を軍港として借りる
明治18年（1885）27歳	四月、ニュー・オルレアンス万国博覧会へ出張を命ぜらる	内閣官制公布、伊藤博文が初代内閣総理大臣となる	清仏天津条約調印
明治19年（1886）28歳	三月、参謀本部海軍部出仕仰せ付けらる。七月、任海軍大尉。八月、海軍大臣に随行、欧州へ出張	海軍条令と鎮守府条令を公布 陸軍は鎮台を廃し新たに六コ師団を置く ノルマントン号事件	英、ビルマを併合
明治20年（1887）29歳	三月、独国ベルリンにおいて西郷海軍大臣一行に別れ英国ロンドンより黒田内閣顧問一行と同道し、米国ワシントンに帰着	海防整備の勅語を賜わり、御手許金三十万円を下賜	仏、インドシナを併合 ザメンホフ、エスペラントを考案
明治21年（1888）30歳	二月、帰朝仰せ付けらる。五月、海軍参謀本部出仕仰せ付けらる。十月、参謀本部第一局勤務仰せ付けらる	海軍参謀本部条令公布 海軍大学校官制公布 海軍兵学校、江田島に移る	英、北ボルネオを保護国とし、ニューギニアを占領する

明治22年（1889）31歳	一月、大演習審判官陪従仰せ付けらる。三月、補海軍参謀部第一課員。四月、補高雄砲術長兼水雷長分隊長。八月、常備艦隊旗艦高千穂に乗組、青森、北海道を経て露領、満州、朝鮮および清国北部沿岸諸港を巡航	帝国憲法と皇室典範を制定公布 外相大隈重信は爆弾を投げられ右足に重傷を負う	サモア島を英米独の三国共同保護下におく 仏革命百年記念パリ万国博開催
明治23年（1890）32歳	三月、第三回内国勧業博覧会審査官仰せ付けらる。三月、陸海軍連合大演習につき常備艦隊旗艦高千穂に乗組申し付けらる。四月、神戸港において海軍観兵式天覧、続いて呉、佐世保両鎮守府ならびに江田島海軍兵学校に御巡幸につき供奉仰せ付けらる。八月、三陸地方および北海道沿海巡航を命ぜらる	第一回衆議院選挙 立憲自由党結党 教育勅語下賜 第一回帝国議会召集	英仏協商（植民地再分割） 英独協商（同右） コッホ、ツベルクリンを発見
明治24年（1891）33歳	七月、海軍参謀本部出仕仰せ付けらる。十二月、鎮守府条例以下海軍省諸条例改正案取調委員仰せ付けらる。少佐職務心得として海軍参謀本部第三課員仰せ付けらる	津田三蔵、大津にて来朝中のロシア皇太子を襲い傷つける 清国水師提督丁汝昌、北洋艦隊を率いて訪日 帝国議会議事堂落成	露仏同盟調印 独墺伊三国同盟更新
明治25年（1892）34歳	二月五日、仁礼景範の長女春子と結婚。六月、高雄副長心得仰せ付けらる。九月、常備艦隊軍艦通則取調委員を命ぜらる	露国東洋艦隊横浜に来港 海軍造兵廠五千人がスト	ウラジオストクでシベリア鉄道の起工式

年	事項	国内	海外
明治26年（1893）35歳	八月、オーストリア親王殿下御来朝に付き奉迎送のため乗艦を命ぜらる。同月、釜山浦、元山津、ウラジオストクを経、樺太コルサコフ港に航行、さらに択捉島、留別、択捉諸島および色丹島を巡視す。十二月、任海軍少佐、補海軍省人事課僚兼軍務局第一課僚	天皇、内廷費から六年間、毎年三十万円を下付、文武官僚も俸給の一割を製艦費に充つべしと下命	ハワイに革命起こる エジソン、活動写真を発明
明治27年（1894）36歳	二月、艦隊条例、艦隊職員条例、軍艦条例、軍艦職員条例、海軍礼砲条例および海軍敬礼式兼補海軍技術会会員。叙従六位。六月、朝鮮へ出張仰せ付けらる。八月、弾底信管臨時試験委員を命ぜらる。九月、侍従武官仰せ付けらる	朝鮮に東学党の乱が起こり清国まず出兵、わが国も兵を派す 清国に対し宣戦布告 海軍省庁舎、霞ヶ関に移る	
明治28年（1895）37歳	二月、侍従武官免ぜられ、補和泉副長。四月、小松征清大総督宮渡清護衛として宇品を発し旅順に向かう（五月帰国）。五月、免本職補常備艦隊参謀。七月、上村海軍大佐就任まで常備艦隊参謀長代理兼務を命ぜらる。十月、安平発西京丸にて御帰京の北白川宮能久親王殿下を護衛す（十一月四日、横須賀港帰着）。十二月、常備艦隊武功調査委員を命ぜらる	清国北洋艦隊水師提督丁汝昌投降 日清講和条約調印 露独仏は日清講和条約に干渉、遼東半島を清国に還付せよと日本に勧告	独皇帝、露皇帝に黄禍論を述べる 韓国に乙未政変（閔妃殺害事件）起こる レントゲン、X線を発見

年	事項	国内	国外
明治29年（1896）38歳	五月、明治二十七年戦役の功により、功四級金鵄勲章ならびに年金五百円および単光旭日章を授けらる。十月、軍艦富士回航委員仰せ付けらる。十一月、補富士副長	進歩党結成 日本郵船会社、欧州航路を開始 三陸地方に津波（死者三万余人） 台湾総督府条例を公布	露清密約成立 清国、ウスリー鉄道敷設権を露国に与える エチオピア独立 アテネで第一回オリンピック
明治30年（1897）39歳	六月、富士領収の日より英国女王陛下即位六十年祝典に参列、儀式が終わるまで常備艦隊に編入。大ブリテン皇帝陛下即位六十年祝典、海軍観兵式に参列、祝典記念章授与。八月十八日、英国を発しマルタ、ポートサイド、スエズ、アデン、コロンボ、シンガポールおよび香港を経て十月三十一日、横須賀軍港に着艦。十二月、任海軍中佐。同月、任海軍大佐補秋津洲艦長	新貨幣法の実施（金本位制の確立） 全国に赤痢大流行（死亡者二万二千余人）	トルコ、ギリシャに宣戦 ドイツ宣教師殺害によりドイツ艦隊膠州湾を占領す 米、ハワイ併合 マルコーニ、無線電信完成 志賀潔、赤痢菌発見
明治31年（1898）40歳	五月、米西戦況ならびに居留民保護のため、佐世保出航、マニラに回航。十月、補厳島艦長。十一月、任海軍次官。十二月、海軍将官会議議員心得仰せ付けらる	元帥府を設置 自由、進歩両党合同して憲政党を結成	米西戦争発生 独、膠州湾を租借 露、旅順と大連を租借 英、九竜を租借 仏、広州湾を租借
明治32年（1899）41歳	二月、造兵工場設立調査委員長を命ぜらる。四月、文官普通懲戒委員長仰せ付けらる	陸海軍大臣現役大中将制確立 改正条約実施（外国人の内地雑居の許可、税権、法権の回復および新関税の実施）	清国山東省に義和団事件起こる 米国、列国に中国の門戸開放、機会均等主義を提言 南阿戦争発生

明治33年 (1900) 42歳	一月、臨時海軍建築部長心得兼海軍将官会議議員心得仰せ付けらる。五月、任海軍少将、任海軍総務長官（官制改革のため）、同月、補海軍省軍務局長兼海軍将官会議議員臨時海軍建築部長。八月、海軍勲功調査委員仰せ付けらる。十月、免本職ならびに兼職補臨時海軍建築部長兼海軍将官会議議員	東郷平八郎、常備艦隊司令長官に任命 清国義和団事件のため軍艦笠置を天津に派遣 北清事変（義和団事件）に出兵を決定 立憲政友会発会式	ケットラー・ドイツ公使、北京で義和団に殺さる 清国皇帝、北京に出兵した各国に対し宣戦布告 各国連合軍北京入城 英国、南阿共和国を併合 清国、列国に陳謝し和平休戦を提議 第一次露清密約調印
明治34年 (1901) 43歳	二月、鉄道会議議員仰せ付けらる。四月、フランス共和国政府より贈与したる「コンマンドール・ド・ロルドル・ナシオナル・ド・ラ・レジオン・ド・ノール」勲章を受領しおよび佩用するを允許せらる。十二月、明治三十三年清国事変に於ける功により勲二等旭日重光章および金二千五百円を授けらる	皇孫（昭和天皇）御生誕 京都、大阪財界に恐慌起こり銀行取付け起こる 星亨、刺客伊庭想太郎のため暗殺さる	連合国、義和団事件講和議定書調印 マッキンレー米大統領暗殺、ルーズベルト大統領就任 モロッコは仏領となる ノーベル賞創設
明治35年 (1902) 44歳	三月、海軍大将子爵伊東祐亨常備艦隊特命検閲中、海軍軍令部長代理仰せ付けらる。六月、海軍刑法、海軍治罪法改正案調査委員長仰せ付けらる。九月、第五回内国勧業博覧会評議員仰せ付けらる	日英同盟条約調印 英皇帝戴冠式参列のため軍艦浅間、高砂を派遣 英国で建造の三笠横須賀着 海軍拡張案を議会に提出	シベリア鉄道完成 露仏協同宣言（日英同盟に対応） 英皇帝戴冠式 露、満州より一部撤兵

明治36年 （1903）45歳	明治37年 （1904）46歳	明治38年 （1905）47歳
十一月、補海軍将官会議議員兼臨時海軍建築部長	二月、兼補海軍省軍務局長。大本営海軍軍事統監兼海軍軍務部長仰せ付けらる。三月、海軍武功調査委員長仰せ付けらる。六月、任海軍中将。九月、海軍予備員検定委員長仰せ付けらる	一月、兼補海軍艦政本部長海軍教育本部長。四月、海軍煉炭製造所設立委員長仰せ付けらる。八月、御徳炭坑復旧事業方針取調委員長仰せ付けらる。十月、観艦式準備委員長仰せ付けらる。十一月、免兼海軍教育本部長。十二月、免兼海軍省軍務局長
小学校教科書の国定制公布 衆議院、海軍拡張案（六六艦隊）を可決 七博士、対露強硬意見書を発表 専門学校令公布 東北の大凶作 早慶戦はじまる	対露宣戦布告 大本営設置 旅順口閉塞作戦 東京市民戦勝祝賀会を開き雑踏のため死者二十名を出す 東郷連合艦隊司令長官、遼東半島封鎖宣言 大山巌を満州軍総司令官に任命 黄海海戦 遼陽会戦 愛国婦人会設置	旅順開城 奉天会戦 日本海海戦 日露講和条約成立 韓国保護条約調印 大本営解散 日清満州条約調印
ライト兄弟飛行機を発明 露軍、満州に南下し、旅順に極東総督府設置 露の社会民主労働党がボルシェヴィキとメンシェヴィキに分裂 米、パナマ運河地帯を永久租借す	各国局外中立宣言 日韓攻守同盟調印 英仏協商調印 米、パナマ運河起工 山東鉄道開通 シベリア鉄道のバイカル湖、ハバロフスク間工事完成 バルチック艦隊リバウ軍港出発	ロシア第一革命 露ウィッテ和平を上奏 ノルウェー、スウェーデンより独立 ルーズベルト米大統領、日露両国に和平勧告 孫文、中国革命同盟を結成

明治39年 （1906）48歳	一月、任海軍大臣。四月、明治三十八年戦役の功により功二級金鵄勲章ならびに年金千円および勲一等旭日大授章を授けらる。六月、大ブリテン国皇帝陛下より贈与されたる「グランド・クロッス・オブ・ゼ・バビ」勲章を受領しおよび佩用するを允許せらる	海軍記念日を五月二十七日と制定 日露講和条約により北緯五十度以南の南樺太を領有 鉄道を国有化 南満州鉄道株式会社を設立（総裁、後藤新平）	アルジェシラス列国会議、モロッコ問題を討議 英戦艦ドレッドノート進水 米国サンフランシスコに日本学童排斥問題起こる キューバに反乱起こる
明治40年 （1907）49歳	二月、プロシア皇帝陛下より赤鷲第一等勲章を授けられ、佩用することを允許せらる。七月、イタリア皇帝陛下より「サンモーリス・エ・ラザル」第一等勲章を授けられ、佩用を允許せらる。九月、依勲功特授男爵。十二月、フランス共和国政府より「グラン・オフィシェー・ド・ロルドル・ナシオナル・ド・ラレジオン・ド・ノール」勲章を授けられ、佩用を允許せらる	株式市場大暴落、財界恐慌起こる 足尾銅山暴動起こる 韓国の内政監督に関する日韓協約調印 日露協約（満州における勢力範囲協定）調印 六師団を十二師団に増加	米国の日本移民制限法成立 ハーグ第二回万国平和会議 英露協商調印 ニュージーランド自治宣言 サンフランシスコで排日暴動
明治41年 （1908）50歳	二月、叙従三位。三月、韓国皇帝陛下より李花大勲章を授けられ、佩用するを允許せらる。五月、ロシア皇帝陛下より向鷲勲章を授けられ、佩用するを允許せらる	日米紳士協約（移民制限） 日露樺太島境界画定書調印 戊申詔書発布 高平・ルート協約（中国の門戸開放機会均等に関する日米協約）成立	トルコに青年トルコ党反乱 ブルガリア独立宣言 墺、ボスニアを併合 ベルギー、コンゴ自由国を併合 ロンドン海軍国際会議

明治42年（1909）51歳		対韓方針（併合）を閣議決定 伊藤博文暗殺	米、真珠湾を海軍根拠地に指定 米国務長官が満鉄の六ヵ国共同管理を提議、日露両国の反対で不成立
明治43年（1910）52歳	四月、韓国皇帝より韓国皇帝陛下南西巡幸記念章を授けられ、佩用するを允許せらる	幸徳秋水らの大逆事件 韓国併合の詔書発布、韓国を朝鮮と改む 白瀬中尉らの南極探検隊、開南丸にて品川沖発 徳川好敏大尉、代々木練兵場で試験飛行、三千メートルの新記録をつくる	南阿連邦成立 日露第二次協約（満州の現状維持）調印 ポルトガル革命、共和制となる
明治44年（1911）53歳	三月、叙正三位。五月、オランダ皇帝陛下より「オランジュ・ナッソー」第一等勲章を授けられ、佩用するを允許せらる	大逆事件判決（幸徳秋水ら二十四名死刑） 南北朝正閏問題起こる	米国カリフォルニア州に排日問題起こる 英皇室ジョージ五世戴冠式 トリポリ戦争 武昌に革命蜂起、辛亥革命発生、南京に革命政府樹立
明治45年　54歳 大正元年（1912）	九月、明治天皇霊柩供奉仰せ付けらる。十月、任海軍大将	米価暴騰新記録（正米相場一升三十一銭八厘） 明治天皇崩御、大正と改元 乃木希典夫妻殉死	清国、中華民国と改む、孫文が大総統に就任 第一次バルカン戦争 伊土ローザンヌ条約成立

年	事項	国内	国外
大正２年 （1913）55歳	三月、チリ共和政府より有功第一等勲章を授けられ佩用するを允許せらる	立憲同志会（桂首相の新政党）結成 桂内閣反対の民衆騒乱 陸海軍大臣の任用範囲を現役から予備役に拡大	第二次バルカン戦争 中国南北戦争始まる 袁世凱、大総統に就任 メキシコに革命起こる
大正３年 （1914）56歳	四月、依願免本官、特に前官の礼遇を賜う。五月、予備役仰せ付けらる	シーメンス事件 第二艦隊司令長官加藤定吉、膠州湾封鎖を宣言 日本軍、独領南洋群島を占領、青島を攻略	米、メキシコ国交断絶 第一次世界大戦始まる パナマ運河完成 英、エジプトを保護領に編入
大正４年 （1915）57歳	十二月、叙従二位	対支二十一ヵ条要求 追浜で海軍機墜落、安達大尉と武部中尉殉職（海軍機最初の事故） 大正天皇即位式 日本郵船八坂丸、地中海で独潜水艦に撃沈さる	独飛行船、対英空襲開始 ルシタニア号、独潜水艦に撃沈さる ベルダン陥落 ジョッフル元帥、連合軍総司令官となる
大正５年 （1916）58歳		中国動乱の拡大に備え第三艦隊を上海に派遣 憲政会発足 独の講和提議の報に市場惨落	ドッガー・バンク海戦 独潜水艦、対英封鎖開始 ジュットランド沖英独海戦 黎元洪、中国大総統に就任 ポーランド独立宣言

大正6年（1917）59歳		石井・ランシング協定成立	独、無制限潜水艦戦宣言 米、対独宣戦 ロシアに十月革命起こり労農政府成立、レーニン首班となる ソ連、独と単独講和
大正7年（1918）60歳		米騒動（東京の白米小売価格は一升五十銭を突破（前年同期の二倍）、騒動は全国に波及、ついに軍隊出動す） チェコ軍援助のためシベリア出兵 原内閣発足	エストニア、ラトビア独立を宣言 露国の廃帝、皇后、皇太子、皇女が銃殺される ハンガリー、独立宣言 独に革命起こる 独皇帝、退位を宣言 連合国、独と休戦条約調印
大正8年（1919）61歳	八月、任朝鮮総督。同月、朝鮮総督在官中、特に現役に列せしむ	シベリア撤兵 普選運動ひろがる ベルサイユ講和条約により、山東省と膠州湾にドイツが有した権利を日本に引き渡し、赤道以北の旧独領の委任統治国を日本に指定	パリ平和会議開く コミュンテルン結成 イタリアにムッソリーニのファシスト党結成 中国各地に日貨排斥運動 ベルサイユ条約調印 国際連盟規約締結 独、ワイマール憲法制定

大正9年 （1920）62歳		平和克服の大詔発布 衆議院、普選案を審議中に解散 尼港事件起こる 株式市場大暴落、財界大恐慌 第一回国勢調査 明治神宮鎮座祭	国際連盟成立 独ナチス党結成、ヒトラー党首となる 米上院、国際連盟規約の批准拒否 中国共産党創立 ギリシャ、トルコと開戦 中国の安直戦争 北京政府、南北統一を宣言、孫文これを否認
大正10年 （1921）63歳		第一回国勢調査表（内地人口五五九六万一一四〇人） 皇太子、欧州各国巡遊のため軍艦香取で三月三日出発（九月三日帰朝） 原敬首相、東京駅で暗殺さる 皇太子、摂政に御就任	パリ国際最高会議、独賠償金二二六〇億金貨マルクと決定 日英米仏四国協約成立、日英同盟を解消 ワシントン海軍条約調印（日本の主力艦保有量は英、米の六割に制限） アイルランド独立す
大正11年 （1922）64歳	ローマ法王より「グラン・クロアンサン・シルベストル」勲章を授けられ、佩用するを允許せらる	軍縮により戦艦尾張など七隻に工事中止命令 ワシントン海軍条約成立（八八艦隊の建造中止） 犬養毅ら革新倶楽部を結成	九ヵ国条約調印 英、エジプト独立承認 張作霖、東三省独立宣言 伊ファシスト党員がローマに進軍、ムッソリーニ政権獲得 米最高法院、日本人の帰化禁止を宣告 ソビエト社会主義共和国連邦樹立を宣言

大正 12 年 (1923) 65 歳	大正 13 年 (1924) 66 歳	大正 14 年 (1925) 67 歳
	二月、授旭日桐花大綬章	四月、依勲功特陞授子爵
軍縮により舞鶴鎮守府廃止 日本共産党第一次検挙 第七十号潜水艦、淡路島仮屋沖で沈没 関東大震災 大杉栄らが憲兵に殺さる 虎ノ門事件（難波大助の大逆事件）	政友本党を結成 皇太子裕仁親王、久邇宮良子女王と御成婚式 海軍、第一期廃艦名を発表 埴原駐米大使、排日問題につき米国政府に「重大なる結果」を警告	東京放送局（ＪＯＡＫ）開設 普選法案、貴衆両院を通過 治安維持法公布 新空母赤城進水 貴衆両院議事堂全焼 労働農民党結党、即日結社禁止となる
仏軍、ルール占領 独マルク大暴落（一ポンド対一九〇億マルク） トルコ共和国、建国宣言、ケマルパシャ大統領となる ヒトラーのドイツ国民革命失敗 ボロジン、広東国民政府最高顧問となる	中国国民党第一回全国大会、国共合作を採択 レーニン死去 米大統領、排日法案に署名 北京で馮玉祥のクーデター	ムッソリーニ内閣改造、全閣僚にファシスト党員を任命 孫文死去 独ヒンデンブルグ、大統領となる 上海に反帝学生デモ（五・三〇事件）、各国は陸戦隊を揚陸 ペルシャ革命 ロカルノ条約調印

大正15年（1926） 昭和元年 68歳	昭和２年 （1927）69歳	昭和３年 （1928）70歳
九月、叙正二位	三月、七十歳（数え）の高齢につき御紋付銀杯ならびに酒肴料を下賜せらる。四月、ジュネーブにおける海軍軍備制限会議に全権委員として参列仰せ付けらる（四月二十三日神戸港出帆）。十二月、依願免本官、特に国務大臣たる前官の礼遇を賜う。後備役編入。任枢密顧問官	
政友会総裁田中義一、三百万円訴訟事件起こる 社会民衆党結成 政友会と政友本党の提携成立 大正天皇崩御、御年四十八 昭和と改元	金融恐慌 中国革命軍、南京の日本領事館襲撃 山東出兵 在満部隊に出動命令 上野、浅草間に地下鉄開通	第十六回衆議院総選挙（わが国最初の普通選挙） 第二次日本共産党大検挙 第二次山東出兵決定 第三次山東出兵断行 パリ不戦条約（ケロック不戦条約）調印 御即位の大礼式挙行
ブラジル、国際連盟脱退 中国国民軍、太沽で日本駆逐艦を砲撃 ポーランドに革命起こる 蒋介石、国民革命軍総司令に就任、北伐開始 中国北伐軍、漢口を占領	中国各地に排英運動起こる 中国革命軍上海占領、各国陸戦隊揚陸 蒋介石、南京政府を樹立 日英米軍縮会議決裂 南京政府、北伐を命令 南京政府、不平等条約の無効を宣言	米、不戦条約提議 済南にて日中両軍交戦（済南事件） 中国国民政府、治外法権撤廃を宣言 張作霖爆死事件 蒋介石、主席に就任 国民政府、東三省を合併

昭和4年 （1929）71歳	六月、日露協会会頭を嘱託せらる。八月、任朝鮮総督	鈴木貫太郎を侍従長に、加藤寛治を軍令部長に任命 旧労働党代議士山本宣治刺殺さる 朝鮮疑獄事件 私鉄疑獄事件 勲章疑獄事件	漢口の排日運動激化 東支鉄道に関する中ソ協定成立 英国、日米仏伊に対し海軍軍縮会議の招請状を発送 ニューヨーク株式暴落、恐慌起こる
昭和5年 （1930）72歳	三月、京城曹谿寺にて父の五十年忌法要を営む	金輸出解禁 統帥権干犯問題（海軍部内の分裂） 米価大暴落（大正六年来の安値） 陸軍青年将校、桜会を結成 枢密院、ロンドン条約諮詢案を可決 浜口首相狙撃事件	ロンドン海軍軍縮会議 英、威海衛を中国に返還 間島に朝鮮人暴動起こる（五・三〇事件） 済南事件対策に関する日英米三国会議 長沙（中国）の日本領事館焼き払わる 米、大建艦案を発表
昭和6年 （1931）73歳	六月、依願免本官。特に国務大臣たる前官の礼遇を賜う。八月、中央教化団体連合会会長に就任	陸軍のクーデター（三月事件、不発） 柳条溝事件（満州事変）起こる 陸軍青年将校のクーデター（十月事件、不発） 金輸出再禁止	英仏伊三国海軍協定 スペイン革命 ソ仏不可侵条約 中国政府、国際連盟に日華紛争調停要求 国際連盟理事会、期限付で満州撤兵勧告案を可決 米国務長官、日本の錦州攻撃に抗議

昭和7年 (1932) 74歳	昭和8年 (1933) 75歳
三月、海軍協会会長に就任。五月、任内閣総理大臣兼外務大臣。七月、免兼官。ローマ法王より「グラン・クロア・ピーマーフ」勲章を授けられ、佩用することを允許せらる。十二月、日本学術振興会会長に就任	
桜田門大逆事件 血盟団事件、前蔵相井上準之助暗殺さる 五・一五事件（海軍）、犬養首相射殺さる 満州国を承認 松岡洋右を国際連盟総会日本代表に任命	対連盟国民大会、日本の即時連盟脱退を決議 国際連盟脱退通告 神兵隊事件発覚 五・一五事件海軍側被告に求刑 海軍青年将校水交社に会合し五・一五事件求刑に反対を決議す 海軍軍令部条令廃止（軍令部と改称海軍軍令部長は軍令部総長となる） 陸・海軍省、軍民離間運動につき声明書発表 皇太子御誕生
上海事変起こる スチムソン米国務長官、対日声明発表 満州国建国宣言 独、ナチス第一党となる 日中紛争に関し連盟臨時総会開かる 日中両軍、山海関付近で衝突	米、満州国不承認を通告 ヒトラー内閣成立 米海軍、全艦隊の太平洋岸滞留を声明 国際連盟総会、日中紛争調停勧告案を四十二対一で可決、日本代表退席 米の金融恐慌、金輸出禁止 F・D・ルーズベルト、米大統領となる ヒトラーの独裁成る 国際連盟、満州国不承認報告書を採択 独、連盟および軍縮会議より脱退 米、ソ連を正式承認

年	斎藤實の事跡	国内の出来事	国外の出来事
昭和9年（1934）76歳	三月、兼文部大臣。七月、内閣総辞職。依願免本官並兼官、特に前官の礼遇を賜う	帝人疑獄事件 貴族院議長近衛文麿、親善使節として訪米 東郷平八郎元帥国葬 十一月事件（陸軍）（不発）	米大統領、海軍拡張法案に署名 ヒトラー、独総統となる 日英軍縮予備会議 伊軍、エチオピア侵入 日本、ワシントン海軍条約破棄を通告
昭和10年（1935）77歳	五月、日伯中央協会会長に就任。五月、内閣審議会委員仰せ付けらる。東北生活更新会会長に就任。六月、大日本少年団連盟総長に就任。選挙粛正中央連盟会長に就任。十月、朝鮮総督府始政二十五年式（於京城）に参列。十一月、大日本映画協会会長に就任。十二月、勤労者教育中央会会長に就任。任内大臣。依願内閣審議会委員被免	天皇機関説問題化す 衆議院、国体明徴決議案を可決 日本の国際連盟脱退の効力発生す 政府、国体明徴声明 陸軍省軍務局長永田鉄山、相沢三郎中佐に斬殺さる	独、再軍備宣言 仏ソ相互援助条約調印 中国共産党、抗日救国を宣言 伊、エチオピア開戦 英、日米仏伊を海軍軍縮会議に招請 蒋介石、行政院長に就任
昭和11年（1936）78歳	一月、補議定官。二月二十六日、逝去。同日叙大勲位、授菊花大綬章。同日、叙従一位。三月七日、賜誄、三月二十二日、東京築地本願寺において葬儀執行（法名実相院殿仁忠皐水居士）。三月二十六日、水沢小学校に於て葬儀執行小山崎斎藤墓地に葬る	ロンドン海軍軍縮会議脱退 二・二六事件 軍部大臣現役制復活 日独防共協定調印	独軍、ラインランド侵入 ソ蒙相互援助条約成立 伊、エチオピア併合宣言 フランコ将軍、スペインにて軍事独裁を声明 上海にて日本海軍陸戦隊狙撃事件 西安事件（蒋介石監禁）

単行本　平成十一年二月「惨殺」改題　光人社刊

NF文庫

提督斎藤實「二・二六」に死す

二〇二〇年二月二十二日　第一刷発行

著　者　松田十刻

発行者　皆川豪志

発行所　株式会社　潮書房光人新社

〒100-8077　東京都千代田区大手町一-七-二

電話／〇三-六二八一-九八九一㈹

印刷・製本　凸版印刷株式会社

定価はカバーに表示してあります

乱丁・落丁のものはお取りかえ致します。本文は中性紙を使用

ISBN978-4-7698-3154-9　C0195

http://www.kojinsha.co.jp

NF文庫

刊行のことば

第二次世界大戦の戦火が熄《や》んで五〇年――その間、小社は夥しい数の戦争の記録を渉猟し、発掘し、常に公正なる立場を貫いて書誌とし、大方の絶讃を博して今日に及ぶが、その源は、散華された世代への熱き思い入れであり、同時に、その記録を誌して平和の礎とし、後世に伝えんとするにある。

小社の出版物は、戦記、伝記、文学、エッセイ、写真集、その他、すでに一、〇〇〇点を越え、加えて戦後五〇年になんなんとするを契機として、「光人社NF（ノンフィクション）文庫」を創刊して、読者諸賢の熱烈要望におこたえする次第である。人生のバイブルとして、心弱きときの活性の糧《かて》として、散華の世代からの感動の肉声に、あなたもぜひ、耳を傾けて下さい。

＊潮書房光人新社が贈る勇気と感動を伝える人生のバイブル＊

ＮＦ文庫

サムライ索敵機敵空母見ゆ！　予科練パイロット３３００時間の死闘

安永　弘

艦隊の「眼」が見た最前線の空。鈍足、ほとんど丸腰の下駄ばき水偵で、洋上遙か千数百キロの偵察行に挑んだ空の男の戦闘記録。

井坂挺身隊、投降せず　終戦を知りつつ戦った日本軍将兵の記録

楳本捨三

敵中要塞に立て籠もった日本軍決死隊の行動は中国軍の賞賛を浴び、厚情に満ちた降伏勧告を受けるが……。表題作他一篇収載。

爆撃機入門　大空の決戦兵器徹底研究

碇　義朗

究極の破壊力を擁し、蒼空に君臨した恐るべきボマー！　世界の名機を通して、その発達と戦術、変遷を写真と図版で詳解する。

シベリア出兵　男女９人の数奇な運命

土井全二郎

第一次大戦最後の年、七ヵ国合同で始まった「シベリア出兵」。日本が七万二〇〇〇の兵力を投入した知られざる戦争の実態とは。

空戦　飛燕対グラマン　戦闘機操縦十年の記録

田形竹尾

敵三六機、味方は二機。グラマン五機を撃墜して生還した熟練戦闘機パイロットの戦い。歴戦の陸軍エースが描く迫真の空戦記。

写真　太平洋戦争　全10巻〈全巻完結〉

「丸」編集部編

日米の戦闘を綴る激動の写真昭和史——雑誌「丸」が四十数年にわたって収集した極秘フィルムで構築した太平洋戦争の全記録。